江苏省哲学社会科学基金项目资助
（批准号：18WWD002）

朱利安·巴恩斯
的解构伦理研究

陈博　著

南京大学出版社

目　录

导　论

英国作家朱利安·巴恩斯(Julian Patrick Barnes,1946——　)自 20 世纪 80 年代崛起于战后英国文坛,近四十年来笔耕不辍,与马丁·艾米斯(Martin Amis)、伊恩·麦克尤恩(Ian McEwan)一同被誉为"英国文坛三剑客"。纵观巴恩斯的创作生涯,可清晰发现其周身萦绕的诸多矛盾特质。例如,他多次在采访中声称自己的创作体现了自身"乐观的悲观主义者"(optimistic pessimist)的性格基调,却从未言明究竟何以乐观或悲观①,其文本世界往往游弋于解决的确定性与不确定性间,赋予读者谜样解读空间。再如,他将自己的小说创作观定位为真实与谎言的糅合②,在实践中致力于真实与虚构元素杂糅的诗学创新。又如,他被当代评论者封为拒绝自我重复的"变色龙"小说家(chameleon novelist)(Stout,29),几乎每逢新作必是"探索了全新经验领域、实验了不同叙事技巧"(Guignery 2006,1)。然而细观其作品多变的形式与内容,其中反复出现的是"执意浮现的类似议题",事实上"每部作品其实都在探索旧领域,解决老问题"(Holmes 2008,24)。最后,有鉴于早

①　巴恩斯在采访中称"我的小说很是忧郁,而我认为这是对人类境况的客观评价。它关乎于人类难免灭亡的命运,是对人生的必然走向,以及人必逐渐背离初心的客观看法"(Guignery and Robert,35)。

②　真实与虚构间的张力为巴恩斯小说创作手法的核心。在采访中,他阐明创作是"为了诉说真相,还有那些真相闪烁其间精美工整的谎言"(Guignery and Robert,30)。在回忆录《无所畏惧》(*Nothing to Be Frightened of*,2008)中,他提出"小说是以谎言言说真相,以真相言说谎言"(234)。

期代表作《福楼拜的鹦鹉》(*Flaubert's Parrot*, 1984)与《10½章世界史》(*A History of the World in 10½ Chapters*, 1989)中强烈的实验小说色彩,他的作品常被评论家归入后现代主义阵营。[①] 然而他本人对被贴上后现代主义标签一事较为抗拒,相对青睐福楼拜与托尔斯泰等现实主义作家的作品,写作风格深受现代主义的影响。[②] 由此看来,悲观与乐观、多变与不变、真实与虚构以及前现代与后现代这一组组悖论式要素被巴恩斯在笔下以保留张力的方式糅为一体,形成其作品的独有特色。正是这些悖论要素间张力交织编就的文本世界吸引本研究对其深入阐读,也就构成了研究的初始动因。

本研究认为,巴恩斯作品中之所以得以呈现乐观与悲观、多变与不变、真实与虚构及前现代与后现代的矛盾统一,究其本质源自他对后现代情境解构特质及其导致伦理境况的理解与把握。解构与伦理因而也就构成了本研究探讨巴恩斯作品时所用阐释框架的关键经纬。巴恩斯作品文本内外的解构行为不仅构成一种蕴含伦理责任、表达伦理态度的伦理行为,更是奠定了其文本伦理世界的基点与肌理。

通常意义上的后现代式解构往往被视为一种击破既定建制的手段。而伦理作为秩序的代言,则是横亘于人类社会秩序中不容忽视的准则。巴恩斯在作品中以碎片化书写为载体,一方面执意于解构与质疑,将历史、民族性与记忆等对个体身份确立至关重要的主题一一瓦解,着力于描绘相关宏大叙事与个体叙事中总体崩塌、碎片横生的景象;另一方面却又借笔下人物不懈探索超越与抗争解构导致的相对与虚无的后现代情境,表现出法国哲学家列维纳斯(Emmanuel Levinas, 1906—1995)倡导的朝向他者履行职责的积极伦理姿态。因而,本研究将以巴恩斯作品的碎片化书写为切入点对研究对象展开细读与分析,以碎片化必然产生的解构性为论证之经,力图展示巴恩斯如何通过拼贴、清单与片段书写这些形式上的碎片化手段,表现出

[①] 英国著名文评作家布拉德伯里(Malcolm Bradbury)提出,巴恩斯擅于混用不同文体的叙事方式是典型的后现代特征(407)。巴恩斯研究专家奎那瑞(Vanessa Guignery)认为,巴恩斯的作品中明显地表现出了多个后现代小说特征(2006, 1)。

[②] 在2015年的评论集《开眼界》(*Keeping an Eye Open*)中,巴恩斯谈及现代主义时称之为"我的运动"(6)。他为与一些现代主义大家生活在同一时代而深感荣幸(7)。

历史、民族性与记忆等主题叙事内容的碎片化特征。除此之外,本研究同时以碎片解构后表现出的伦理性为论证之纬,借助列维纳斯他者伦理体系中他者之脸、欲望与言说等核心概念进行深入阐释,挖掘巴恩斯作品中个体面向超然他者的履责行为。在进一步展开论述之前,下文将首先扼要回顾巴恩斯的作品与接受状况,并且对碎片化、解构、他者伦理这三个核心概念做出相关理论梳理与概念界定。

巴恩斯作品及接受

巴恩斯"二战"后出生于英国伦敦西郊阿克顿(Acton)地区的一个典型中产阶级家庭,父母均为法语教师。受父母影响,巴恩斯童年起便常赴法国度假,对法国文化产生了浓厚的兴趣。巴恩斯少年时期所受的教育在当时英国的中产阶级中比较典型:他中学时期就读于伦敦城市公学(City of London School),大学考入牛津大学现代语言专业(Modern Languages and Linguistics)攻读法语。大学期间,他以英语实习教师的身份在法国雷恩(Rennes)的一所天主教学校交流一年,完成了从青年阶段过渡到成人的欧式古典"大旅行"(Grand Tour)。踏入社会后,巴恩斯在正式成为作家之前尝试过多份工作:他参与过《牛津大词典(增补本)》(*The Oxford English Dictionary Supplement*)的编撰工作,也曾参加过律师考试尝试成为律师。1974年起,他开始正式跨足文坛。他先以自由记者的身份在《新批评》(*New Critic*)、《新政治家》(*New Statesman*)与《观察家报》(*Observer*)等多个报刊担任兼职编辑与评论员,以本名或笔名发表文学与文化类评论文章。其间他结识了包括小说家马丁·艾米斯[①]、诗人芬顿(James Fenton)、诗人

---

① 马丁·艾米斯为英国著名小说家金斯利·艾米斯(Kingsley Amis)之子。在担任《新政治家》评论员期间,巴恩斯曾直接为艾米斯下属。巴恩斯与艾米斯之间维持了多年的好友关系,艾米斯的作品也一概交由巴恩斯夫人代理。20世纪90年代末,艾米斯因作品海外版权问题与巴恩斯夫妇发生巨大争执,自此绝交并相互间唇枪舌剑不断。这一事件也是英国文坛一桩著名公案。

雷恩(Craig Raine)以及评论家汉密尔顿(Ian Hamilton)在内的不少当时英国知名文人。可以说,巴恩斯的成长历程是典型的英国精英知识分子成长之路,他所受到的法国文化熏陶使他日后成为最亲法的英国作家,赋予了他游走于双重文化之间的多元视角。在他从事过的工作里,编撰字典的经历锤炼了他的文字触感,准律师生涯丰富了他对相关行业的描写,与知名文人的结交为他培养了良好的文学品位。这些经历皆融汇一体,成就了他独特的个人创作风格。1979 年,巴恩斯与职业文学经理人帕特·卡瓦纳(Pat Kavanagh,1940—2008)结为夫妇,此后不久正式开启小说创作生涯。

作为一名至今仍活跃于英国文坛的重要作家,巴恩斯在近四十载的创作生涯中笔耕不辍、著作颇丰、成就斐然。他迄今为止出版的作品共计 30 部,包括长篇小说 19 部[①]、短篇小说集 3 部、杂文集 5 部、自传 2 部及翻译小说 1 部。作为英国战后黄金一代作家中的佼佼者及"英国文坛三剑客"之一,巴恩斯是英国国内外各大文学奖项上的常客。他出道不久就被列入权威文学杂志《格兰塔》(Granta,1983)的最有潜力新晋小说家榜单[②],曾有四部作品分别入围当年度的(曼)布克奖最终遴选短名单[③],并于 2011 年凭借

---

① 此处总结的 19 部小说除了他以本名发表的 15 部严肃小说外,还包括 4 部以丹·卡瓦纳(Dan Kavanagh)为笔名发表的侦探小说:《达菲》(Duffy,1980)、《小提琴城市》(Fiddle City,1981)、《再踢一脚》(Putting the Boot In,1985)、与《糟糕透顶》(Going to the Dogs,1987)。

② 自 1983 年起,《格兰塔》杂志每隔十年公布一份最具潜力新晋小说家 20 人的榜单,这份榜单成为英国文坛的重要指向标。在该杂志迄今为止公布的四份榜单中,1983 年的第一份榜单显得分量最重。其时上榜的巴恩斯、艾米斯、麦克尤恩、斯威夫特(Graham Swift)、石黑一雄(Kazuo Ishiguro)与拉什迪(Salmon Rushdie)等人均已成为当今英国文坛的中流砥柱。

③ 英国小说布克奖自 1969 年起开始颁出。这一奖项每年从 100 多部作品中选出 6 部入围最终名单(short list),再从中选出一部作为获奖小说。2002 年后随着曼(Man)集团成为布克奖的主要赞助商,布克奖更名为曼布克奖。巴恩斯除 2011 年的获奖小说《终结的感觉》外,还曾在 1984 年、1998 年以及 2005 年分别以《福楼拜的鹦鹉》《英格兰,英格兰》及《亚瑟与乔治》进入该奖项最终遴选名单。

《终结的感觉》(*The Sense of an Ending*,2011)摘得曼布克奖桂冠①。

在巴恩斯的小说创作生涯中,以小说的出版时间为界出现了两次较长的修整期。第一次休整期持续约六年,始于1992年小说《豪猪》出版之后,终于1998年长篇小说《英格兰,英格兰》(*England*,*England*)的问世。在此期间,巴恩斯暂停小说创作,转而尝试多种其他文字相关工作。他受聘《纽约客》(*New Yorker*)杂志,作为特约记者为美国的读者撰写若干英国社会、政治与文化见闻。除此之外,他还同时担任了约翰·霍普金斯大学(Johns Hopkins University)的客座创意写作讲师。这段时期的见闻被他结集成册,之后出版为杂文集《伦敦来鸿》(*Letters from London 1990 – 1995*,1995)。巴恩斯的第二次创作休整期出现于2005年之后,也持续约六年之久。2005年,《亚瑟与乔治》(*Arthur & George*)与短篇小说集《柠檬桌子》(*The Lemon Table*)出版后直至2011年《终结的感觉》问世,巴恩斯几年内经历了父母与爱妻逝世的多重打击。这六年间他除了写作自传回忆录《无所畏惧》之外,几乎销声匿迹。这两次修整期对理解巴恩斯作品有着一定的重要性。尽管鲜少被人提及,但是如仔细观察两次休整期前后巴恩斯作品的侧重主题可以发现,其中出现了明显的空间背景内向性转移。具体而言,如以两次休整期为界大致将巴恩斯创作生涯分为三个阶段,那么在第一阶段,受家庭背景与求学经历的影响,巴恩斯早期作品的空间背景较为国际化。例如《伦敦郊区》(*Metroland*,1980)与《在她遇见我之前》(*Before She Met Me*,1982)发生于英国本土;《福楼拜的鹦鹉》发生在法国;《10½章世界史》发生于欧洲各地;《豪猪》发生在以捷克为原型的前苏联式假想国家。从英国本土到法国,再到东欧乃至世界各地,巴恩斯这一阶段小说中的空间背景显得游移不定。时至创作中期,巴恩斯将视野收回母国,往往选择英国本

---

① 除此之外,巴恩斯所获奖项中较为重要的还包括毛姆奖(Somerset Maugham Award,1981)、杰弗里·费伯纪念奖(Geoffrey Faber Memorial Prize,1985)、美国福斯特奖(E. M. Forster Award,1986)、古腾堡奖(Gutenberg Prize,1987)、法国费米娜外国小说奖(Prix Femina Étranger,1992)、莎士比亚奖(Shakespeare Prize,1993)、法国梅迪西斯奖(Prix Médicis,1986)以及大卫·科恩文学奖(David Cohen Prize for Literature,2011)。

土作为小说的空间背景。《英格兰,英格兰》全书如书名所示,故事几乎全部发生在英格兰本土;《谈心》(*Talking it Over*,1991)的续篇《爱及其他》(*Love*,*etc.*)则开篇便让三位主人公分别从上一部结尾时的美国与法国回到伦敦,然后在此展开接下来的情节;而《亚瑟与乔治》的时空背景被放到了维多利亚-爱德华王朝时的伦敦与伯明翰,亦是发生于英国本土。这一时期巴恩斯对英国作为空间背景的选择并非随机做出。在全部三部小说中,英国性问题均不同程度地浮现其间,使得空间背景成为主题性要素。至近期的第三个创作阶段中,巴恩斯所关注的空间背景不再为某个具体实地,而是移至更为个体化的人物心理空间,他近来常常着力于探讨主体的记忆现象。由于文体本身的特性,在自传回忆录《无所畏惧》中,巴恩斯大量坦陈自己生命史细节;而《终结的感觉》这部小说更是围绕记忆展开,描写记忆并探讨其本质,并在讨论中大量涉及主人公对成长、生命与死亡等议题的哲思。此后,巴恩斯又先后出版了回忆录《生命的层级》(*Levels of Life*,2013),小说《时间的噪音》(*The Noise of Time*,2016)、《唯一的故事》(*The Only Story*,2018)、《穿红大氅的男子》(*Man in the Read Coat*,2019)以及《伊丽莎白·芬奇》(*Elizabeth Finch*,2021),均在不同程度上延伸了对成长与生命等严肃性议题的探索。

　　以巴恩斯创作的三个阶段为线索梳理他的创作生涯可以发现,第一阶段的创作早期是巴恩斯创作的多产期。他这一阶段的作品多表现出较强的实验色彩。1980 年,巴恩斯在 34 岁时凭借处女作《伦敦郊区》亮相文坛。在这部作品中,他以自身经历为蓝本,描绘了成长于伦敦郊区中产阶级家庭少年克里斯托弗的成长历程。这部小说一经推出便反响良好,为巴恩斯斩获多个奖项,单凭这部作品他就被《格兰塔》杂志选中列入 1983 年的新晋作家榜单。在第二部小说《在她遇见我之前》的相对沉寂后,他的第三部小说《福楼拜的鹦鹉》取得巨大成功,让他走出英国,在世界范围内声名鹊起,这部作品至今也仍是他最为人知的代表之作。此后直至 90 年代初,他陆续出版包括《凝视太阳》(*Staring at the Sun*,1986)、《10½章世界史》、《谈心》与《豪猪》(*Porcupine*,1992)在内的四部小说,以及以丹·卡瓦纳为笔名的四部侦探小说。可以说,在初登文坛之后的十余年间,巴恩斯以几乎平均一年一部小说的创作高产状态,迅速确立并稳固他在英国文坛的一席之地。在这一阶段的作品中,《福楼拜的鹦鹉》与《10½章世界史》影响最大,甚至被不少文学教材列为必读篇目。这两部小说中,前者描绘了业余英国福楼拜学者布拉斯韦特为了研究与探索福楼拜生平细节,穿越海峡远赴福楼拜法国家乡小镇的一次旅程;后者则是撷取若干历史片段,通过十章半的篇幅以不同的方式对历史细节加以处理,呈现出历史故事的不同风貌。这两部小说在若干方面十分相似,如两者就故事情节而言均无明显主线,在形式上均采用片段的拼贴组合,均构成了对小说样式本身形态的巨大挑战。

巴恩斯创作生涯的第二阶段为 1998—2005 年。继上部作品《豪猪》之后,巴恩斯耗时六年之久才推出他的第六部严肃小说《英格兰,英格兰》。在形式上,这部小说采用成长小说的框架,三章内容分别对应了女主人公玛莎的青少年、中年与老年生活。在内容上,它虚构出一个以英格兰特色为卖点的主题公园,以戏仿的方式表达出对英国性及民族文化的思考。《英格兰,英格兰》为巴恩斯在世纪之交赢得继《福楼拜的鹦鹉》之后的第二次布克奖提名。2000 年,他推出《爱及其他》,继续了《谈心》中多语叙事讲述三角爱情故事的模式。2005 年,巴恩斯迄今为止篇幅最长的小说《亚瑟与乔治》问世。这部作品中他罕见地将目光投回百年前的维多利亚-爱德华王朝,用历史小说的写实手法回顾著名侦探小说家亚瑟·柯南·道尔的一生,并藉此第三度入围曼布克奖短名单。

作家作品在文学评论界的接受往往需要经过一定时间的积累。在巴恩斯创作的第一阶段,并未出现有关他作品的重要研究成果。而至第二阶段时,则可以发现经过数十年的积累与发酵,巴恩斯研究在西方文学研究界逐渐初具规模。首先,这段时间中陆续出现了两部有关巴恩斯作品的综述性专著,分别为莫斯利(Merritt Moseley)的《理解朱利安·巴恩斯》(*Understanding Julian Barnes*, 1997)以及佩特曼(Mathew Pateman)为"作家与作品"("Writers and Their Work")系列撰写的巴恩斯分册(2002)。前者介绍了从《伦敦郊区》到《豪猪》为止的七部长篇小说以及巴恩斯的达菲系列侦探小说,是第一部全面评述巴恩斯创作特色的综述;后者的评述范围拓展至第二阶段的新作《英格兰,英格兰》与《爱及其他》。值得一提的是,在评述中佩特曼在对巴恩斯作品的引介中同时融入了不少他自己批判性的思考。其次,这一阶段已有不少博士论文以巴恩斯的作品作为研究对象。1995 年,赛斯托(Brian Sesto)的论文《巴恩斯小说中的语言、历史及元叙述》("Language,History and Metanarrative in the Fiction of Julian Barnes",1995)从"命名"、"再现"与"小说自觉性"三个方面入手,主要分析了巴恩斯小说的后现代技巧与特性。此篇论文于 2001 年出版为同名专著。赛斯托的论文以巴恩斯一人的作品为分析对象,除他之外,另有一些学者将巴恩斯作品与其他作家作品对比研究,用于历史小说与英国性内涵等不同议题的探讨之中。再次,在此阶段有关巴恩斯作品的评论性文章逐渐出现于重要文学杂志中。鲁宾森(Gregory Rubinson)的文章讨论巴恩斯如何通过文类的实验将宗教和伪宗教的观念去神圣化。巴克斯顿(Jackie Buxton)分析了《$10\frac{1}{2}$ 章世界史》中历史与小说的文类界限虚化现象。西班牙学者肯戴尔(Daniel Candel)批评巴恩斯的小说因为缺乏主题性(topicality)而流于肤浅,缺乏人文关怀。古德(Mike Goode)则是以萨特的理论为观照研究布拉斯维特对福楼拜的追寻,并将他认知的欲望视为一种攫取与控制。在中国,此时仍鲜有学者注意到巴恩斯及其作品,只有一篇阮炜的论文(1997)对巴恩斯名作《福楼拜的鹦鹉》进行了推介。阮炜除了介绍这部小说对真实与虚构的处理之外,还考察了巴恩斯对世俗世界的态度,分析他通过主人公布拉斯韦特表现出对文学巨匠福楼拜的"无情解剖",以及对资本主义的复杂反抗情绪。可以说,这一阶段西方的巴恩斯研究处于起步阶段,学者们对巴恩斯的作品以推介为主,而我国的巴恩斯研究则亟待开展。

巴恩斯小说创作的第三阶段始于 2006 年。继《亚瑟与乔治》之后,巴恩斯的下一部小说再度时隔六年方才问世。2011 年,巴恩斯凭借成长小说《终结的感觉》终于不负众望地摘得曼布克奖桂冠。自此开始,《终结的感觉》开启了巴恩斯从丧偶之痛中恢复后的一系列小说创作。除此之外,他在此阶段出版的其他作品还包括小说《时间的噪音》《唯一的故事》《穿红大氅的男子》以及《伊丽莎白·芬奇》,短篇小说集《脉搏》(*Pulse*,2011),自传回忆录《无所畏惧》与《生命的层级》(*Levels of Life*,2013)以及艺术评论杂文集《窗外》(*Through the Window*,2012)与《开眼界》(*Keeping an Eye Open*,2015)。

与此同时,学界对他作品的研究热情则迅速升温。在西方,此阶段先后问世了多部有关他作品的介绍评论专著。除赫尔姆斯(Frederick Holmes)为"新英国小说"("New British Fiction")系列撰写的巴恩斯分册(2008)外,在这一阶段对巴恩斯研究起到重要推动作用的学者有两位——法国学者奎那瑞(Vanessa Guignery)与英国著名文评家齐尔思(Peter Childs)。2005年,美国德克萨斯州立大学奥斯汀校区的哈利·兰塞姆研究中心(Harry Ransom Center)成立了巴恩斯文献收藏中心[①]。凭借在该中心科研调查的积累,奎那瑞从2006年到2009年陆续完成了一系列与巴恩斯相关的重要研究成果。2006年,她出版了巴恩斯批评史综述,对巴恩斯截至当时为止的每一部作品都做了详尽的研究综述;2009年,她搜集整理巴恩斯访谈集,其中除精选出巴恩斯多年来的重要访谈之外,还收录了一些从未出版的访谈文字稿;同年,她主导发起了《美国、英国与加拿大研究》杂志(*American*, *British and Canadian Studies*)的巴恩斯专刊[②],专刊在"怀疑"、"英国性"与"宗教观"三个主题下集编十余篇巴恩斯研究论文。稍后,齐尔思于2011年编辑与撰写的两部专著进一步丰富了巴恩斯研究。他为"当代英国小说家"(Contemporary British Novelists)系列撰写了《朱利安·巴恩斯》分册。他在融入自己对英国当代小说多年研究所得的基础上,以开阔的视野将巴恩

---

① 该中心主要收藏1975年至今巴恩斯小说不同版本原稿(Guignery 2006,3),以及与编辑的通信。笔者曾于2014年赴哈利·兰塞姆中心,有幸查阅了巴恩斯初稿真迹。

② 奎那瑞的系列研究包括:巴恩斯批评史综述:Venessa Guignery. *Fiction of Julian Barnes: A Reader's Guide to Essential Criticism*,2006;与罗伯斯共同搜集的巴恩斯访谈集:Vanessa Guignery and Ryan Robert, *Conversations with Julian Barnes*,2009;以及主编的巴恩斯专刊:Vanessa Guignery, ed. "Worlds within Words: Twenty-first Century Visions on the Work of Julian Barnes". Special issue. *American*, *British and Canadian Studies*,2009。

斯作品与其他作家的作品进行对比解读。这本专著不再局限于巴恩斯作品本身，而是能够将巴恩斯的小说研究融入当代英国小说这一更为广阔的背景中。他与格鲁斯(Sebastian Groes)共同编撰的论文集则是收录了不同学者针对巴恩斯每一部小说所撰写的文章。这些文章中不乏一些宝贵的资料，例如巴恩斯的捷克语翻译所提供的两人通信原件，为读者展现了《豪猪》这部小说创作过程中从最初构思到最终成型的历程。除以上所提重要专著之外，出现于各大重要期刊的论文以不同视角对巴恩斯的不同作品做出了评论。举例而言，波拉斯基(Eric Berlasky)与卡勒姆(Charles Cullum)均以性别理论和心理分析相结合的方式分析了《福楼拜的鹦鹉》，提出布拉斯韦特对福楼拜投射了潜在的同性情感；威尔森(Keith Wilson)与考克斯(Emma Cox)均从分析作者和读者关系的叙事学视角探讨了巴恩斯作品对作者权力的消解；本特利(Nick Bentley)与米拉奇(James J. Miracky)则均将关注点放在了《英格兰，英格兰》中的仿真拟像世界及其所导致的真实和虚构界限模糊上。在较为新近的研究中，赫尔姆斯的论文探讨了《终结的感觉》中主人公叙事的分裂性及这部作品与克默德名作《终结的感觉》间的互文特质(Holmes，2015)；皮卡罗(Samuel Piccolo)的论文讨论了巴恩斯作品中叙事在意义构建中起到的作用；辛格(MSX. Pradheep Singh)的论文以巴恩斯《终结的感觉》为例对爱欲与生命的关系做出了分析；阿玛拉维努斯(Allwyn Amalaveenus)则别有新意将巴恩斯作品的科技伦理观与宗教观对照讨论。至此，巴恩斯研究已走出英美学界，受到世界各地学者的关注。

　　此阶段巴恩斯研究在中国逐渐兴起。首先，巴恩斯几乎所有小说及部分短篇小说与杂文均被译为中文，由郭国良等译者翻译，译林出版社等出版社出版，这些译作中《福楼拜的鹦鹉》与《10½章世界史》均已多次再版①，让巴恩斯成为中国读者心中的热门当代英国作家。其次，这段时期问世的重要当代英国文学史专著对巴恩斯的作品多有所提及。王守仁与何宁合著的

---

① 《福楼拜的鹦鹉》中译本初版于2005年问世，2010年在小幅校订后再版。《10½章世界史》中译本2002年首次出版时译名为《10½章人的历史》，2010年再版时更改为现用译名。

《20 世纪英国文学史》(2006)以及刘文荣的《当代英国小说史》(2010)对巴恩斯的作品单列章节予以引介；瞿世镜与任一鸣合著的《当代英国小说史》(2008)以及阮炜等人合著的《20 世纪英国文学史》(1998)也均以大量篇幅介绍与评述了巴恩斯的重要作品。再次，在此期间出现了一批以巴恩斯作品为唯一研究对象的博士学位论文与研究专著。其中，厦门大学何朝辉博士 2013 年的学位论文首度以巴恩斯的历史书写为题，详尽分析了巴恩斯小说表现出的历史哲学与历史话语观。赵胜杰的专著关注巴恩斯小说的历史叙事，重点探讨其中的身份主题。黄莉莉的专著同样关注巴恩斯小说的历史书写及其叙事特征。李颖的专著主要研究了巴恩斯小说的身份主题书写，关注巴恩斯对女性及殖民等议题的处理。毛卫强的专著《生存危机中的自我与他者：朱利安·巴恩斯小说研究》从生存伦理的角度对巴恩斯的研究做出了拓展。最后，在国内几大重要文学类期刊上，继阮炜初次推介巴恩斯以来近十年的沉寂之后，近年来出现了多篇巴恩斯研究论文。巴恩斯近两年来可谓当代英国文学研究的热门作家。具体而言，2006 年同时出现两篇重要文献：罗媛分析了《福楼拜的鹦鹉》中巴恩斯最极端后现代主义立场的反拨；杨金才与王育平撰文评价《10½章世界史》中各种版本的历史事实反映出的后现代真实、历史与艺术之间的关系。此后几乎每年都有重要的巴恩斯研究论文问世，有学者探讨巴恩斯小说中权力对叙事的影响（罗小云，2007）；有学者研究巴恩斯对古老"描绘"(erkphrasis)手法的后现代运用（张和龙，2009）；有学者考察了《英格兰，英格兰》中个体身份以及国家身份的关联，反思了后现代情境中的身份危机（罗媛，2010）。有学者从生态批评视角考察巴恩斯小说中反映出的对现代文明的态度（李颖，2012），提出巴恩斯反对科学主义但同时也对传统人文主义持批判态度。有学者提出巴恩斯将记忆的取舍与道德准则相连，为寻求后现代情境中的生存意义提供了一种范式（毛卫强，2012）；有学者探讨了半自传体文集《生命的层级》，提出这部小说通过对爱这一主题的消解与希望，传达出深刻的人文主义关怀及对终极意义的反思（张莉，2014）；有学者探讨《终结的感觉》中主人公对历史、记忆与形象的自我解构（刘成科，2014）；有学者关注《英格兰，英格兰》对现代国族建构过程的勾勒(王一平,2014、2015);有学者选用国内学者聂珍钊所提的文学伦理学批评方法,考察了《终结的感觉》中托尼身上的"人性因子"与"兽性因子"之争(张连桥,2015);有学者探讨《英格兰,英格兰》中的历史记忆展演现象(李婧璇,2018);还有学者分别聚焦了巴恩斯不同作品中各具特色的叙事特征(赵胜杰,2018、2022)。与西方学者的现有研究规模相比,中国学界目前的巴恩斯研究成果总量迅速增长。此外,从研究视角看,现有的论文研究视角多样,并未局限于历史与英国性等常见主题。从研究广度看,中国学者所关注的作品已是紧跟潮流,除了巴恩斯最著名的《福楼拜的鹦鹉》《10½章世界史》与《英格兰,英格兰》等小说外,尚有对《终结的感觉》与《生命的层级》等较新作品的探讨。总体而言,经过多年的发展,目前无论在中国学界还是在欧美评论界,巴恩斯研究都可被称作一个日趋成熟的研究领域。

巴恩斯的创作生涯与作品接受状况对本研究产生了以下启示:巴恩斯三个阶段作品中比较明显的变化就是其小说空间背景从世界各地,至英国本土再至个体心理的变化。与空间变化相对应的是巴恩斯小说中对逝去时间的不变关注,而将时间与空间相结合便形成了巴恩斯在三个阶段分别侧重描绘的主题。即,将时间的回顾与世界空间相结合形成了历史书写主题,与民族空间相结合形成了英国性书写主题,而与个体心理空间相结合形成了记忆书写主题。巴恩斯写作主题的变化直接导致了巴恩斯研究切入角度的多元化状态。对巴恩斯早期作品的讨论多聚焦其中的历史观。在《英格兰,英格兰》问世后,民族性分析成为巴恩斯作品研究的又一热门议题,而近期的作品则是让记忆与叙事等议题在巴恩斯研究中愈加得以凸显。事实上,历史、民族性与记忆均是个体身份构建的重要因素。而巴恩斯亦是通过多年的创作由表及里深入逐一探索。因此,三个阶段的划分意义不仅在于反映一个作家创作生涯客观存在的时间间隔,更在于表现出了他创作中关注主题发生的变化。与之相应的,巴恩斯作品的形式特征,以及国内外评论界对他的关注焦点也随着这三个阶段发生了微妙的变化。除此之外,在这三个阶段中,就作家的创作产量而言,巴恩斯早期作品数量最多,自中期起至近期他的作品数量不断减少。然而作品数量的减少并不意味着作品质量的降低,从《伦敦郊区》到《英格兰,英格兰》再到《终结的感觉》,巴恩斯的多年创作生涯一直维持了较高的水准。有鉴于此,本研究选择将这三个阶段作为基本分析框架,在巴恩斯创作的每个阶段各选取两部具有代表性的作品以作探究。

碎片化思想及文学实践

从历史到英国性再到记忆,巴恩斯创作三个阶段重点关注的主题各有侧重。然而无论是在历史、英国性还是记忆主题的书写中,贯穿始终的是巴恩斯对总体性叙事的质疑与解构。他在近四十载的创作生涯中不断尝试多样化创作手法,通过碎片化形式向不同主题中蕴含的总体性思维发起挑战。可以说,碎片化书写是贯穿巴恩斯作品多变主题后的不变策略。

碎片化(fragmentation)一词在英语中由名词形式碎片(fragment)演变而来。碎片指脱离总体分裂而出的部分,而碎片化则是这样一个表现总体分裂的进程。[①] 仅从这一概念的字面意思便可发现,它预设了总体这一分崩离析前的初始状态。理解碎片化书写也因此必须将其置于碎片与总体这一对生关系的框架中进行。二者为碎片化书写的一体之两面,总体是由碎片组成的总体,而碎片则是从总体分化而出的碎片。

在西方文明发展进程中,总体化思维模式是前现代时期人类从事认知活动的底层逻辑。如有学者所称,尼采之前的人们始终对种种有序总体结构孜孜以求,"我们生活于总体性的信念中"(汪民安,53)。总体性思维模式的开端可以追溯至前苏格拉底时期的毕德哥拉斯学派学者巴门尼德(Parmenides)。巴门尼德的一元论明确地宣称存在是"一",而一"作为整体

---

① Oxford English Dictionary Online. http://www.oxforddictionaries.com/definition/english/fragment? searchDictCode=all,accessed Dec. 21ˢᵗ,2014.

存在",是"一体的、连续的"(82—83)。这种存在之一向外无限定范围,向内不可分割。自巴门尼德一元论起,总体性思维模式在西方文明中逐渐占据主导,其踪迹广见于柏拉图的理念论、亚里士多德的学科分类系统与笛卡尔的近代二元论中。这种"对总体性的乡愁"在黑格尔哲学中达到顶峰(Levinas *EI*,76)。黑格尔的哲学通过对辩证法的大量运用,致力于将哲学打造成具有总体性特征的学科。在他看来,只有具备了总体性特征的哲学才可能整合不同学科,成为一种独特的科学。这种科学的涵义不仅限于自然科学意义上的科学,不满足于对事物外在规律性的描述,而是追求综合把握的能力并可以对社会形成总体性理解。

前现代时期哲学的总体化诉求反映至文学实践中表现为对作品有机统一的追求乃至苛求。自亚里士多德《诗学》起,情节与故事的完整性就成为文学创作者追求的目标。完整性本身在于具备了头、身与尾。故事若要讲好,必当具备这些特征(亚里士多德,24)。亚里士多德还提出故事模仿现实生活中的事件,好的故事需要将诸多事件部分进行有机整合,"如挪动或删除任意部分,均相当于破坏了它的完整性"(26)。文学创作总体化运动最夸张之时出现了如新古典主义"三一律"这样的创作原则。为使戏剧达到逼真的艺术效果,新古典主义时期的剧作家们在舞台上除了追求实现亚里士多德多提倡的行动一致原则之外,还需实现舞台时间地点与现实时间地点的一致。"三一律"既要求过于严苛,又不是达到逼真效果之必需途径,最终因贯彻难度过大逐渐遭到实践淘汰。

时至现代主义时期,尼采于 20 世纪初揭开了西方文化传统中"同一"的总体性霸权,吹响了对它发起猛攻的号角。他的抨击效果振聋发聩,其回声响彻了整个世纪,影响了他同辈与后辈的诸多学者。尼采不无痛心地称他环顾四周,只发现身处的周遭世界充斥"人类的碎片和断残的肢体",而在这样的生存环境中总体性的生活必然是刻意的赝品。现代社会本身已经是一个摇摇欲坠的脆弱构架,在其中碎片遍布,"在现代世界中,万物皆依赖于他物。哪怕只拔出一根钉子,整栋建筑就会动摇坍塌"(见弗里斯比,42)。于是身处其中的现代人也只能像是"这个宇宙之王的节点上的庞大十字蜘蛛,不知疲倦地将一切形成的事物都拆解开来,并且化为历史"(同上,38)。然而尼采在指出人类所处世界碎片化状态的同时仍为世人保留了一丝希望。他提倡认真对待"为我们这个时代所忽略的最平庸的东西",它们自身即是"最小的世界"(同上,47)。这些具有碎片特征的微小时刻与"最高的现实"、"真理"以及永恒的闪光相连。

受尼采影响,现代主义时期出现了一大批碎片化理论。其中与他一脉相承的是社会学家齐美尔(Georg Simmel)。他在碎片化的现实世界中抓住审美作为救赎途径,试图像波德莱尔一般去捕捉"过渡的、短暂易逝的、偶然的"的现代性(13)。齐美尔认为"艺术的根本意义在于它能够形成一个独立的总体,一个从现实的偶然性碎片中产生的自足的缩影,它和该现实之间有着千丝万缕的联系"(494—495)。他的社会学理论也因而主张对社会生活的偶然碎片进行显微镜式研究,试图以快照的方式捕捉这些碎片中"飞逝的美"。齐美尔的学生克拉考尔(Siegfried Kracauer)亦持有类似的观点。他倡导以自下而上的方式从碎片出发考察社会。他同样关注日常存在的碎片,并选取了如侦探小说与白领雇员这般的社会生活的"边角余料"体会其中蕴含的世俗与神圣双重诗性。

在现代主义时期的诸多碎片化理论中,本雅明的碎片化思想堪称集大成者。他一方面沿袭了尼采以来对总体破灭的认知,将碎片视为总体求之不得的残留物,指出人们"不得不凑合使用只有今天可以恢复的东西,使用那些内部独立的片段,它们是些已经破碎但其中仍存留总体的片段,而这个总体(早已存在的总体)已经销声匿迹"(1928,337)。另一方面他也将碎片本身视为总体的微缩体,并且坚信碎片是总体性存在更为纯粹的表现,如马赛克这样的艺术形式"在破碎成任意碎片时,仍然不改其壮丽"(1925,29)。马赛克艺术之所以壮丽伟大,是因为"只有对某个实在内容的细节进行极度细致的考究,才能把握真理内容"(1925,29)。面对这些残存的碎片,本雅明以"拾荒者"(collector)自居,描绘自己的动机为追寻的典型仅在最纯粹的碎片层面被承认。换言之,现世虚伪的总体性可以通过个体与碎片的救赎而通达。本雅明在后期学术生涯中,开始着手创造有关 19 世纪巴黎的鸿篇巨制《拱廊街计划》，这便是他称之为"文学蒙太奇"的收藏碎片计划。拱廊街计划"不会采纳任何智者的精当阐释，不猎取任何视作珍宝的东西。但是碎片、垃圾：我不会描述，而是展示它们"（1940，1030），希望收藏到的碎片能够以见微知著的方式"在最小的、精确构造而成的建筑街区里，建立起各种主要的建筑。也就是说，在最小的个体因素的分析中发现总体存在的结晶"（1940，575）。

以尼采、齐美尔、克拉考尔与本雅明为代表的现代主义时期知识分子对世界碎片化存在状态的意识多少有些突然，他们对碎片的接受因此而显得无奈被动。除此之外，现代主义时期也有学者坚决捍卫总体的重要。其代表是卢卡奇（Ceorg Lukacs）。卢卡奇首先将本雅明与布洛赫等学者斥为庸俗资产阶级马克思主义者，反对他们过于沉湎于碎片而将总体性抛弃。他提出资本主义社会里劳动具有碎片化的效用，合理化的劳动使处于此过程中的客体被分为许多部分（149）。为此他号召以总体性思维模式看待历史哲学，强调马克思的辩证方法对社会的总体性认知。这个认识可以说是延续了黑格尔与马克思的唯物主义史观的总体性原则，坚持马克思主义历史唯物主义思想辩证统一。与卢卡奇相比，同为马克思主义学者的布洛赫（Ernst Bloch）则更温和地提出期望在总体化与碎片化思想之间形成调和。他对总体性方法的关注旨在把握总体乌托邦的伟大理想；而对碎片性方法的关注则是意在探索实现乌托邦理想的现实道路。在布洛赫看来，总体性理想总是寓于碎片式现实当中。只有对总体性与碎片性方法的辩证把握才是具体实现理想乌托邦的通途。

本雅明等人的现代主义碎片思想反映至文学创作中是现代主义时期的碎片化创作潮流[①]。除了本雅明、布洛赫与阿多诺等人以格言、警句和小故事写成的杂文随笔外，碎片化创作手法在诗歌中以艾略特的《荒原》（*The Wasteland*，1922）为代表；在小说中体现为乔伊斯的《尤利西斯》（*Ulysses*，

---

① 文学研究中习惯以现代主义时期的碎片化创作手法指称狭义的碎片化写作，而广义的碎片化写作则指不同时代凡是涉及将总体化为碎片的写作手段。

1922)与伍尔夫的《黛洛维夫人》(Mrs. Dalloway,1925)等人的意识流写作手法。这些作品中实现碎片化最常见的方法是打破叙事连贯性,例如以意识流的方式打破常规的句法与叙事顺序等。尽管如此,现代主义时期的文学创作在思想层面仍维持了总体的同一性。像《荒原》这样的作品除去形式上的碎片化叙事外,深层意蕴上仍致力于通过情感效果将诸多形式上的碎片融为一体,最终在碎片化的形式表象之后呈现并提炼出某种主题意义的一致。

对现代主义时期的碎片化理论及文学创作加以总结可以发现:首先,现代主义时期人们面临的是一个总体刚刚崩塌的世界,因而面对碎片化生存境况时往往只能无奈地被动接受,也往往抱有不同程度的恐慌情绪。他们的碎片化表现方式通常浮于表面、流于形式。其次,虽然不得不面对总体坍塌的突发状况,这一时期的学者们仍普遍对总体怀有缅怀之情,普遍将碎片视为重塑总体的最佳途径(如尼采与齐美尔),视为在总体坍塌之后重新挖掘出的珍贵遗产(如克拉考尔与本雅明)指示物。因此他们也普遍珍视碎片本身以在其中寻找无限的意义。鉴于以上两点,就碎片与总体的关系而言,这一时期的碎片化思想中还残留了对总体的乐观幻想。碎片遍布的状态不仅意味着总体性丧失后的破镜难圆之状,还可被视为除旧迎新的可能途径,人们普遍期待在总结教训后重振信心。现代主义时期的艺术创作因而也如詹姆逊①所评,"抱着一种乌托邦式的补偿心态,奢望艺术能为我们救赎那旧有的四散分离的感官世界"(357)。

无论是卢卡奇对具有总体性特征历史哲学思想的坚定信念,还是本雅明等人对碎片通向意义的救赎期望,到了后现代时期均被粉碎殆尽。后现代时期的人们"无法为那些遍布眼前的零碎的物件重新缔造出一个完整的世界——一个从前曾经让它们活过、滋育过它们的生活境况"(詹姆逊,359)。碎片化在这一时期从形式走向实质,从精英走向大众,从哲学本体论概念走向政治、社会、历史与心理等诸多实践性领域。针对后现代思想中碎

---

① 又译杰姆逊。

片遍布的状态,后现代时期的学者们做出了种种描绘与解释。无论如何理解,较之现代主义时期,生活于后现代时期的人们不得不接受"主体的疏离和异化已经由主体的分裂和瓦解所取代"这一事实(同上,366)。

在种种后现代碎片化思想中,德里达解构思想的影响最为深远。它以对逻各斯中心主义的质疑为核心,通过"延异"与"撒播"书写向一切既成信仰开战,肢解不同领域的种种文本形式。德里达对传统的攻击集中于结构主义及其背后的哲学根基。他认为西方意义中的标准概念依赖于一种"再现的形而上学"假设。这种假设以无论表象如何变幻,总存在某种本质可以为表象所反映为预设前提。在此前提下,人们如果需要再现本质性的真理,只需建构各种系统即可。在所有传统西方思想构筑的系统中,二元对立是一种普遍的结构。而结构主义对这种结构的依赖就是德里达格外反对的对象。他认为西方文化的主流话语往往首先设立一对二元对立,其次将二元的一极设定为优于另一极。例如男人优于女人、白人优于黑人、正常人优于疯癫者、异性恋者优于同性恋者等。二元对立带来的层级结构于是成为权力的绝佳藏身处所。德里达的解构主义所意在挑战的就是二元对立结构及其中的权威一方。德里达的另一创建是"延异"(différence)概念。他认为结构主义视野下能指与所指可以实现工整的一一对应,而实际情况远非如此。在当今的后现代情境中,能指与所指之间的一一对应关系被证明只是幻觉。能指会不停地从一个所指滑向另一个所指,而解构主义方法论的主旨便是揭露这些能指向不同所指的滑动过程,以打破再现论的工整对应。因此与其说解构主义是一种哲学思想,倒不如说它更是一种方法论,指引人们从建构系统转向了拆解系统。自60年代以来,德里达的解构思想在北美思想界产生了巨大影响,包括米勒(J. Hillis Miller)与德曼(Paul De Man)在内的耶鲁学派将这一方法运用于对包括莎士比亚戏剧与现实主义小说等经典文本的文学批评中,形成席卷文学、哲学、社会学与历史学等多个人文学科的解构主义思潮。

同样隶属后结构主义阵营的还有法国思想家福柯。他将解构矛头指向了对知识史的考古学。在葛兰西霸权论基础上,他的研究将历史书写与权力的运作相结合,通过一系列著作形成了挖掘边缘化声音的知识考古学。其中《疯癫与文明》(*History of Madness in the Classical Age*,1961)考察精神病人如何在理性对疯癫的压制下逐渐被边缘化;《临床医学的诞生》(*The Birth of Clinic*,1963)分析病人作为弱势者如何受到医学话语的操控;《规训与惩罚》(*Discipline and Punish*,1975)则启发人们意识到现代社会的规训机制(如监狱)如何将社会人转变为社会机器中循规蹈矩的机械部件;《性史》(*The History of Sexuality*,1988)检视同性恋作为一种古希腊时代的正常性存在逐渐被基督教定义成非法,直至变成一种犯罪行为的经过。可以说福柯的知识考古学致力于发掘西方社会中被压抑的话语,这种话语"掘尸"行为揭示了文化总是要建立在拥有合法地位的权力基础上,并非真理经过历史大浪淘沙之后自然提炼所得。他在短暂的一生中直至生命终结始终坚持为社会边缘群体发声(如同性恋、疯癫者与囚犯等),而他的知识权利考古学鼓励了包括女性与同性恋者在内的传统弱势群体对主流白人男性权力话语发起挑战。

在福柯的影响下,法国学者利奥塔在著作《后现代状况:知识报告》(*The Postmodern Condition:A Report on Knowledge*,1979)中对科学知识话语也发起了强烈的质疑。他将后现代主义本身定义为"对于元叙事的怀疑"(ⅹⅹⅳ),意在公然表达对意识形态以及由宏大叙事支撑的现代主义启蒙方案的怀疑。利奥塔认为现代主义思想容易滋生针对他称之为"歧见"(即对处于冲突中另一方的不一致意见)的镇压。当这些意见没有得到尊重时,利奥塔认为我们就进入了一个独裁社会。在这个社会中,许多人群被他们处于优势地位对手的力量压制得发不出声音。利奥塔攻击宏大叙事,鼓励边缘化的"小叙事"发出声音。叙事的问题在他看来在于它发展成了一种排他的宏大形式,因此必须提倡属于个体或少数人群的微小而琐碎的多元化小叙事。通过对科学与知识话语宏大叙事的解构,利奥塔站入福柯及德里达等后结构主义者的阵营。

在精神分析领域,拉康在沿袭弗洛伊德精神分析相关理论的基础上,借鉴索绪尔的结构语言学观念形成了自己的精神分析学说。他提出人的潜意识完全是语言构建的产物。除此之外,人类自婴儿时期起的成长过程中必须首先经历主客体之间毫无区别的前语言现象阶段,继而开始产生独立意识进入镜像阶段,最后在习得语言以后进入符号阶段。人们在符号阶段习得所属文化系统与社会的秩序,藉以逐渐确立自身在社会中的地位。然而,拉康同时也指出自从进入符号阶段后,人便丧失了与母体浑然一体的状态。他必须与为其带来安全感的母体分割,自此由原始的乐园堕出。如此一来,分裂运动天然无可避免,而人类也因此始终笼罩在意想回归母体而不能的挫败感中。

在文化理论中,学者鲍德里亚从总体性的虚假出发发展出拟像理论。这一理论以社会文化消费研究为基础,提出"要成为消费的对象,物品必须成为符号"(2001,223)。消费将所有的物品符号化后,人们便生活在一个虚假的拟像世界中。在所有拟像模式中,仿真拟像秩序是古典时期的仿造拟像秩序、工业时期的生产拟像秩序之后的第三级拟像阶段。在仿真拟像模式(simulacra simulation)下,人们受到符号的支配。此时真实荡然无存,一切沦为超真实的存在。鲍德里亚不无悲观地指出在后现代社会中人们能做的只能是玩弄碎片,而这也就是后现代的实质。

与拉康和鲍德里亚形成呼应的是哲学家德勒兹(Gilles Deleuze)与精神病学家加塔利(Félix Guattari)的系列研究。他们在吸收马克思主义理论的基础上提出分裂精神分析学。他们将无意识的欲望分为"精神偏执症"(paranoia)与"精神分裂症"(schizophrenia),前者象征资本主义体系下产生的执着建构总体性的思维定势是一种必须加以辨别并批判的病态执念;后者则是他们所倡导的用以抨击资本主义状态的方式。他们极为反对传统精神病学对性的强调,认为"俄狄浦斯情结"是在弗洛伊德后已经成为具有总体化倾向的阐释模式。在德勒兹看来,欲望的本质是社会的欲望。不仅如此,欲望应当被视为第一生产力。德勒兹与加塔利也提出类似于鲍德里亚的拟像观。然而与鲍德里亚不同的是,他们并不认为无本质的拟像是一种病症。在他们的论证下,这种拟像不仅自古以来一直存在,更是值得肯定的世界本质。

　　后现代主义解构思潮浩浩荡荡地摧毁了一切，从根源上首先对存在者的主体性加以瓦解。继尼采宣称上帝死亡之后，主体与作者均被宣告死亡。主体死亡之后，作为主体集合组成的民族与历史等概念也纷纷被瓦解。在社会学领域，本质主义民族观的破灭导致民族性宏大叙事的解构。20 世纪 80 年代以来，一系列社会学研究从本体论上揭示了民族性的人为建构本质。民族被揭露不再是古老的自然存在，而只是"文化人造物"（cultural artifacts）（安德森，4）。从历史的纵向维度看，民族只是继王朝之后的全新主权体形式，它是在启蒙运动推翻中世纪封建宗教权威后人们所抓住的另一种群体身份的归属。以英国民族性的形成为例，它的形成过程证明其本质只是新兴资产阶级在与旧贵族地主阶级斗争中所提出的一个政权组织形式。

　　与民族叙事出现危机类似的是历史叙事的危机。对旧有历史主义历史观的抨击主要来自兴起于 20 世纪 80 年代的新历史主义思潮。这一思潮的挑战对象之一正是传统历史书写中的总体性思维模式。新历史主义代表学者格林布拉特（Stephen Greenblatt）在提出"新历史主义"这一命名时指出，历史不当只有单一的声音，而是可能囊括多个版本。因此传统历史主义史观追求官方权威宏大叙事的做法是不可取的。不难看出，新历史主义的观点深受利奥塔与福柯等人的后结构主义思想影响。在具体的作品阐释中，新历史主义者着眼于"历史的文本性"与"文本的历史性"，既关注文本的具体时代背景，也挖掘历史书写的虚构特性。新历史主义者开启了从不同视角解读历史与历史相关文本的传统。在他们的拆解之下，原先被视为单一的历史成为断裂的、充满了异质性而不延续的若干小历史。

　　纵观后现代主义时期的碎片化理论与实践可以发现，在解构主义引领的后现代思潮的颠覆下，后现代思想图景俨然已是一派碎片零落、废墟丛生的景象。从前被认为意义寄身之所的总体性思维构架被一一打破；历史变为若干个他者的故事；民族被解释为想象的共同体；个体历史回忆仅是对事件的建构而非再现。这体现于文学创作中便是种种碎片化手段更广泛的运用。"二战"后以小说为代表的后现代主义文学作品中不仅仍有碎片遍布的现象,更见证了通向总体之路的坍塌。如有学者所评,"虽然现代主义作品里也出现碎片,但碎片断裂到如此张狂的地步——通篇由碎片构成,则只有在后现代主义作品里才能见到"(胡全生,52)。后现代大规模运用碎片化写作手段的代表作家当属美国小说家巴塞尔姆(Donald Barthelme)。他作品中的主人公宣称,"碎片是我信赖的唯一形式"(98)。以巴塞尔姆为代表,20世纪60年代后出现了大规模运用碎片化创作手法的风潮,其中代表名作包括巴塞尔姆的《亡父》(*Dead Father*,1975)与《白雪公主》(*Snow White*,1967),以及冯尼戈特(Kurt Vonnegut)的《冠军的早餐》(*Breakfast of Champions*,1973)与《黑夜母亲》(*Mother Night*,1961)等。在这些小说中,碎片化手法被运用于包括词汇、句子、段落以及章节在内的各个层面,包括情节、时间背景、空间背景、人物、叙事视角等必备要素纷纷遭到了切割。如詹姆逊总结,后现代创作中组织碎片的"拼凑法"(pastiche)"几乎是无所不在的,雄踞了一切的艺术实践"(369)。他对此状况进一步追根溯源后指出,其根源在于后现代主体经验本身的破碎状态,它就是"一堆支离破碎的混成体。而这样的主体在毫无选择原则及标准的情况下,也只能进行一些多式多样、支离破碎,甚至随机随意的文化实践"(同上,348)。

纵观碎片化思想与在文学中运用的发展历程,可见从前现代时期到现代主义时期再到后现代的当下,碎片与总体这对关系可谓为理解西方文明与文化自古至今发展的一个关键脉络词汇。如果说本雅明等现代主义学者尚能在碎片化中看到总体的影子,那么时至后现代主义时期,学者们在解构之后的废墟上再难以从碎片中见微知著。经历了后现代主义诸派理论对总体性思维构架的摧枯拉朽之后,生活在当下情境中的人们不得不面对真正意义上的荒原。此情此境如詹姆逊描绘,"旧有的过去了,将能取而代之的却仍然悬而未决"(365)。

作为成长于"二战"后的英国作家,巴恩斯作品中充满了后现代式碎片化写作。在巴恩斯创作生涯的三个创作阶段中,碎片化的表达方式各有不同。在以《福楼拜的鹦鹉》与《10½章世界史》为代表的早期作品中,巴恩斯大量运用视角、文体与故事情节的拼贴,反映了历史的碎片散布状态。而在以《英格兰，英格兰》与《亚瑟与乔治》为代表的中期作品中，碎片化的体现方式则是清单罗列在小说中的运用。这些清单均是小说中推动故事情节发展的关键环节，也均构成戏仿源文本参与戏仿建构、颠覆国族性相关的总体性叙事。在巴恩斯的近期作品中，《终结的感觉》与《无所畏惧》中的记忆书写不仅在形式上采取片段记忆为基本构架，更是在内容上反映了个体回忆的建构性与不可靠性。拼贴、清单、片段书写这三个与碎片化相关的手法既互相联系，又互有侧重。拼贴本是将碎片组织为总体的形式，然而巴恩斯对历史的拼贴更多地反映碎片与碎片之间的难以整合、各自独立的状态。清单是将其中条目加以融合的看似具有完整性的构架。然而，巴恩斯罗列的两份清单及其象征的民族性宏大叙事诗，均分别在他笔下成为通过戏仿加以颠覆的对象。至于巴恩斯对记忆的片段书写，则是直接将笔墨聚焦于具有碎片特征的片段记忆之本身。

列维纳斯与他者伦理

如果说碎片化书写本身已经蕴含了解构的特征，在后现代小说中亦不算少见，那么在碎片化书写中同时体现伦理意蕴则是巴恩斯作品的独有特征。巴恩斯通过拼贴、清单与片段书写进行碎片化解构式写作，并不意味着他对碎片化状态的全盘接受，而仅仅表达出他对后现代境况中碎片丛生这一状态的观察。事实上，巴恩斯对碎片化状态所导致的虚无主义与相对主义深感不安。他一方面清醒地意识到并竭力描绘碎片化生存境况，另一方面却不愿在这碎片遍布的世界中束手就擒与随波逐流。这种不甘与渴求在他的作品中表现为不同个体的伦理诉求，形成了他作品在解构之余的积极面向。必须说明的是，理解巴恩斯作品的伦理诉求不应该将其置于传统伦理学框架内以三纲五常的标准加以阐释，而应将其置于列维纳斯倡导的具有形而上特征的他者伦理框架下。

法国哲学家列维纳斯与他的他者伦理理论在 20 世纪西方哲学图景

中的地位相当特殊。一方面,他青年时代求学于胡塞尔门下,深受海德格尔影响,20世纪30年代时就已经是在法国传播现象学的先驱。他不仅是萨特存在主义学术上的"引路人",更是做过德里达的老师。尽管声名不显,他可谓20世纪多个思想运动背后的启迪者,因此也有学者称他为20世纪法国哲学的"隐王"(Critchley 2002,5)。另一方面,在哲学综述中他常被与小他一辈的德里达和利奥塔归作一派。他的他者伦理理论20世纪60年代就已成熟,但直至80年代后才经由德里达进入欧美主流思想界的视野,后逐渐受到重视与传播。如有学者总结,之所以如此是因为"列维纳斯既难以被置于伦理学的一般领域,也难以被置于现代法国哲学的更局部领域。难就难在无法把他的著作纳入任何一个可以确认的学派或思想体系"(Davis,131)。这种尴尬境地的产生究其根源,在于他身上希腊与希伯来两希文化双重影响带来的双重哲学面向。因此理解列维纳斯的伦理学,必须看到他理论体系中伦理与解构的双重面向。前者源自他在求学生涯中受到的西方正统哲学教育,尤其是他深受胡塞尔现象学和海德格尔存在论影响的理论背景;后者则源自他的犹太民族身份,以及这一身份为他带来的希伯来文明与犹太教烙印。尽管他本人严格区分自己的宗教研究与哲学研究,但是很难否认他倡导的超验他者形象中存在上帝的影子。

理解列维纳斯的起点在于他与西方传统伦理学观念大为迥异的伦理理论。在亚里士多德的学科分类中,伦理学隶属于实践科学,后来成为哲学中的一个分支,是以哲学方法研究道德①的学问,它关心的是价值与价值的判断。在伦理学内部,又可进一步区分出规范伦理学(normative ethics)与元

---

① 在伦理学内部,伦理与道德这对相近词汇的运用存在不少争议。在汉语中,伦理建立在道德之上,是对其的一种客观的描述。而道德则是社会的产物,是特定社会条件之下的种种人际规则。中文的伦理更强调客观规律,甚至可以用来形容乐理。而英文中的伦理(ethics)与人更为贴近,可以描述人的性情气质。至于道德这一概念,英文中更为强调其区分善恶的能力;中文则暗含社会特性,也给多变性留下了空间。列维纳斯的理论中未过多涉及两者的差异,故以下行文中将不再对其进一步阐述区分。

伦理学(metaphysics)。前者系统地了解和探讨道德观念与价值判断,后者则以伦理规则的运作本身作为研究对象。因为伦理主要探讨人际交往的规则,它往往涉及行为的对错、善恶与应该与否。列维纳斯他者伦理语境中的伦理则摒除了传统伦理学对具体伦理关系中善恶与对错的探讨。他眼中的伦理关系是个体与具有超越性特质的他者之间的关系。传统伦理意义上的善、应该与伦理责任等概念在他的理论中均可归结为唯一的一条伦理律令,即自我必须履行朝向他者的伦理责任。他者伦理的提出有其特殊语境,为的是反对传统形而上学中本体论的核心地位。可以说,列维纳斯批判式地继承了海德格尔对存在者与存在之间关系的看法。他肯定形而上学的核心在于存在者,但否认了存在者的存在意义在乎其自身,而是将其归结于超越主体世界的绝对他者。因此在他眼中,自我与他者的关系凌驾于一切本质之上,而描述这种关系的伦理学才应该是真正的形而上学,是“第一哲学”。

与20世纪的许多哲学家相同的是,列维纳斯的思想出发点仍可以追溯至尼采。他同样深受总体性幻灭的影响,以抨击西方文明传统的同一总体思维模式为前提与出发点。他认为包括柏拉图、黑格尔与胡塞尔在内的西方哲学从巴门尼德到海德格尔一直奉行的是企图同化他者他性的本体论。尤其自笛卡尔以来,近代哲学由于过于注重主体的存在意义,助长了唯我主义的嚣张。西方传统哲学逐渐为征服提供合理性,最终酿成如“二战”这般的全人类悲剧。列维纳斯将西方文明发展所走的歧路归因于总体的霸权,宣称作为主体的自我总是持有“一种普遍综合的企图,力求把所有的经验,所有合理的东西还原为一个总体”(*EI*,75)。而达到这一目的的方式是通过引入某种形态的中介物,以便保留他者异质性痕迹的同时亦可以见融于同者的总体性构架。即便海德格尔已经注意到这一问题,提出此在与他者共在的理论,但他仍是无形中预设了某种存在的统一体,因此并非彻底摆脱了总体性的桎梏。对列维纳斯而言,他的哲学使命在于宣称“我将走我自己的道路,并且与巴门尼德决裂”(*Time and the Other*,42)。如同诸多当代学者一般,他致力于对种种总体性思维的攻击,这一出发点构成了他者思想中的解构基底，也间接促成他的学生德里达解构主义理论的产生。

列维纳斯的伦理理论体系围绕他者(the Other)①而展开。他者问题在不少哲学家的理论体系中都是一个十分重要的问题域，列维纳斯也远非第一个关注他者的学者。可以说，"他者问题之重要使得它被认为是贯穿20世纪哲学的第一主题"(Theunissen, 2)。德国学者托尼逊(Michael Theunissen)在将各派他者学说并置对比考察的基础上提出，哲学家们眼中的他者无外乎两种。一种以布伯(Martin Buber)及萨特为代表，将他者视为"他我"(alter ego)，这种他者观可称为超验主义他者观；另一种则是以胡塞尔与海德格尔为代表，将他者视为主体的对话对象，即"你一他"(Thou)，这种他者观可称为对话主义他者观。这两种他者观构成线段的两端，其中在超验主义一端与对话主义一端中分布了不同学者的他者观，它们均是"衍生而来的修正或者某种程度上的两者的混合体"(3)。如果在这一线段上寻找列维纳斯他者观的位置，那么他理论中的他者一定是处于超验主义的那一端，并且它的超验性甚至远远超过了布伯与萨特。列维纳斯的他者伦理体系区分出了相对他者与绝对他者。相对他者是被许多哲学家提及的他者：是黑

---

① 在他者问题的研究中，他者一词对应的具体词汇以及原词大小写问题常常引起争议。在列维纳斯的行文中，他者一词实际上对应两个法语词汇，分别是"Autrui"和"Autre"。列维纳斯行文中对这两个词语的使用前后并不统一，更未做出大小写的区分。只不过大致可以看出列维纳斯他者伦理体系中"他者"有"他人"与"他者"之分：前者专指他人，大致符合法语的传统；后者泛指一般，指普遍的他性，是他异性(EI, 17)。列维纳斯曾明确地指出，他者的首要含义是指"他人"，"绝对的他者，就是他人"(TI 39)。不过在他的具体使用中，他者有时也涉及非人的概念，如死亡、无限、超越甚至上帝。也有学者对列维纳斯的"Autrui"与"Autre"的区别提出了如下猜测："Autrui"单独用于指称与我同处伦理关系之中的他人，而"Autre"则指的是任意的他者(Critchley, 6)。相较于列维纳斯，同样以法语写作的拉康则对"Autrui"与"Autre"这两个词的用法做出了严格的区分。

在将列维纳斯的文字从法语译为英语时，英译者林吉思(Alphonso Lingis)是如此处理的："尽管作者在原文中对这两个词语的使用并非严格区分'他人'与'他者'，但是在作者本人的同意之下，我们将'autrui'(他人，你)译为'the Other'，'autre'译为'other'"(TI, 24)。换言之，列维纳斯本人亦赞同这一小写他者与大写他者的特指和泛指区别。除林吉思之外，包括柯恩(Richard Cohen)在内的其他列维纳斯英译者也大多坚持以"other"大小写表示 Autrui 与 Autre 之分的做法。

格尔主奴辩证法中我这一主体的奴隶；是海德格尔存在论现象学中与我构成"共在"（mitsein）的另一部分；是萨特存在主义哲学中注视我的敌人。这种他者本质上是他我，可以被转化成同一或自我。列维纳斯对这种他者的价值并未全盘否定，但他认为相对他者不足以揭示"他者"的真正涵义，更重要的是真正的、绝对的他者。绝对他者具有真正的异质性，能够逃离同者与总体的掌控。正是这种绝对他者相对于自我的绝对高度与超越性使列维纳斯的他者观与众不同。

他者概念的提出使得列维纳斯得以借其实现对总体性结构的批判。在与巴门尼德决裂的口号下，他提出"同一与他者之间巨大的差异意味着不可能有人存在于同者与他者的关系之外，而去记录两者互动之间的关联性与非关联性。若非如此，同者与他者就会在同一个凝视下被统一成一体，两者之间的绝对距离也就被消弭了"（*Totality and Infinity*, 36）。真正的、绝对的、超验的他者出现之后，以其绝对的他性、外在性与无限性不允许自己被整合，从而导致总体无法被建构（*TI*, 80）。由是，它得以打破总体的霸权，逃离总体的掌控。

列维纳斯的思想可谓具有超前性。之所以他的思想在其提出之时未受广泛关注，直至 20 世纪末才得以流行，除了机缘巧合之外，更是因为它的解释力直至后现代情境危机浮现之时才广泛受到关注。此时，小他一辈的萨特与德里达的晚期思想中均表现出了某种类似于他者伦理思想的伦理转向。90 年代前后，包括吉布森（Andrew Gibson）、巴特勒（Judith Butler）与纽顿（Adam Zachery Newton）等在内的当前知识界颇具影响的学者也频频援引列维纳斯论著，吸引了更多人关注他的思想，如《当代小说研究》（*Modern Fiction Studies*）这样的权威文学评论杂志也在进入 21 世纪后出版了列维纳斯专刊（2008）。可以说，列维纳斯伦理理论的重要使之成为欧美思想界近年来伦理转向的基石之一。在伦理回归的大背景之下，布思（Wayne Booth）与努斯鲍姆（Martha Nussbaum）等人文主义学者代表其中一支，常被称为北美学派。与其地位相当的还有欧陆学派，而欧陆学派的核心理论就是列维纳斯的他者伦理。费伦（James Phelan）对欧陆学派的伦理转向思潮评价道:"伦理学的发展革新引发西方文艺批评界 20 世纪末以来的伦理转向,以列维纳斯与德里达为代表的欧陆派学者将新的伦理学理念运用于文学批评之中"(2007,6)。更有学者提出,"(与北美学派)相比之下,欧陆学派的分析更为有力,它强调的是欧陆哲学关于各种正在发展的他者性(alterity)、他性及现象学的观点"(Womack,106)。如果说北美学派的伦理批评是从作品批评的角度出发,更为倚重文本;那么欧陆流派则是从伦理学出发,以伦理学内部的颠覆创新引发文学分析的全新视角。

　　具体到列维纳斯他者伦理的核心内容,德里达曾以一个恰当比喻加以形容,称其论证方式为"如波浪般反复而不断强化地冲击海岸"(Critchley 2002,6)。列维纳斯的他者伦理思想究其本质可以一言以蔽之,即"他者的在场对我自发性的质疑"(*TI*,43)。然而从这一句话列维纳斯发展出了一个庞大的理论体系,通过对不同术语的论述加以反复阐释。例如,他以"经济"形容自我在唯我主义中自给自足的状态;以"爱欲"与"繁殖"等描绘自我与他者的关系原型。在他论证的诸多概念中,本研究的论述将着重围绕"他者之脸"、"欲望"与"言说"这三个关键词展开。它们不仅是贯穿列维纳斯整个思想体系的重要概念,勾勒出他以波浪不断冲击目标海岸的思维阐释方式,而且契合巴恩斯对不同主题的碎片化书写,有利于更好地表达巴恩斯作品解构之余的伦理意蕴。

　　"他者之脸"(face of the Other)是列维纳斯最为知名的术语。因为这一个概念的独创性,他的思想也常被称为"脸孔现象学"。脸孔是他者的出场方式,当我与他者相遇时,他者以他者之脸的形式显像,凌驾于我之上,一方面"拒绝被占有,拒绝来自我的权利"(*TI*,197);另一方面"对我言说并将我拉入伦理关系之中"(*TI*,198)。如此一来,脸孔所展示的便是一种"见而不遇"的绝对他者。脸孔具备双重属性。因为在与脸相遇之时,"脸同时给予和遮蔽他者"(*TO*,78—79);它同时是我同情的对象和我羡慕、害怕与欲望的对象。在早期的论述中,列维纳斯还赋予了它具象化的比喻,脸是贫弱的"陌生人、寡妇和孤儿"(*Ethics and Infinity*,89),"而我却是富人或当权者"(*TO*,83)。在脸孔的映照下,自我得以打破自身虚假的总体,以伦理的方式走向他者。

脸所带来的他者的出场引起了自我对他者的欲望(desire)。欲望这一概念在列维纳斯早期思想中便有大量论述,他的代表作《总体与无限》也是以对欲望的阐述开篇。在列维纳斯的理论体系中,欲望与"需要"(need)需要加以区分。在他看来,需要是同化他者或利用他者的一种我对他的作为。它的特点是满足自身,回到自身。如列维纳斯所言:需要的"本质是一种乡愁,渴望回归"(*TI*,33)。相比之下,他者伦理语境中的欲望是一种"对不可见东西的欲望"(*TI*,33),其对象是身处高处的绝对他者以及其他异性(*TI*,34)。因此,欲望"不是来自匮乏和局限,而是来自盈余,来自无限的观念"(*TI*,210)。它是一种开放的姿态,是一种面向由他者带来的无限性的态度。正是因此,欲望也是不可被满足的,它以欲望的动态性为恒定状态以满足自身。

他者之脸的存在激起自我的欲望,同时也赋予自我以不可推卸的责任,这一责任便是"言说"(saying)。言说是主体面对绝对他者履行朝向他者责任的方式。言说不同于"所说"(the Said)。所说是传统哲学的语言,其中包含声明与主张,如有关世界、真相、存在、个体身份等的论断。相较于所说,"言说是交流,且更重要的是,它是交流过程的前提——祖露"(*Otherwise than Being*,48)。通过言说所祖露的对象是绝对他者,而言说的执行主体则是自我。言说是这样的一个事实:在脸孔的面前,我并非僵立着思考,我回应它。言说是一种招呼他者的方式,招呼他者也是一种回应他者的方式(*EI*,88)。因此,言说意味着必须"回应"(respond)他人的要求,而"回应"即是"责任"(responsibility)。如果对这种言说的责任拒绝履行,则可能导致悲剧的发生,这点已经被如"二战"这样的人类惨剧所证明。语言是自我与他者间的基本关系。语言言说可以干扰所说的霸权,从而救赎一向被哲学压制的"未说"(the Unsaid)(*EI*,13)。言说意味着对他者无保留的真诚的祖露,是奉献一切,是不藏私,也是无力拒绝他者的接近。它可以是语言形式的,甚至是非语言形式的,是一种不可被固定下来的行为和姿态。而所说则是交流的内容,是一种可以被判定的论断。

脸孔、欲望与言说这三个概念可以被视为列维纳斯他者伦理体系中的三位一体概念,通过不同的侧面反映出他倡导的主体面对总体破碎的应对之道。在脸孔之中，个体看见他者产生了欲望。亦是以脸孔为媒介，个体开启与他者的语言和回应，以履行在两者伦理关系中所肩负的绝对责任。于是，他者通过脸孔彰显其他性并构成超越的对象，引发欲望以构成超越的动机，而言说则成为超越的具体方法。据此考察巴恩斯的碎片化书写，可以认为，在巴恩斯对历史的种种拼贴处理中，最终浮现的是他者之脸以及主体对其的追求；在对英国性的清单罗列之余，巴恩斯通过玛莎与亚瑟两个主要人物展现了对无限他者的欲望；而在对个体记忆的片段化书写中，巴恩斯倡导记忆者具有面向记忆中他者反复言说的伦理责任。

他者伦理概念的采用使得伦理与解构这对原本并不在同一范畴内的概念产生了关联。而解构伦理成为 20 世纪末伦理转向的重要伦理领域之一。解构伦理关注解构式阅读本身的伦理层面。迄今为止，对两者关系研究最充分的是文评家米勒的《阅读的伦理学：康德、德曼、艾略特、特罗洛普、詹姆斯与本雅明》（*The Ethics of Reading：Kant，de Man，Eliot，Trollope，James，and Benjamin*，1987）与哲学家克里奇利（Simon Critchley）的《解构的伦理学：德里达与列维纳斯》（*The Ethics of Deconstruction：Derrida and Levinas*，1992）。作为解构主义传播干将，米勒对解构伦理的研究构成了对解构导致虚无观念的回击。他认为解构并非执意拆除所有文学阐释的权威性与确定性。将解构视为对文本的随意曲解，这是对解构的误解。之所以称之为误解，具体缘由有三：首先，被视为解构主义干将的德里达与德曼均未曾说过读者可以任意曲解文本，他们甚至都表达过与之相反的观点。其次，反对者将虚无主义标签贴于解构实践的做法是对这一标签的僵化理解。再次，反对意见误解了阅读与批评行为中必然蕴含的伦理时刻，甚至直接忽视了这一时刻的存在。

克里奇利同样关注解构阅读与批评中的伦理，他认为米勒注意到了解构中的伦理时刻，但并未厘清其中的伦理实质。他明确提出解构的伦理不是传统隶属于哲学分支的道德哲学意义上的伦理，而是一种列维纳斯式的伦理，因此"解构式的文本实践可以，也应该被视为伦理责任"(1)。克里奇利在仔细分析德里达思想的基础上，提出英美学界之前对其的引介过于强调解构，而解构并非德里达本意的终极目标。他认为不仅解构可以被理解为伦理诉求,而且伦理是以解构的方式达成的。德里达的解构就是为了呼唤伦理回应,而"伦理性的时刻是解构的目标与视野"(2)。因此,德里达与列维纳斯的思想之间实际上存在不少共通之处,师徒两人观点的差异也并非像两人的著名论战中看起来的那么大相径庭。在对待总体与碎片关系的阐释中,列维纳斯的他者伦理思想既解构认知本体论传统却又重视伦理、推崇责任、坚持终极价值。这种思维进路的双重面向与巴恩斯在文学创作中所表现出的碎片化思维模式在本质上极为相契。综合米勒与克里奇利的观点,可以试对解构与伦理的关系提出以下几点共识:首先,两者之间存在一定程度的对立;其次,现有研究普遍只看到解构,而对伦理避而不谈;最后,考察阅读中的解构伦理需要着重关注阅读这一读者与作者发生交汇的时刻。

　　本研究以碎片化书写为切入点,以解构与伦理两个关键词作为巴恩斯作品理论框架的分析经纬,有必要再对解构与伦理两者之间的关系加以阐述。一般而言,解构为解读作品的策略,伦理为人际相处的准则,两者之间似乎并无可比之处。本研究选择将解构与伦理并置,对这两个关键词的理解均需要看到它们各自的特定语境。首先,解构既是一种解读作品形式的策略,亦是针对后现代情境诸多理念崩塌的思想原则。它既发生于形式层面,亦产生于内容与主题层面。其次,本研究采用的伦理观为列维纳斯他者伦理观,着重探讨面临已然崩塌的解构后情境,是一种从碎片出发的伦理思想。解构是履行伦理职责的前提,两者间实为共生关系。解构与伦理的双重要素体现在巴恩斯的小说中,更多表现出的是两者相互依存。换言之,巴恩斯在对历史、国族性与记忆展开解构的同时,也使得伦理意义借由主体的行为得以浮现其间。

　　尽管巴恩斯本人并非严格意义上的学院派作家,但他的求学经历赋予了他相对深厚的哲学功底①。事实上,他的小说还曾在书店上架时被划入哲

---

　　① 巴恩斯本科就读于牛津大学现代语言专业(Modern Languages and Linguistics),专攻法语。这一专业学习课程包括目标语言相关的文化与理论,因此他在求学期间对不少当代哲学家的理论思想有所接触。除此之外,在选择法语专业之前,巴恩斯曾短暂主修过哲学专业。详见 https://www.ox.ac.uk/admissions/undergraduate/courses-listing/modern-languages?wssl=1,accessed May 21ˢᵗ,2015。

理小说分类。如德勒兹所提,哲学与文学本就为一体。本研究选择结合后现代解构理论与列维纳斯的他者伦理思想对巴恩斯作品的碎片化书写进行分析,也正是基于这一基本认知。在具体的分析行文中,本研究将围绕解构、伦理以及碎片化书写三个关键词,根据巴恩斯创作的三个阶段通过三章的论述分别解读他的作品中对历史的拼贴、对英国性的清单罗列以及对个体回忆的碎片化书写。此后将进而通过他者之脸、欲望与言说这些他者伦理的关键概念具体分析巴恩斯碎片化书写的解构特征与伦理意蕴。可以说,三章之间在多个层次上形成了并列或递进的逻辑对应关系。第一章对巴恩斯创作第一阶段的两部代表性作品《福楼拜的鹦鹉》与《10½章世界史》展开细读,重点考察巴恩斯如何对历史书写以拼贴方式进行的碎片化处理;第二章则以巴恩斯创作中期的《英格兰,英格兰》与《亚瑟与乔治》为分析对象,讨论巴恩斯通过运用清单对英国民族性宏大叙事的颠覆与解构;第三章则聚焦巴恩斯近期两部相对较为完整的作品《终结的感觉》与《无所畏惧》,讨论其中对个体回忆的片段记忆书写。如前文所总结,在三章对应的三个创作阶段中,巴恩斯侧重关注的主题从早年世界性的历史,收缩至中年象征民族身份的英国性,再至近年具有普世特征的个体。他所运用的碎片化手法在第一阶段的作品中主要表现为拼贴,在第二阶段的作品中是清单的戏仿书写,在第三阶段的作品中为记忆的片段化书写。在将这些主题中的总体性结构一一打破的同时,巴恩斯也通过笔下的个体表达了应对碎片化世界的伦理履责姿态。对这一伦理意蕴的分析在第一章集中于对主体遭遇的他者之脸的剖析,在第二章集中于主体对他者的绝对欲望,而在第三章则集中于面向他者这言说的责任之表现。由此,三章的分析旨在揭示巴恩斯如何在有关历史、英国性与记忆三个主题的碎片化书写中,既表现出打破总体的解构维度,亦勾勒出朝向他者超越性的伦理维度。

第一章　历史拼贴与他者之脸

在巴恩斯的早期作品中，《福楼拜的鹦鹉》和《10½章世界史》使他广受读者与评论家关注。前者的成功替他在英国文坛赢得声誉①，而后者则被称为他最具实验性的作品（Childs 2009，72）。相较于巴恩斯其他早期作品，《福楼拜的鹦鹉》与《10½章世界史》之间共通处颇多。事实上，在巴恩斯最初计划中，《10½章世界史》本就被设计为《福楼拜的鹦鹉》的续篇②。在两者的诸多相似中，最明显的当属拼贴叙事策略的大规模运用以及拼贴式碎片书写表达的历史认识困境。如《10½章世界史》中"插曲"一章的叙事者所直陈，"历史是多媒体拼贴画"（240）。本章的论述将从两部小说中的碎片拼贴叙事策略出发，以对比细读的方式具体讨论两部小说对叙事文体、叙事视角及所叙故事这三个文本元素所做的拼贴实验，探索拼贴形式折射出的碎片化历史观，并在此基础上进一步挖掘埋藏在碎片中的他者之脸形象，探索巴恩斯所传达的深层伦理意蕴。在具体论述之前，有必要首先简要述评文学拼贴的运用。

---

① 《福楼拜的鹦鹉》问世后不久即入围当年度英国小说布克奖短名单，次年斩获杰弗里·费伯纪念奖与法国梅迪西斯奖(非虚构类)。这部小说还为巴恩斯打开海外市场，成为他首部拥有译本的作品。除此之外，它在美国市场大获成功，连带带动了之前两部小说的引进出版(Hulbert，37)。

② 在巴恩斯原本计划中，《10½章世界史》仍打算沿用《福楼拜的鹦鹉》的叙事者布拉斯韦特做统领性叙事，让他以讲述福楼拜的方式从怀疑的视角看待圣经。在后来的成书中，巴恩斯选择将布拉斯韦特这一统领性叙事者删除。

在文学创作与批评语境中,"拼贴"(collage)是一个常见于现代主义文学与后现代主义文学的写作技巧术语①。国内外文学词典对拼贴的定义存在以下共识②:文学拼贴的灵感源自 19 世纪初绘画技巧③,在现代主义时期传入文学创作,深深地影响了乔伊斯(James Joyce)、艾略特(T. S. Elliot)、庞德(Ezra Pound)及普鲁斯特(Marcel Proust)等现代主义时期文人的小说与诗歌创作。时至后现代主义时期,伴随拼贴技巧在大众文化中的大规模流行,拼贴在文学中得到了更广泛的运用。它的流行致使有学者直接称其为"后现代主义艺术和文本的制作方式"(王先霈、王友平,679)。小说家巴塞尔姆更直接宣称"拼贴原则是 20 世纪一切艺术手段的核心原则"(11)。在后现代小说中,文学拼贴运用的种类与样式繁多。拼贴的规模包括总体性拼贴与局部性拼贴;拼贴的媒介涵盖文字与非文字拼贴,可以涉及包括图画和照片等在内的视觉材料;拼贴的对象涉及叙事视角、情节、时间、空间、所叙事件等种种小说元素。具体至本章重点分析的两部作品中,拼贴的运

①　英文中的拼贴(collage)一词源自法语 coller,本意为粘与贴的行为。文学评论中与之相近的术语还有"蒙太奇"(montage)、"拼装"(bricolage)以及"拼凑法"(pastiche)。蒙太奇常常用于电影艺术中。拼装由列维·斯特劳斯(Levi Strauss)提出,往往运用于大众文化领域。"拼凑法"更强调对原有媒介的复制与拷贝,被詹姆逊称为晚近资本主义时期的文化表述方式。在克里斯蒂娃(Julia Kristeva)看来,拼凑与戏仿(parody)同为互文的具体形态。

②　见朱先树等编著《诗歌美学词典》,四川:四川辞书出版社,1989,第 291 页;乐黛云等主编《世界诗学大辞典》,沈阳:春风文艺出版社,1993,第 371 页;(英)福勒《现代西方文学批评术语词典》,袁德成译,成都:四川人民出版社,1987,第 195 页;王先霈、王友平主编《文学批评术语词典》,上海:上海文艺出版社,1999,第 679 页;陈世丹《美国后现代主义小说艺术论》,大连:辽宁师范大学出版社,2002,第 16 页。

③　具体而言,绘画拼贴技巧主要源自西班牙画家毕加索和法国画家布拉克(Charles Braque)在帆布绘画作品中对日常生活用品异质素材碎片的大规模拼凑运用。毕加索与布拉克本人并未对拼贴技法加以推广,真正在绘画中大规模运用这一技法的是其后的未来主义画派、达达主义画派以及超现实主义画派。未来主义画派的风格特点便是大量将已有物品加入绘画排版中;达达主义画派画作善于运用一些二维媒体的诡异艺术拼贴;超现实主义画派则将拼贴与弗洛伊德式心理分析挂钩,着力以绘画形式勾勒各种心理状态。到了后现代时期,拼贴技法亦大量出现在除了绘画与文学之外的各种艺术形式中,例如李·佩里(Lee Perry)的音乐艺术以及柯林·罗(Colin Rowe)的建筑艺术等。

用呈现出多样化特点，不仅拼贴的媒介涵盖了文字与非文字文本，而且拼贴的对象包括文体拼贴、叙事视角拼贴，以及分别从横向与纵向角度展开的所叙故事拼贴等多种元素。

第一节　视角拼贴与多元历史

《福楼拜的鹦鹉》与《10½章世界史》中，最显而易见的拼贴元素便是叙事视角的拼贴。《福楼拜的鹦鹉》全书围绕福楼拜书迷布拉斯韦特对自己偶像作家生活细节的考证之旅展开。这一考证之旅既是一段法国游记，同时也是一场侦探之旅，行程的使命是找出福楼拜创作《一颗质朴的心》①时所使用的鹦鹉原型。小说始于布拉斯韦特先后在福楼拜家乡小镇鲁昂镇区和老家遗址发现两只鹦鹉，它们各自被称作福楼拜小说中提及鹦鹉的唯一原型。布拉斯韦特之后的旅程便围绕探寻两者的真假而进行，他的最终侦查结果并不理想。不仅没能锁定福楼拜曾用的鹦鹉标本，而且备选鹦鹉标本数量从两只变为一整屋子。真相在探寻之后越行越远，飘摇不定。

在《福楼拜的鹦鹉》中，巴恩斯在布拉斯韦特的第一人称叙事中突然拼贴入福楼拜情人路易·科莱（Louise Colet）②的视角进行叙事。在《10½章世界史》中，他更是彻底打破了小说叙事视角统一的传统，为每一章乃至每一节都安排了不同的叙事者，形成了多个视角的拼贴。以《福楼拜的鹦鹉》为例，其中尽管存在一位统领性叙事者布拉斯韦特，但是巴恩斯对视角拼贴

---

① 《一颗质朴的心》（*A Simple Heart*，1877）收录于福楼拜短篇小说集《三个故事》（*Three Tales*，1877）中，是他晚年创作的一部短篇小说，主要讲述了贫苦女仆费力西特（Felicite）平凡而高贵的一生。也许为了回应乔治·桑对他缺乏感情的指责，福楼拜在这部小说中少见地进行了大量感性抒发。

② 路易·科莱（Louise Colet，1810—1876），女诗人，出生于普罗旺斯地区艾克斯（Aix-en-Provence），以写作维生。二十多岁时嫁给音乐家希波莱特·科莱（Hippolyte Colet）后定居巴黎。家中常举办的文学沙龙在当时的文人圈十分流行。从1846年到1855年，她与福楼拜曾维系约八年之久的情侣关系。

的暗示自小说伊始便已经借由"鹦鹉"这一形象以象征的方式传递给了读者。当布拉斯韦特在福楼拜家乡小镇鲁昂首次发现一只被称为福楼拜小说中所提鹦鹉的原型标本时,他的反应是"我呆呆地注视着这只鹦鹉,吃惊地感觉到,自己对作家产生了火热的激情"(16)①。可是当他不久后再度看到一只号称被福楼拜"使用"过的鹦鹉时,他的怀疑之情油然而生:"你如何将两只鹦鹉做比较? 一只早已被记忆和比喻理想化了,另一只咯咯叫着闯了进来。"(21)第二只鹦鹉的出现颠覆了有关鹦鹉原型相关历史事实的唯一性。它象征了另一种声音的出现,提供了另一个版本的叙事。"作家的声音——是什么使你认为可以这么轻而易举地找到它? 这是第二只鹦鹉发出的反驳。"(22)作家的声音代表了有关福楼拜的真相,而第二只鹦鹉的出现则象征了多元的视角,通过另类版本打破唯一真相的霸权。在这两部小说中,巴恩斯多次做出为另类视角发声的尝试,其中较具代表性的多元化叙事分别是来自福楼拜情人科莱的女性视角、诺亚方舟上木蠹的动物视角以及来自疯癫者凯瑟琳的疯人视角。

科莱的女性视角

《福楼拜的鹦鹉》中最明显的"第二只鹦鹉"来自福楼拜的情人科莱。在小说进展到"字典"一章时,科莱的形象在目录 C 下首次浮现在读者眼前。她在布拉斯韦特的叙事中显得形象负面。布拉斯韦特形容她"单调乏味"、"胡搅蛮缠",令人感到"痛苦"与"叫苦不迭"。科莱果真如此不堪吗? 福楼拜本人曾在写给科莱的信中称她在自己"生存的墙上炸开了一个大缺口",并向她保证她必然会在他回忆录中占有非常了不起的一席之地(117)。可见科莱的存在对福楼拜而言十分重要,她在与福楼拜的关系中绝非一厢情愿。如此一来又该如何解释科莱在布拉斯韦特叙事中呈现出的负面形象呢? 这一问题的答案就来自叙事者布拉斯韦特本人。上述对科莱的描述是

---

　　①　本研究中出现的巴恩斯作品译文均为笔者依据英文原文在参考现有中文版的基础上稍加改动,下文将不再另做说明。

他作为福楼拜崇拜者站在福楼拜的角度做出的想象与猜测,夹杂其间的个人情绪导致了叙事的偏颇。

当小说进展到第十章"指控"时,科莱第二次出现在布拉斯韦特的叙事中。此时,布拉斯韦特再度渲染了福楼拜对她的冷淡态度。然而,当这段叙事完结后他却突然画风一转,突然意识到"我们只听了古斯塔夫的一面之词。也许应该有人写写她的故事:不错,为什么不写写露易丝·科莱的故事呢?我可能会写。对,我会写的"(135)。布拉斯韦特没有食言,紧接其后的第十一章便以"露易丝·科莱的叙述"为题,尝试从科莱的女性视角讲述了她与福楼拜之间的爱恨纠葛:

> 现在请听听我的故事吧。我坚持你听一下。来,挽起我的手臂,就像那样让我们一起散散步。我有故事要讲给你听:你会喜欢这些故事的。我们沿着码头走,直到过了那座桥,不,再下一座,而且也许我们可以在什么地方喝点干邑白兰地?一直等到煤气灯暗下来,然后再往回走。来吧,你肯定没有被我吓坏吧?干嘛这幅表情?你认为我是个危险的女人?噢,那可是一种恭维的方式,我接受这样的恭维。或者,也许……也许是我非要说的话让你害怕了?啊哈……噢,现在来不及了。你已经挽住了我的手臂;你不能将它甩开。毕竟我比你年长。你有义务保护我。(137)

这段开场白勾勒的女性形象性格十分纠结。她看似相当强势,不容拒绝地要求倾诉对象挽起她的手臂、陪她散步、不准甩开且必须保护她;她软硬兼施,先后以女性与长者的身份向听者施加压力。然而,她又自嘲是个"危险的女人",说话让人害怕。其实她需要的不过是别人能够听她说说话而已,不难看出她对发出自己的声音十分渴求。在察觉出对方不愿听她倾诉后,她立刻以几乎是蛮不讲理的语气告诉对方现在想要撤退来不及了,不惜以强势压迫确保自己的倾诉得以继续。

在福楼拜与科莱的爱情关系中,福楼拜因《包法利夫人》(*Madame Bo-*

vary,1857)闻名于世。这一成功使他在当时法国知识分子圈内享有极大话语权,而事业不如他成功的科莱相比之下自然显得黯然无光。但世俗成就的差别只是次要原因,导致科莱被动沉默的根本原因追根究底还是她的性别身份。一方面,科莱所处的时代是法国妇女运动首次兴盛后的消沉期①。1789 年法国大革命爆发后妇女迅速走出家庭。她们不仅在革命中充当先锋,而且积极寻求发挥社会作用。在革命中她们主导了"要面包"运动,并在武装起义中站到了最前线。攻占凡尔赛宫时正是妇女率先带领群众冲向宫门,这一场景日后启发了名画《自由引导人民》(*La Liberté guidant le people*,1830)。大革命后法国各地便成立了多个妇女政治俱乐部;由古日与罗兰夫人等妇女活动家发起的投票权运动甚嚣尘上。如英国作家伍尔夫所言,法国妇女这些反抗男权的行动与反法西斯行动一样正义。然而另一方面,法国大革命后受到传统天主教会势力反扑的影响,法国社会主流观念迅速回归到"男主外、女主内"的传统框架内,甚至较以往有过之而无不及。强势男权的复辟甚至将古杰与罗兰夫人等女权主义者送上断头台,导致女性地位重归低下。当时的法国妇女地位如列宁所评,"在资本主义社会里,

---

① 科莱生活的 19 世纪中期盛行以妇女运动代称女性维权行为。女权运动这一专有词汇直至 20 世纪初才正式出现。受法国大革命影响,法国女权运动的开展时间早于英国。此时在隔海相望的英国,女性地位仍趋于保守。人们心目中的女性形象以维多利亚式家庭天使为代表。在英国王的倡导下,保守势力主张传统的女性观为社会主流。女王本人亲自对女权运动发出了强烈的抨击:"女权运动拖延时日,贻害无穷,是违反道德的疯狂行为,它使那些忘记了女性应有品行的社会同性丧失了理智。为此女王呼吁一切响应号召的妇女团结起来,口诛笔伐,全力阻止这些可怜的同性进行女权运动,女王对这个问题的忍耐度是有限度的。"(富士谷笃子,25)19 世纪中期后,英国的女权意识开始逐渐抬头。选举权成为运动的核心。这波主要由知识女性主导的运动持续近一个世纪。以英格兰为例,女性社会活动家发表多封申辩书。例如,玛丽恩·里德(Marion Reid)1843 年在爱丁堡出版了《为女性申辩》一文伸张女性权力,影响巨大。在英国女权运动中女性政治团体起到了关键性的作用,如芭芭拉·莉·史密斯和人称"兰厄姆广场女士"的女性团体围绕妇女更多更好的教育与工作机会以及已婚妇女的法律地位组织了多次活动。局面在她们的不懈努力下渐渐得到改善。1865 年,剑桥大学开始允许女性与男性一同参加入学考试,并成立女子学院。1897 年时有利于妇女的法案首次得到英国下议院的支持。相较之下,法国女权运动起步较晚却发展波折。直至 1946 年才获得以投票权为标志的平等权利。

要从事政治活动需要有特殊的素养,因此甚至在最先进、最自由的资本主义国家里,妇女也是极少参加政治活动的"(193)。

　　妇女运动的式微反映在法国知识分子圈中体现为以男性为主的知识话语对女性知识分子几乎一致性的鄙视。巴尔扎克在《婚姻生理学》中讽刺地写道,"女人的命运和她唯一的荣耀是赢得男人的心……她是一份动产,确切地说,只是男人的附属品",而"已婚女人就像一个换到王位上的奴隶"(Beauvoir,125)。狄德罗虽然对女性态度相对友好,喊出男女"共属共同的人类"的口号,但涉及具体生活时他也常常唠叨女性的双重性,称她们既是天使又是魔鬼。最激进的反女权主义者是卢梭,他明确反对"满肚学问和很有才华的女子,因为她将把她的家变成一个她主持的谈论文学的讲坛,对丈夫、孩子、朋友、仆人以及所有其他的人来说都是灾祸!"(616)[1]。由此反观科莱,她是当时著名的女性诗人作家,她不满足于家庭生活,在巴黎举办的沙龙聚会往往门庭若市,俨然就是卢梭所抨击的典型对象。面对来自这些男性知识分子的攻击,当时的知识女性多沉默以对[2],并无更好的发声渠道。

　　于是在科莱所生活的时代,她所面对的是一个女性虽已经过觉醒,但又重新回归沉默的时代环境。第一波女权运动时期少数贵族妇女提出女性政治平权的诉求并未撼动女性弱于男性的根本思维模式。而巴恩斯写作时的当下西方社会早已经历了第二波与第三波女权运动的冲击。此时人们已经意识到波伏娃(Simone de Beauvoir)在《第二性》(*The Second*

---

　　[1]　卢梭对女性的抨击十分而强烈。他还称已婚女性的一切活动必须局限于家庭空间内,"她们呆在家里,把她们的全部精力用来管理家务。大自然和理性给女性安排的生活方式就是如此"(547)。在卢梭看来,女性与男性的差异是天生的,因此没有结婚的女性"所受的全部教育应该和男人有关……女人是为了委身于男人,忍受他们的不公正而造出来的"(Beauvoir,121)。

　　[2]　在当时法国社会,少数几个坚持发声的女性之一就是亦与福楼拜过从甚密的乔治·桑(George Sand)。这位女性笔下塑造出了如莫普拉这样的成熟女性形象。她的女主人公既没有如卢梭所称的那样全然依靠男人,也没有寻求彻底地同男性世界决裂。莫普拉精神独立而不过激,反映了当时女性较为成熟的自我认知。

Sex, 1949)中的著名宣言所称的"女人并不是生就的,而宁可说是逐渐造就的"(309)。造就女性弱势地位的过程是一个长期将女性置于附属于男性的第二性别的过程。无论是《圣经》中夏娃取自亚当一根肋骨的事实,还是亚里士多德宣称女性无能,抑或是到黑格尔对男性为主动本原而女性是被动本原的看法,均逐渐塑造并强化了女性为弱于完美男性的劣质物种印象。

这样被构建与塑造的劣质性在布拉斯韦特拟做的科莱视角叙事中十分明显。她在谈及自己与福楼拜的关系时往往无理取闹,无视福楼拜的优势地位而竭力在抬升自己的同时将福楼拜贬斥为趋炎附势的外省人。

> 当我第一次把目光投到他身上的时候,我就对他是什么类型的人一目了然了:一个高大、瘦长的外省人,怀着急切的心情想挤入艺术圈子,发现自己终于如愿以偿后感到心情一阵舒畅。……一面在暗自担心到首都的漫长旅程,一面又感到心中充满着势利与贪欲。(180)

布拉斯韦特想象中科莱从另一个视角所做的叙事实际上进一步肯定了她的喜怒无常与不可理喻的形象。她在这份"自白"中的处处自相矛盾反而愈加表现出对福楼拜的情感依赖,与她表面的强势相对。她还抱怨道,"他不许我直接写信给他;我给他的信不得不通过杜康转寄。不许我到克鲁瓦塞特去看他。不许我见他的母亲,即便有次在巴黎的某个街角处我已经人引荐认识了她。我碰巧知道,福楼拜夫人认为她儿子对待我的态度很恶劣"(146)。这段抱怨不仅表达了她对福楼拜的不满,更是暗示了她在两人关系中的被动与弱势地位。她需要争取直接给福楼拜写信的机会、争取可以去福楼拜老家拜访他并争取认识他的母亲。与福楼拜母亲相遇片段的描述也充分展示了她的一厢情愿与过度阐释。从字里行间不难猜测,有可能是科莱向福楼拜母亲抱怨了福楼拜的态度(就像她此刻对读者所做的一样),而福楼拜母亲出于客套没有直接反驳。这段叙述也就只是科莱的不可靠叙事。

　　因此，这一所谓从科莱视角做出的叙事未能让人对她更加同情，也未能让她借此更好地洗刷自己的冤屈。正因为如此，有学者攻击巴恩斯"将科莱塑造成了一个无论是否与福楼拜在一起都是惨兮兮的形象，一个不够格的艺术家，一个报复心重的情妇，占有欲强，心胸狭窄"的女性。巴恩斯被认为是借布拉斯韦特之口"将女性文本化，以固化男性的权威"（Johnston，65）。如此对科莱形象的非理性化处理实际上契合了传统观念中女性不具备理性思维能力的刻板印象，是巴恩斯本人男权主义的体现。然而这一看法也许有待商榷，主要原因在于这段叙述是布拉斯韦特站在科莱的角度所给出的摹仿式叙事，并非真正代表科莱本人的想法，也更不是巴恩斯本人在直抒己见。首先，尽管巴恩斯赋予了布拉斯韦特某些与他本人相似的特征①，但是布拉斯韦特远非巴恩斯代言人，他的看法并不能代表巴恩斯本人的看法。其次，布拉斯韦特对女性的偏见观点，恰恰说明了他对女性的了解无能与理解偏颇，也从另一个角度解释了他后文所提的与妻子婚姻关系失败的原因。可以说巴恩斯通过呈现布拉斯韦特的女性想象反过来对布拉斯韦特这一人物进行了塑造。

　　即便如此，布拉斯韦特以科莱口吻所做出的这段叙事仍是起到了打破以福楼拜为代表的男性叙事霸权的目的。如果说在《福楼拜的鹦鹉》中，拼贴入科莱的视角叙事还可以起到塑造人物的目的，那么在《10½章世界史》中，因为统一叙事者的缺席，巴恩斯的多样视角拼贴完全服务于打破强势男性叙事的统治。巴恩斯的《10½章世界史》以十章篇幅描述了十个时地背景各异的故事。故事的讲述方式亦繁杂多样。其中，"山岳"一章呈现了一位当时爱尔兰贵族少女弗格森小姐只身远赴土耳其阿勒山朝圣诺亚方舟的旅程。弗格森小姐于1840年春起正式从都柏林出发，就生活时代而言她与科莱差不多处于同一时代。如果说科莱代表了智性女性的女权之路，弗格森

---

　　①　与布拉斯韦特相同，巴恩斯亦是福楼拜书迷。他们也同样熟悉法国文化。除此之外，有学者指出布拉斯韦特这一人物"对文学的兴趣及他使用修辞的方式都与巴恩斯本人过于接近"（see Wilson，362）。马丁·艾米斯曾嘲笑他每一本书都要谈一谈福楼拜。

小姐身上则表现了女性提升自我地位的宗教之途。她在父亲过世后坚持去圣山朝圣,以期借此超度父亲为世俗所困的灵魂。她沿途克服重重实际困难,也抵挡了不少冷嘲热讽,最终完成了自己的朝圣目标。女性研究者发现,在当时的西方社会女性摆脱男性附庸地位的途径除了争取政治地位之外,宗教途径虽较少受到关注却更行之有效且历史悠远,最早可追溯到文艺复兴时期。早在 15 世纪,英格兰妇女、诺里奇的朱利安(Julian of Norwich)就已对女性的弱势地位提出不满,质疑为何上帝偏向男性。另一例证来自玛格丽·肯普(Margery Kempe,约 1373—1440)在经历了生育的痛苦之后感受到了神的显迹,反而产生对女性生育工具命运的反叛。"凭着非凡的精力和毅力,玛格丽踏上了跨越欧洲的朝圣之旅。一路上她哭哭啼啼,激怒了随行的同伴,他们中途舍她而去。但是她的勇气——以及永不言弃的决心——使她到达了耶路撒冷,并最终踏足君士坦丁堡。"(Walters,168 - 169)可以说,弗格森小姐的朝圣之旅与玛格丽的朝圣之旅颇有异曲同工色彩。两者同样持有坚定不移的信念以及百折不挠的意志,最终也同样完成朝圣之旅,达成自我提升。在从弗格森小姐的视角对她的朝圣之旅详加描绘的过程中,巴恩斯挖掘出历史中这段较少被提及的从宗教切入的女权运动之路。

木蠹的动物视角

有关科莱和弗格森小姐的叙事为两部小说提供了来自女性的声音,是巴恩斯对"她人"视角拼贴与嫁接的初试牛刀。除此之外,两部小说中较为显著的边缘声音还来自《10½ 章世界史》中的动物视角。巴恩斯在《10½ 章世界史》中将布拉斯韦特这一统领性叙事者删除,使得《10½ 章世界史》比《福楼拜的鹦鹉》在全文构架上显得更为松散,也赋予不同叙事视角充分的叙事空间。于是,这部作品的叙事者类型包罗万象,他们叙事的方式也丰富多彩。有以第三人称全知视角展开叙事的恐怖分子劫船事件受害者,有以第一人称描述逃离核爆炸危害的精神病患者,还有在书信中以第二人称直面读者的男演员。这些多样化的视角带来了对历史的不同观察角度。而在所有这些叙事视角中,最引人瞩目的堪称第一章"偷渡客"中出人意料的视角——木蠹。这个小昆虫正是本章标题中那个登上诺亚方舟的偷渡客。诺亚方舟与洪灾向来是人类历史官方叙述中史诗般的宏大事件。《圣经》描述在经过四十昼夜的洪灾后,人类完成了种族净化并终得解救,与上帝缔结契约开始全新生活。而木蠹的叙事则从另一个角度呈现了这个史诗般的救赎故事,构成了对英雄人物与英雄事件的去英雄化叙事。如评论家巴克斯顿(Jackie Buxton)所言,"木蠹以一个充满控诉的历史版本来对抗一个沉醉于自满的官方历史版本……他(巴恩斯)的木蠹本质上代表了一个亟待得到承认的被压迫的过去。它是令人不安的提示,提示了传统历史中被抑制的真相"(64)。

这一木蠹视角叙事的存在,揭露人类远非自己想象那般是地球上最高级的物种。西方文明的两希源头均将动物视为低劣的存在。在古希腊哲学中,对动物的歧视观念肇始于亚里士多德。他认为动物因为缺乏理性而在自然界的等级体系中天然较人低上一等,所以理所当然可为人类所利用。他提出因为动物缺乏理性,人类无须顾及动物的灵魂,也就不存在是否公平对待动物的问题。亚里士多德对动物的鄙视逻辑与对女性的鄙视逻辑极为类似。他也曾评论男性比女性善于推理,所以男性生而优于女性。① 至于西方文明另一源头希伯来文化则是在《圣经》旧约开篇"创世纪"中就明确地肯定了男性较之女性和动物的统治地位,将人的堕落归罪于蛇和夏娃。在伊甸园故事中,亚当的堕落是受到夏娃的诱惑,而夏娃则是受到蛇这一动物的哄骗。进入近现代主义时期后,自笛卡尔起西方哲学开始将物种等级观和动物工具论逐渐推向极端。笛卡尔认为动物是自然界中的有机机器。它们

---

① 亚里士多德的动物低等论在古希腊时期影响颇深。诚然毕达哥拉斯(Pythagoras)和泰奥弗拉斯托斯(Theophrastus)等学者提出异议:前者提出动物可能是由人类转世而成;后者则认为动物具有一定的推理能力。尽管如此,大多数随后的西方哲学家和神学家的观点都与亚里士多德一致:动物的存在即是为了服务于人类的使用,并且理性思考是人类的独有能力。

不仅完全缺乏理性,而且完全缺乏感情。① 这种观念直至达尔文提出进化论时才受到挑战。达尔文顶住了当时主流知识界的嘲讽,坚持人由其他物种进化而来,由此动摇了人类在物种等级中作为统治者的正当性。他的实证研究指出,动物不仅具有概括与推理等理性思维能力,而且具备道德情感与情绪等复杂情感能力。人与动物之间的区别不如前人所认为的那样在于本质,而在于程度。此前的人类中心论只是从人类的角度发出,动物界的其他成员(例如木蠹)不见得赞同。木蠹在自己的叙事版本中明确地指责人类自以为是在它们看来无比荒谬。"你们这一族也不太会说真话。你们老是健忘,或者装成这样。你们的第一本能总是怪罪别人。如果不能怪罪别人,就说这问题本身就不是个问题。重定规矩,修改目标。"(29)因此木蠹的叙事直接将人类和其他动物的地位颠倒了过来:"比起动物来,人的进化非常落后。……你们现在还只处于初期发展阶段。"(28)

巴恩斯对木蠹视角呈现的尝试反映了 20 世纪下半叶以来动物权力运动的成果。与女性主义的兴起类似,动物研究者同样将矛头指向了西方文化中隐藏的人与其他物种之间的二元对立。动物运动是 20 世纪七八十年代兴起的一个政治运动,它起步较晚,然而发展势头迅猛。动物研究通过几波运动一次比一次更为深入地呼吁动物解放,如今已经成为一个新兴热门领域,甚至有大学设有动物研究的博士点。动物解放运动的第一声号角来自彼得·辛格(Peter Singer),他的《动物解放》(*Animal Liberation*,1975)揭发了人类对动物的暴行,使得动物权力问题首次进入人们的视野。② 辛格

---

① 与笛卡尔不同,霍布斯(Thomas Hobbes)、洛克(John Locke)与康德等都认为动物具有感觉和情感的高能力,但他们否认动物拥有获得重要道德地位的某些必需特性,如理解概念的理性能力。休谟(David Hume)将同情看作道德的基础,并将这一情感延伸至人以外的有感知能力的动物。边沁(Jeremy Bentham)认为功利原则必须把有感知能力的动物考虑进去,因为它们能够感受到的快乐和痛苦并不比人类少。而叔本华(Arthur Schopenhauer)受到印度教与佛教的影响,对所有能够感受到痛苦的生物表示同情。然而他同时也提出人类因为智性优势而具备深刻的感知力,所以在道德上具备了优先权。

② 辛格一直致力于动物权力的争取,他称"当人类利益和动物利益发生冲突时,我们不能想当然地把人类利益凌驾于动物利益至上,而应给予同等考虑"(2)。

之后,汤姆·雷根(Tom Regan)的《动物权利研究》(*The Case for Animal Rights*,1983)为动物解放运动从哲学基础上提供了支持。雷根的动物权利论提出动物与人类同为平等的道德主体,不可将它们视为"道德病人"而忽略它们的正当权力。[①] 在动物研究的最新进展中,以保罗·泰勒(Paul Taylor)为代表的生物中心主义将动物伦理与动物解放的涵盖范围进一步扩大,延伸至没有感知能力的软体动物、昆虫等低级生物。[②] 巴恩斯创作《10½章世界史》之时正值动物研究如火如荼之际。巴恩斯选择木蠹作为方舟上乘客的另类视角发声,而非猪与狗之类的常见动物,亦非独角兽之类的"高贵"动物,这实际上是将动物研究视域下的人与动物的对立推到了极致阈值区域,是对动物研究发展到泰勒之时的生物中心主义做出回应。

从木蠹的视角看去,以诺亚为代表的人类就是伪君子,他们不仅不具备感性移情能力,更不凭理性行事。木蠹对诺亚的评价一无是处:

◆ 一个活了七百多年的贪酒老无赖。(6)

◆ 心胸狭窄,自以为是,听不进别人的话。(8)

◆ 他是个怪物,是个自命不凡的老昏君,一半的时间讨好上帝,另一半时间拿我们出气。(12)

◆ 脾气很坏,体臭难闻,不可信赖,嫉妒又胆怯。(16)

---

① 雷根认为伦理问题需要分出两种对象加以考量,即道德主体(moral agent,或译"道德代理人")和道德病人(moral patient,或译"道德顾客")。相较于以正常成年人为代表的道德主体,道德病人不具备"令其能以对自己行为负有道德责任的方式控制自己行为的条件"(雷根,128)。婴幼儿,精神错乱或智力障碍的人、动物都属于道德病人之列。雷根认为,道德病人和道德主体具有平等的固有价值(inherent value),都是生命主体(subject-of-a-life)。因此,"从严格的正义角度看,我们应该平等地尊重拥有平等的固有价值的个体,不管他们是道德主体还是道德病人,(如果是道德病人)不管是人类还是动物"(雷根,222)。

② 通过《尊重大自然》(*Respect for Nature*,1986)等论著,泰勒建立了一套"生物中心主义"理论。在他看来,所有的生命体,包括人与非人类动物、有感知力和没有感知力的生命体、哺乳动物和昆虫以及单细胞原生动物在内,都是"生命的目的中心"(teleological centre of life),都指向一个目标:实现有机体的生长、发育、延续和繁殖。因此,所有生命体都是拥有自己的"善"的实体(entity having a good of its own),也就具有天赋价值(intrinsic value)。

◆ 脑子顽固不化。只看问题的一个方面。（22）

除了诺亚之外，上帝在木蠹的叙述中也好不到哪儿去。它认为上帝本身"就是个十分霸道的榜样"（18）。他与诺亚签订的协议在木蠹看来也就是个"空洞的契约。说到底，地球上别的人都灭绝了，就剩下这一家拜神的，上帝也只好将就了"（19）。

在木蠹对诺亚和上帝的指责中，最大的指责便是对两者情感能力的否定。情感能力是当下动物研究中的重要维度，经女性动物研究者号召而进入动物研究视野。由于动物与女性共享对抗传统理性中心视角的传统，因此两者之间有着天然的亲和性。在西方传统的男性主导叙事中，理性的地位往往高于感性。女性动物研究与男性学者的一个重大不同就在于她们对理性霸权的抗议。她们强调以感性为切入点考察动物，其中较有影响的就是提倡提升同情、移情与关爱的"关爱伦理"（ethic of care）理论。如玛丽·米奇里（Mary Midgley）在《动物之所以然》（*Animals and Why They Matter*，1983）中提出，移情与好奇等能力在成年人中是与生俱来的重要本能，也是一种幼态延续（neotany），它的投射对象不受人类物种界限限制，甚至岩石都可称为关爱的对象（119—120）。在理性的视野中，对于动物的关爱伦理并不在考虑范围之内，于是与动物伦理观形成了对立。

凯瑟琳的疯人视角

在女性视角与动物视角的历史讲述中，"她人"与"它人"的声音已经使得理性和非理性的对抗昭然若揭。《10½章世界史》的第四章"幸存者"则将理性与非理性的矛盾通过疯人的视角直接呈现。"幸存者"的叙事者是一个名叫凯瑟琳·费里思的中年女子。凯瑟琳是一个疯人，这一点巴恩斯开篇即通过凯瑟琳相信驯鹿会飞的事实交代给了读者（83）。通过让这个疯人成为一章世界史的主角，巴恩斯实际上引入了另一个与主流人群对立的弱势声音。20世纪60年代，福柯对疯人所展开的知识考古学让疯人视角进入了人们的视野。福柯在成名作《疯癫与文明——理性时代的疯癫史》中以考古的方式探寻了疯癫的史前史，即疯癫这一概念在被主流社会定义之前的发展源流。福柯的考察提出，疯癫是一种人们为确定理性统治地位所发明的概念，而历史的发展则见证了疯人从被正常主流文化崇敬到被主流隔离于世俗之外的历程。

福柯称自己的出发点是找出"造成理性与非理性相互疏离的断裂，由此导致理性对非理性的征服，即理性强行使非理性成为疯癫、犯罪或疾病的真理"（2）。他的研究揭示了理性如何首先自我定义，继而通过种种权力运作从最初与非理性平等乃至稍处劣势的地位出发[①]，逐渐凌驾于非理性之上，最后对其行使霸权的过程。他的考古挖掘将理性与非理性这对二元对立关系前景化，为疯人这一长久被边缘化的群体做出了正名。

福柯的考察始于"愚人船"——一种中世纪时将不容于社会主流的人驱逐出境的做法。具体而言，15世纪时人们将自己城市的疯人交予穿梭于城市与海洋之间的水手，让他们载着这些精神错乱的乘客驶离其原先的居处。此时的愚人船既是社会区分，也是净化仪式，因为它将疯人与水域空间进行了链接。在当时人们的理解中，水域空间对疯人的意义在于"只有在两个都不属于他的世界之间的不毛之地，才有他的真理和他的故乡"（13）。凯瑟琳的故事也是开始于水域空间中。她担心受到切尔诺贝利核电站的污染，又觉得陆地上人们拒绝面对污染的事实，所以选择带上两只猫出海远航。在航程中，她陷入了半梦半醒的疯狂。所幸她最终看到了陆地，她的猫也成功诞下了新生命。如福柯所言，虽然水域空间意味着挑战，但它使得疯人免于受到世俗的约束，所以具备了超越世俗的自由性。对凯瑟琳而言，出航便是一个主动地将自己放逐于世俗世界之外的行为。

巴恩斯在凯瑟琳这一疯人视角的呈现中大量使用了"谵妄语言"。谵妄是古典时期对疯癫的最简单定义，它指对正确理性轨道的偏离（福柯，96）。

---

①　福柯认为，疯癫现象对当时人类象征了超越性知识，它"是对知识极其盲目自大的一种喜剧式的惩罚"（27），此时"疯癫所涉及的与其说是真理和现实世界，不如说是任何人所能感知的关于自身的所谓真理"（89）。

具体而言,"谵妄语言是疯癫的结构方式,是肉体或灵魂的一切疯癫表现的决定性要素,因此也是疯癫的终极真相"(94)。在凯瑟琳第一人称与第三人称混乱式交替的自述中①,处处体现出了谵妄这种理性的偏离形式。

> 开始做更多噩梦。到白天噩梦也迟迟不散。她感觉自己仰卧着,手臂发痛,手上戴着白手套,仿佛是在一个笼子里:身体两边都矗立着金属条。男人们过来看她,总是男的。她想,她一定要把噩梦写下来,和正在发生的真实事情一起写下来。她告诉噩梦中的男人们,她会把他们写进去。他们微笑着说,他们会给她铅笔和纸。她拒绝了。她说她要用自己的。(96)

凯瑟琳对梦中男人向她递来纸笔行为予以拒绝,这是一种对强加理性秩序的拒绝。通过拒绝以理性方式行事的医生,她将自己置于理性的对立面。

在凯瑟琳的上述叙述中,还表现出了疯癫与梦的关系。从古典主义时期起,谵妄的语言就被认为与梦的语言极为相似。如福柯所称,"做梦和疯癫似乎具有相同的实质。它们的机制是相同的"(98)。时至今日,梦境更是被精神分析视为治疗神经功能症的切入口,弗洛伊德也正是通过《梦的解析》(*The Intrepretation of Dreams*,1899)一书打响了精神分析的名号。在凯瑟琳的疯癫叙事中,现实是与两只猫在海上航行,而梦境是被医疗人员控制与治疗。作为一个疯人,凯瑟琳显然不能被视为一个传统意义上的可靠叙事者。以常理观察,上述她描述的噩梦片段反倒更似现实中的场景。即她由于疯癫遭遇到了禁闭,男性医师对她展开治疗。在她的谵妄语言中,现实与梦境发生了逆转。

从凯瑟琳的叙事中可以看出,她极有可能在现实中正接受来自医生的

---

① "幸存者"一章一共包括30个叙述片段。这些片段的叙事视角游移于第一人称视角与第三人称视角之间,以第三人称视角开始,也以第三人称视角结束。叙事进行中产生的人称视角转换共计六次。这种转换产生了一种散焦的效果,加强了对凯瑟琳疯癫形象的塑造。

各种生理与心理手段治疗,处于医患关系中。在凯瑟琳对自己"噩梦"的描述中,她的痛苦主要来自与医生的争斗。医生代表理性人群与疯人产生接触的中介,是理性群体对非理性群体强加其意志的执行者。在稍后的叙述中,凯瑟琳还提到药物治疗的痕迹。医生在她的左臂上输液,同时也缠住了她的右臂,以防她拔掉针管终止输液(100)。尽管凯瑟琳对医学物理治疗做出了抵抗,她最关心的还是如何在心理治疗时与医生进行心理角力。在医生对她的治疗中,精神分析的痕迹清晰可辨,最明显的就是医生企图将她的疯癫与性冲动相连。医生向她问道,"没有这些(身体)欲望吗?"得到凯瑟琳的否定回答后,医生仍坚持向她灌输预设的答案。

> "你攻击男人。"
>
> "哦,是吗? 我想要什么,他们的钱包?"
>
> "不,看起来你是要性爱。"(98)

从这位医生的逻辑中不难看出他的预设,即女性攻击性行为与身体性欲未得满足相关。换言之,这是弗洛伊德心理分析中性欲为原动力理念的实践。对此,凯瑟琳毫不客气地斥之为他们的虚构,指出他们只是在"保留一些真相,以此为主干编织一些故事"(109)。

　　无论是物理治疗还是心理治疗,凯瑟琳无疑处于被禁锢状态之下。继历史上"愚人船"象征的驱逐手段后,人类对待疯人的主要处理方式为禁闭。最极端时人们还发明了一系列装置确保疯人的禁闭状态。例如,以两根铁条横于病人胸前,并将其锁在铁柱之上;或是以旋转椅用各种方式旋转病人以耗尽其体力。凯瑟琳叙述中所提到的"笼子"与"金属条"就是表明了禁锢的痕迹。在福柯看来,"说到底,禁闭的目的在于压制疯癫,从社会秩序中清除一种找不到自己位置的形象。……通过禁闭,疯癫被公认为虚无"(111)。

　　阅读凯瑟琳视角的叙事,可以看出两层故事。对她而言的现实是她通过驶入水域争取自由,而对她而言的噩梦则是受到医生以及医疗机构的禁锢。这两种情形其实反映了理性者与非理性者对峙的不同形态。在前者中,"疯人"象征了某种逃离理性社会的浪漫主义自由姿态;而在后者中,"疯人"则彻底被理性社会消声失语。当在现代社会中疯癫被确定为精神疾病后,"这表明了一种对话的破裂,确定了早已存在的分离,并最终抛弃了疯癫与理性用以交流的一切没有固定句法、期期艾艾、支离破碎的语词。精神病学的语言是关于疯癫的理性独白"(福柯,2—3)。换言之,精神病学让人们满足于理性者对非理性者所做出的一方缺席的单边宣判。这两层故事中,前者的空间背景是"疯人船",后者的空间背景则是"疯人院";前者代表的是疯人相对于理性者的流放与超越并存的状态,后者则是疯人被理性者彻底压抑的象征。

并置考察科莱与弗格森小姐的女性主义视角、木蠹的动物视角乃至凯瑟琳的疯人视角,可以发现其内里存在类似的运作机制。人类历史的发展见证了理性/逻各斯中心主义地位不断提升,压迫其他非理性成分的话语并将之不断边缘化乃至消声,最终达成霸权地位的运动。在理性主导下所形成的理想主体形象中,女性、动物与疯人都被视为不完整人或未成形的人。而这三者的刻板印象都在西方文化长期以来的主流话语中有迹可循。以女性为例,孔德(Auguste Comte)声称,在雄性和雌性之间有着肉体和精神上的根本差异。尤其在人类当中,女性气质是一种"延长的未成年状态",这种状态使女人不具有"人类理性",使她们精神衰竭(见 Beauvoir,124 - 125)。提供多个视角拼贴的意义并非只是将历史变得多元化。历史的多元化更是提醒了人们传统权力二元运作的弊端。二元对立的瓦解是德里达与他的解构主义哲学在打破所指与能指一一对应关系之下的产物之一。如德里达所指,西方经典话语建立在一系列二元对立的基础之上,如男人对立于女人、白人对立于黑人、正常对立于不正常。就如巴恩斯在《10½章世界史》中通过弱势群体之口所指控的那样,强势群体正是通过对差异的强调,巩固了对弱势群体的优势。

《10½章世界史》中这些弱势群体视角所做出的叙事版本颠覆了强势群体(男性、镇压者、教会、导演、理性主义者,甚至人类与上帝)的权威,并且隐约暗示了影响历史进程的不同话语体系之间的权力争夺。这部小说中的视角拼贴除了呈现胜利者之外的叙事版本外，还呈现了传统世界史中重大事件之外的非重大事件。因此，在这部小说中除了大洪水、希特勒的反犹运动与切尔诺贝利核电站核爆炸之外，读者还能读到 17 世纪法国小镇对白蚁的灭杀，18 世纪少女的方舟朝圣之旅，以及 20 世纪中叶发生在委内瑞拉丛林中的一场电影拍摄这些巴恩斯所呈现的与传统宏大历史叙事相对的历史小叙事。

巴恩斯的多元历史观形成了对传统历史元叙事内容的解构。历史必然多元而非是传统历史主义式单一宏大叙事，这也是新历史主义与传统历史主义的最大区别之一。传统历史主义立场强调任何历史书写有其特殊的历史时期、地理空间，或是土著文化等时代背景，将这些重要历史要素相加也就是黑格尔所称的"时代精神"（zeitgeist）。历史主义发端于德国哲学家施莱格尔（Karl Wilhelm Friedrich Schlegel），到黑格尔的辩证进步史观时趋于成熟，至马克思时通过唯物主义历史哲学产生极大影响。具体至马克思主义历史哲学，它自 20 世纪 30 年代起作为历史学内的一个派系开始壮大，跨出欧洲后在美国发扬光大，形成了包括霍布斯鲍姆、D. 汤普森（Dorothy Thompson）与 E. P. 汤普森（E. P. Thompson）在内的马克思主义历史学派。马克思提出社会和环境影响了人们对他们自己、他们生活及其周围世界思考进而采取行动的方式，他的这一观点已经在当今的历史学家中形成共识。与之相比，新历史主义受到解构主义影响，不仅认为不存在单一的元叙事，同时也相信历史编撰因为研究者的主观性，必然只能是若干阐释版本的其中之一，历史的阐释也必然是多元的。在巴恩斯对历史单一版本的解构中，可以看到的恰是后结构主义历史观的影响。这一历史观的形成深受福柯的微观权力论与利奥塔的知识权利论的影响。他们在文学批评时强调边缘声音的挖掘，认为历史不光充斥了强者战胜弱者的单向权力流动，也包括弱者向强者发出挑战的逆向权力运作。历史的进程是一个反抗与融合的动态平衡过程。

巴恩斯身为文学文本的生成者，以高度自反的姿态用视角拼贴的方式在自己的小说中做出新历史主义式历史解读。在《福楼拜的鹦鹉》中，他让读者看到了有关历史真相的"第二只鹦鹉",以历史的碎片冲击了存在唯一一只鹦鹉的假象。在《10½章世界史》中,他以不定冠词"a"修饰历史(history),而非常用的定冠词"the",暗示了历史的多元性。如英国小说家拉什迪(Salman Rushdie)所言,"[巴恩斯]提供给我们的是一个颠覆现有,对历史进行注解的小说"(1991,241)。这种所谓的"主次不分"与"百家齐鸣"在胜利者的声音之外挖掘出种种被传统压抑的历史细节碎片,构成了"对传统世界史中心事件的偏离"(Finney,36)。无论是《福楼拜的鹦鹉》中对科莱视角的模仿,抑或是《10½章世界史》中种种非权威视角的呈现,这些弱势视角的拼贴除了凸显出历史的多个版本之外,更是对元历史的统一叙事发起了挑战。

但必须注意的是,赋予边缘声音以叙述空间并不意味着让它们所叙述的故事获得主导权从而以边缘取代中心,这亦不符合巴恩斯的立场。他曾提出疑问:"我们更喜欢谁的真相,胜利者的还是受害者的? 骄傲和怜悯是否比耻辱和恐惧更会歪曲真相?"(《10½章世界史》,228)确实,《福楼拜的鹦鹉》与《10½章世界史》的视角拼贴在饱含"骄傲和怜悯"的主流叙事之外,提供了遭受"耻辱和恐惧"者的另类真相。但是巴恩斯并非完全认同弱势的视角,因为它们同样有可能歪曲真相。例如在精神分裂者凯瑟琳的第一人称视角陈述之后,巴恩斯又补上了一个第三人称全知视角的叙事,告诉读者凯瑟琳的失实之处,提醒读者她的叙事版本仅仅是一种可能,不可尽信。① 巴恩斯的第二只鹦鹉并非用于修正第一只鹦鹉,提供给布拉斯韦特一个更新后的真相。它所起到的作用仅限于让人开始质疑第一只鹦鹉的正当性,意识到多个鹦鹉同时并存的可能性。不同视角提出的意义只能在于历史正统叙事唯一性的瓦解。多元视角拼贴并未更加清晰地勾勒出历史的真相,而是通过这一呈现与拼贴的过程强调了"过去是一条遥远的、逐渐消失的海岸线"(《福楼拜的鹦鹉》,101)。

---

① 凯瑟琳认为自己已经航行了很久,远离了发生事故的切尔诺贝利核电站。在她的描述中,她随行的两只猫日益"发胖变重"(96)。然而根据后来的旁观者视角汇报可以发现,她只是在出发小岛附近的海域打转,到人们发现她的时候,她的猫早已瘦得可怕了(108)。

第二节 文体拼贴与历史虚构

细究历史一词词义可发现，它既可指历史书写内容本身，亦可指历史编撰的过程。[①] 如果说《福楼拜的鹦鹉》与《10½章世界史》中的叙事视角拼贴给读者呈现了历史内容的多个版本与多样可能，攻击了具有单一性特征历史宏大叙事的内容，那么这两部小说中运用的文体拼贴则是深入了历史书写的形成机制，揭露了历史编撰过程中真实与虚构并存的情况，模糊了历史与小说的界限，从而从根本上质疑了历史书写忠实再现真相的能力。

小说中的文体拼贴

在《福楼拜的鹦鹉》中，仅凭观察这部小说的目录就不难发现，巴恩斯运用的文体种类繁多，包括伪经、自传、动物寓言集、传记、年表、评论、词典、散文、试卷、游记、告示与侦探小说等。单看寻求鹦鹉相关真相这一主线情节，似乎小说并无太大反常之处。然而这一情节的相关叙事仅集中出现在小说的首章"福楼拜的鹦鹉"与末章"至于说那只鹦鹉"中，两章之间的十多章内容几乎与之毫无关联。第二章"年表"呈现了三份福楼拜的大事记；第四章"福楼拜的动物寓言故事集"考证了福楼拜作品中出现过的诸多动物；第十二章"布拉斯韦特的公认概念词典"是模仿"福楼拜的公认概念词典"的一部小型词典；第十四章甚至为一份福楼拜相关多学科拼盘试卷，这些章节都并不关乎布拉斯韦特的探寻真相之旅。

不仅如此，《福楼拜的鹦鹉》中每章均乍看之下遵循了其各自所属文体的典型形式特征。例如，"动物寓言故事集"罗列了所有出现在福楼拜作品

[①] 本研究行文涉及历史一词内涵与外延的使用遵循历史研究界的共识，默认"历史"一词既可以指过去本身，即历史事实；又可以指有关过去的各式文本，即历史记载。后者也被常称为"历史编纂"。

中的相关动物故事;"福楼拜的公认概念词典"以 26 个字母为索引列举 26 个词条;而"年表"中的大事记则以基本年份为单位展开叙事。然而细读之后可以发现,这些文体均不同程度上遭到戏仿式颠覆。以"布拉斯韦特的公认概念词典"为例,这章如常规词典一般依据字母顺序写出了 26 个词条。但是词条下的定义文字却往往仅为戏谑之语。如字母 C 下的"露易丝·科莱"词条便给出了这样的定义:"单调乏味、胡搅蛮缠、男女乱交的女人,不是自己缺乏天赋,就是缺乏理解别人的天赋的能力,竭力设下陷阱要与古斯塔夫结婚。想象一下叫苦不迭的孩子们!想象一下痛苦的古斯塔夫!想象一下快乐的古斯塔夫!"然而就在同一词条下,布拉斯韦特又给出了一个相当正面的对科莱的评价,称她"勇敢"、"热情洋溢"、"被人深深误解"(201)。此类词条定义充分表现了判断的主观性,也违背了词典这一文体本该具备的客观性特征。再如"福楼拜的动物寓言故事集"这章所收录的六个条目中既包括"熊"、"骆驼"与"狗"这样看似正常的动物寓言集条目名,也有如"猴子、驴子、鸵鸟、第二头驴子及马克西姆·杜康"这样令人费解的条目名称。如此仅从条目名称上就可以看出,这章的叙事实际上并不符合正常动物寓言集的常规分类逻辑,从形式上即已颠覆了该种文体的完整性。

类似的文体拼贴同样出现于五年后问世的《10½章世界史》中。在这部实验性更强的作品中,甚至找不出像《福楼拜的鹦鹉》那般由首尾章呼应所构成的完整框架情节。全书结构就是简单地将十多个不同的故事以不同文体用十章半内容呈现出来。在这十多个故事中,除传统意义的小说外还有法庭报告,如第三章"宗教战争"发生于 16 世纪的法国小乡村,由一系列对白蚁(木蠹)审判的法庭文件构成;又有书信体小说,如第八章"逆流而上!"以书信体呈现了一个演员在亚马逊丛林中的拍摄历程;还有科幻小说,如末章"梦"描述了一个荒诞的后现代天堂。以这种方式,《10½章世界史》"提供了一个全面(却不难懂)的对人类流传记录下来不同历史文类的纵览"(Rubinson,164)。

在《10½章世界史》中,文体的拼贴除了表现为章与章之间的异质文体拼贴,还被更为深入地运用到章内的小节之间,第五章"海难"便是这类章内拼贴的代表。这章标题中的海难指法国护卫舰"梅杜萨"号1816年的触礁沉船事件。这一章的文字部分又可进一步分为两节。第一节为纪实报告，是巴恩斯在参考了幸存者口录的基础上，以客观冷静的笔触所记录的"梅杜萨"号乘客从突逢不测之祸到成功获救的15天内的种种残酷经历，其中不乏食人事件与小规模暴动。"海难"的第二节围绕法国著名画家籍里柯（Théodore Géricault）反映该事件的名画《梅杜萨之筏》（*The Raft of the Medusa*，1819）展开。该节全篇夹叙夹议地描述了画作的画面细节与籍里柯的创作过程。此外，这两节的文字部分并不是"海难"的全部内容。在呈现于读者面前的成书中，该章在第一节和第二节之间还附有《梅杜萨之筏》油画的复制彩页，极具视觉冲击力。拼贴入两节文字间的画作凸显了这一章"把灾难变为艺术"（125）的核心议题，突出了历史事件和艺术再现之间的落差。如果进一步观察第二节的叙事还可以发现，它构成了一种特殊的文体——描绘（ekphrasis）。据张和龙考证，描绘是一种古老的创作手法，可以追溯到古希腊时期。它来自修辞学，起初指运用文字如同绘画一般对人、事和物体进行细描，后来则专指对雕塑与绘画等视觉作品的文字细描，"作家通过对艺术作品的修辞性描绘，其主要目的在于提升原作的艺术效果，以达到对原作艺术本质的肯定"（7）。于是短短25页的一章内容中运用了灾难实录、画家绘画过程及绘画本身三种不同艺术体裁进行拼贴。这其中有直接引用（绘画与幸存者证言），也有对史料的想象与改编。

如同《福楼拜的鹦鹉》中的词典与寓言集一般，《10½章世界史》在拼贴不同文体之时，往往同时颠覆了这些文体的内在陈规。仍以此章为例，描绘手法的运用本为通过艺术加工提升效果。然而，巴恩斯对描绘的使用实质上是颠覆了它所细描的原作本身。进行描绘的叙事者屡屡对这一画作做出解构式抨击，如指出作家为了艺术效果而牺牲掉现实主义画作反映真实的准则，竟然为饥肠辘辘的幸存者画上清晰强健的肌肉线条（136）。除了对具体绘画细节的抨击外，该节的叙事者更是在结尾处点明"杰作一旦完成，并不就此停止不变：它继续运动"（139）。为了说明这一点，这节最后的结尾陈述了这部画作的边框已经为木蠹所侵蚀,因此这幅画作"现已部分损毁"(139)。

就具体被拼贴的文体而言,《福楼拜的鹦鹉》和《10½章世界史》对所拼贴文体的使用往往同时颠覆了这些文体自身特性;而就文体拼贴所形成的小说总体而言,两部小说中的文体拼贴挑战的是小说这一文类的界限。巴恩斯曾将小说形式实验比喻为"拉伸口香糖"的过程,其形式实验旨在"将叙事线尽力拉伸却又不折断它"(Stuart,15)。《福楼拜的鹦鹉》与《10½章世界史》就是巴恩斯"拉伸口香糖"的两部实验之作,他的"拉伸"淡化与模糊了小说的叙事主线,而达到这一效果的方式就是将不同类型的多元异质文体进行大规模拼贴呈现。这种在小说总体结构层面展开的文体拼贴为巴恩斯招致了不少评论家的质疑。《福楼拜的鹦鹉》出版后,有评论者认为它"难以定义,因为它是一个挑战了任何流派分类的混合体"(见 Guignery 2006,37)。诗人芬顿抱怨道,"我们很容易忘记眼前这本书是个小说。这叠东西像是词典,一叠演讲稿,试卷,哦对了,一两个短篇小说,科研论文,或是议论文"(同上,13)。小说在美国出版时腰封直接将其称为一部"伪小说"(同上,144)。而《10½章世界史》受到的此类质疑则更多。有人认为《10½章世界史》"看上去是部小说,也在小说区上架,但是打开一看完全不是那么回事儿"(Sexton,42),有学者称"根据小说的严格定义,它不是小说"(Taylor,D. J.,40),还有人将它形容为以小说包装出现的短篇小说集(Nixon,55)。如此学者们质疑两部作品的小说定位,质疑他在这两部小说中是否已经将"口香糖"拉断。而对于此类针对小说形式的质疑,巴恩斯的回答多少显得有些无奈,"我的回答是,我是小说家,如果我说它是,它就是"(see Lawson,36)。

在小说中拼贴入若干异质文体并非巴恩斯首创。类似的拼贴常常出现于诸多后现代小说家的作品中。例如巴塞尔姆的《白雪公主》(*Snow White*,1967)就在全书行文将近一半时突然抛出了一份问卷,罗列了 15 个问题调查读者对小说的阅读体验。例如:"这个白雪公主与您记忆中的白雪公主相似吗? 是( )否( )"(78)卡佛(Robert Coover)的小说《公众的怒火》(*The Public Burning*,1977)中穿插的诗歌达 50 多首。德里罗(Don

DeLillo)的长篇小说《白色噪音》(*White Noise*,1985)也是大规模地将广告融入其中,包括超市广告、电视广告以及旅游广告等。如此一来,通过在传统小说的虚构叙事文本中加入类似问卷、诗歌与广告等各类传统与非传统的文体,后现代小说的文体拼贴叙事策略对小说这一文体本身起到了创新与颠覆的作用,"表现了用碎片拼贴的游戏方法去颠覆常规意义上叙述方式的企图"(何江胜,97)。小说文类与其他文类之间的区别不再泾渭分明,由此"后现代作家消解了文学题材的界限,大大超越了传统小说与各体裁的标界,使小说成为一种跨体裁的艺术"(程良友,85)。《福楼拜的鹦鹉》和《10½章世界史》中文体拼贴与其他后现代主义小说中的文体拼贴起到的便是类似的挑战与突破传统小说形式的作用。

小说与历史编撰的拼贴

在《福楼拜的鹦鹉》与《10½章世界史》通过文体拼贴对传统小说从形式上发起的挑战之外,更值得一提的是这种叙事策略将虚构的小说与非虚构的历史加以混杂,表达了作者巴恩斯对经典历史书写的质疑。如评论所指,以《福楼拜的鹦鹉》为例,类似"叙事形态的混杂……解构了传统观念中对于虚构和非虚构的区分"(Scott,64)。巴恩斯在拼贴时所使用的文体游移于传统意义的虚构与非虚构类文体之间,这些文体有些常被用于记录或描述真实的历史细节,还有些则被认为更适合表现虚构人物的虚构活动。现代人已经对历史书写不当虚构习以为常,而这一小说与历史的截然对立理念最早可以追溯到亚里士多德的《诗学》,他明确地指出"诗人与历史学家的根本区别不在于是否运用修辞,而是在于一个叙述已然发生之事,一个叙述即将发生之事"(23)。历史负责记录真实,小说负责表达幻想。同一些后现代学者一样,巴恩斯对西方文明中这一长久以来坚持的二元对立并不赞同,他尤其质疑历史书写真实记录历史的功能。因此,在他原本的设计中,《福楼拜的鹦鹉》这样的作品就应当是"半虚构小说"(见 Childs,47)。一切的小说究其本质都应当是虚构的,而巴恩斯"半虚构小说"的提法本身即突出了小说对非虚构性历史材料的融入。例如《福楼拜的鹦鹉》中大量引用了源自福楼拜档案中的信件与日记;《10½章世界史》的第三章"宗教战争"中所引用的庭审报告,是巴恩斯在详尽考证了 E.P. 伊凡斯 1906 年出版的《动物的刑事诉讼和死刑》之中法律程序和案例基础上的仿作;第五章"海难"的幸存者证言更是大量借鉴萨维尼和科里亚合著的《塞内加尔远征记》。可以说,在小说中大幅引用历史材料是巴恩斯整个小说创作的特点。这一特征不仅体现在这两部小说中,在巴恩斯后来其他小说中也时不时出现历史文献的记载。

除了对小说文体的挑战之外,巴恩斯的文体拼贴更是揭露了历史文本的虚构特性,对这一特性展现最为明显的便是《福楼拜的鹦鹉》中的第二章"年表"。"年表"中呈现了三个版本的福楼拜生平年表,分别以不同的方式描述了福楼拜生平的重大事件。在"年表"中的三份年表均是极为精简形式的编年史,然而将这三份历史书写加以并置则可以大致辨认出从历史事实出发形成故事的运作流程。在三个版本中,第一个版本基调积极;第二个消极;第三个则全部由作者本人的引言组成,显得较为中立客观。仍以福楼拜与科莱的关系为例,三份年表分别对其做出如下表述,

I. 1846 年

与人称"缪斯女神"的露易丝·科莱相遇,于是开始了一段最为著名的风流韵事:一对延续时间较长、感情热烈、口角不断的情侣(1846—1848 年,1851—1854 年)。虽然古斯塔夫与露易丝两人性情相异,审美观也相左,但是在一起的时间比大多数人所预见的长得多。我们会不会对他们之间关系的终结感到遗憾?只是因为这意味着古斯塔夫不再给她写那些华丽的书信了。(25)

II. 1846 年

……那么,同年他与露易丝·科莱的相遇是不是一种安慰呢?迁

腐和顽固与无节制和控制欲是不相称的。在她只做了他六天的情妇后,他们两人的关系就定型了:"你不要大声嚷嚷!"他不满地告诉她。"它们使我痛苦极了。你想要我怎么样? 要我把一切都抛下而住到巴黎去? 不可能。"然而,这种不可能的关系一直拖延了八年;令人费解的是,露易丝不能明白,古斯塔夫可以做到爱她但却不想时时见到她。"如果我是一个女人,"六年后他写道,"我不会愿意要我自己这样的人当情人的。一夜温情,可以;但亲密无间的关系,甭想。"(28—29)

Ⅲ. 1854 年

你要求得到爱,你抱怨我不送你花? 花,没错! 如果那是你所要的东西,那么给自己找一个乳臭未干的小子,他满是温文尔雅的举止,还有你想要的思想……(35)

第一份年表将科莱称为福楼拜创作的"缪斯女神",两人的感情给福楼拜以灵感并促成了他的文采飞扬;第二份年表则强调科莱对福楼拜的苦苦纠缠与恋人之间的相互折磨;第三份是以福楼拜本人口吻对科莱发出抱怨,表达了他对科莱浪漫诉求的不屑。三种风格的年表可能源自三个对福楼拜看法不同的传记作者,甚至可能来自同一位作者在不同心境下的不同表述。年表一般被视为客观呈现历史事实的方式,然而《福楼拜的鹦鹉》将有关同一段人生的三份不同年表并置呈现,充分展现了现实可能因不同的情感态度而分化出不同的版本,展现了个体的主观阐释对事实呈现的巨大影响。正如巴恩斯曾解释,对同一段人生经历提供三个版本并不"让人困惑",相反应当是"深具启发的"。在他看来,"从人类生活和人类心理的角度看,事实与叙述本就不是互相排斥的"(Guignery and Roberts,125),叙述中本就蕴含了事实的多样化呈现可能。

针对年表或编年史这一具体文类,美国历史学家怀特(Hayden White)曾专门加以论述,指其为历史编撰的初级形式。他提出历史编撰必然形成历史场,其中包括由初级至高级的五个元素,分别为编年史、故事、情节编排、形式论证与意识形态。编年史相当于历史学家依据历史材料形成的粗加工版本,"历史场中的诸因素通过按事件顺序安排事件而被组织成一个编年史"(374),尔后他们通过"发现"、"辨认"与"解释"的过程将编年史组织成一个具有完整开头、中间与结尾的故事。这一编撰的过程又包括三个方法:通过情节编排进行解释、通过论证进行解释以及通过意识形态含义进行解释。情节编排的方法通过安排不同所讲故事种类为故事提供意义;形式论证方法通过援引"被用作历史解释的假定规律的综合原则"解释故事的意义(381);意识形态方法通过显示社会实践中的立场及相应形式规定解释故事。从这些不同编撰方法中产生了罗曼司、悲剧、喜剧和讽刺剧四种情节模式,分别对应了形式论、有机论、机械论和语境论四种论证模式,以及无政府主义、保守主义、激进主义和自由主义四种意识形态。综合看来,一套情节编排、论证和意识形态含义等模式的特定综合,构成了一种历史编撰风格(402)。

以此为标准反观这三份年表,第一份年表的写作风格属于典型的罗曼司情节模式,所有元素指向福楼拜与科莱这对恋人的相爱、纠结最终黯然收场的故事脉络,于是它对应了形式论的论证方式,也暗合了无关政治的无政府主义意识形态立场。第二份年表是悲剧的情节模式,对历史的追溯从开头便笼罩上了死亡的阴影,最后以作家的英年早逝了结,对应了有机论的论证模式和保守主义的意识形态。第三份年表则相对中立,以作家本人引言拼贴为主。怀特指出,罗曼司的情节编排是自我认同的过程,往往包括了"对主观世界的超越、战胜和最终从这个世界的解放"(378),悲剧和喜剧则最终都有某种收获:在喜剧中得到的是对现实世界的征服,而在悲剧中则是意识的升华。传统认为历史学家"发现"故事而小说家"发明"故事,这是历史与小说的本质区别。然而在怀特看来"这一观点也掩盖了一个事实,即'发明'也在历史学家的运作中起到一定的作用。同一个事件可以构成许多不同历史故事的不同因素，在对它所属的序列事件进行特定主体的描写中，这个因素扮演什么角色将决定其故事的性质"（375），这也正是这三份年表的拼贴所具体说明的。

历史学家对历史编撰过程的解读被巴恩斯以小说家的笔触呈现为专门的术语——"编造"（fabulation）。编造一词在《10½章世界史》中反复出现，最集中出现在"幸存者"一章的疯癫者凯瑟琳叙事中。他借凯瑟琳之口提出，人们对历史与过去的种种看法纯属臆想与虚构，"用技术术语说是编造。你编造一个故事来掩盖你不知道的或者不能接受的事实。你保留一些真相，以此为主干编织一个新的故事"（109）。这一描述不仅适用于精神分裂症患者凯瑟琳对待历史的处理方式，巴恩斯实际上是借她之口描述了整个人类对于历史的处理方式。这一点他在"插曲"章中进一步明确地指出："我们编造出故事来掩盖我们不知道或者不能接受的事实；我们保留一些事情真相，围绕这些事实编织新的故事。我们的恐慌和痛苦只有靠安慰性的编造功夫缓解；我们称之为历史"（240）。他对传记这种特殊的历史书写方式格外质疑，在他看来，书写传记的过程就是编造的具体运用。传记书写仿佛拉网捕鱼，"当拖网装满的时候，传记作家就把它拉上来，进行分类，该扔回大海的就扔回大海，该储存的就储存，把鱼切成块进行出售。但是想想那些他没有捕获上来的东西：没有捕获到的东西往往多得多"（《福楼拜的鹦鹉》，38）。因为网中线与线之间必然存在的空隙，被传记作家"拉上来"的内容难免有诸多疏漏、有失全面。萨特与他所写福楼拜的传记《家庭的白痴》就被布拉斯韦特视为反面典型。布拉斯韦特厌恶地形容萨特在福楼拜过世一个世纪后，"像一个肌肉发达、不顾一切的救生员，花了十年时间拍打着他的胸脯，往他的嘴里吹气；十年的时间里他尽力想把他唤醒，为了使他能安坐在沙滩上，听他实实在在地告诉他，他对他的看法"（86）。他嘲笑萨特花费了十年时间写一部福楼拜传记徒劳无功，完全只是"想入非非"（100）。

20世纪80年代初期，在福柯的"权力生产论"、历史学家怀特的历史叙事研究以及人类学家吉尔兹(Clifford Geertz)的厚描方法论影响下,西方知识界经历了一场历史观的巨大转变,新历史主义思潮兴起①。巴恩斯小说中呈现出的历史观与新历史主义思潮下的后结构主义史观是一致的。时任加州大学伯克利分校教授的文论家格林布拉特与同事蒙特罗斯(Louis Montrose)在《表征》(*Representation*)杂志上发表系列文章提出新历史主义思想。尽管两人并未使用新历史主义这一文化术语,但是他们的系列文章与著作使得这股思潮在解构主义式微后成为热门批评视角。

新历史主义思潮中的学者们尽管观点不尽相同,但是普遍认同历史与文本间的互文性关系。这种互文关系,蒙特罗斯概括为"文本的历史性"(historicity of texts)与"历史的文本性"(textuality of history)。他解释所谓文本的历史性,指包括文学批评的文本对象以及文学批评所产生的文本均并非割裂的自足存在,其中必蕴含其所处特定历史与社会环境对其施加的影响。而历史的文本性则包括两层意思。首先,人们现在对历史的了解必须借助于残存下来的文本痕迹。而这些文本痕迹之所以得以存在,往往有赖于人为操纵与处理的痕迹。其次,历史文本本身的编撰过程就并非完全客观。历史文本的形成本身是一个历史编撰者对相关事实进行筛选与处理的过程。受限于特定历史背景,历史书写者编撰而成的历史文本必然也只可能是一个版本,而非唯一的历史真相(20)。

蒙特罗斯提倡的"历史的文本性"对分析巴恩斯作品中的历史编撰观极具参考意义。在这一概念对历史与文本互文关系的强调中,历史与故事实际上是同属于文化话语这一统领性概念下的两个表现形式,并无本质区别。历史与文学之间是否可以真正分家?是否存在鲜明的界限?尽管亚里士多德在《诗学》中提出对历史与文学(悲剧)需分而置之,然而历

---

① 新历史主义的兴起与其特定时期的文学理论氛围不无关系。它的挑战对象首先是传统历史主义,其次是当时长期占据文学评论界主流的文本自足论。新历史主义号召在文学批评中重新重视文本之外的历史、政治与伦理文化等相关背景性因素。在此之前,从 20 世纪初的俄苏形式主义,到"二战"后的欧美新批评,到 50 年代的结构主义,再到其兴起之前的解构主义,均是将文本自身视为批评实践的焦点。

史从其词源上就显示出了和故事的显著亲缘关系。西文中的"历史"（history）一词究其源头便是故事与历史的综合体，在包括法语、意大利语与西班牙语在内的诸多当代拉丁语系语言中至今仍然保留了这种历史与故事共用一词的状况①。除此之外，东西方史学的发端与发展均未摆脱故事的影响。被誉为西方"历史之父"的希罗多德（Herodotus）的《历史》中既记录了历史文化与地理环境，也记载了民间传说与故事。时至文艺复兴时期，以尤西比乌斯（Eusebius）与奥罗修斯（Orosius）为代表的主流宗教史学家们为了证明自身正当性，分别片面整理符合自己利益的历史文献，以期将自己教派的历史与宏大的线性叙事相结合。在中国历史学发展过程中，亦可发现类似的混用情形。司马迁的《史记》往往以"太史公有云"的方式发表观点，并记载一些明显属于杜撰的细节，是人为地对历史事件赋予了情节性。不仅如此，很多中国历史中的史学家本身也兼具文学家的身份，例如史书《汉书》的作者班固就以辞藻华丽的《两都赋》被誉为辞赋大家。自司马迁起，后世的史书不少都有严重的文学化倾向，往往是主观描述多于客观事实，对历史书写中的文辞多有考究。这种文史不分的情形一直持续到现代时期，直至此时中西方的学者们才开始对历史与文学做出分隔，"文学和史学是两回事，写小说和写传记也是完全不同的"（葛剑雄，122）。在西方近代史上首先提倡历史去文学化的是现代历史编撰之父利奥波德·冯·兰克（Leopold Von Ranke），他不仅确立了历史的科学性与职业性，还提出了当代历史学

———————————

①　对西文的历史一词追根溯源，可以发现它最早具有三个意思：找出、叙事与历史。这一词语首先出现于古希腊语，源自约公元前 5 世纪左右希罗多德游历地中海地区后所著风土人情志名称。中文中历史的"历"字原指时间与空间的移动，后来又衍生出历法的用法；而"史"字最初指以公正的态度用右手记事，后来衍生指代手持书簿之人，即史官。历史与叙事同源，表明了历史在其发展的最初就被视为一种文本的形式。综合看来，在东西方语言的历史一词源头中，均未始终强调历史与故事的区别。

历史一词自古希腊语中出现后，经由拉丁语（historia）与晚期拉丁语（storia）传入多个现代欧洲语言，进入英语时分化为历史（history）与故事（story）两个词，各自继承原词意思的一个方面。而在包括法语（histoire）、西班牙语（historia）与意大利语（storia）在内的一些其他现代欧洲语言中，则都保留了原词的双重含义。

之座右铭:"仅仅说出事实是怎样的"。自兰克之后,历史学家们开始转而追逐真相,相信可以通过忠实于材料与文献得到真相。至启蒙运动时,当时的历史观普遍相信要非常详细地研究档案资料,并在其基础上形成因果关系理论,从而将地理位置、社会体系、经济力量、文化观念、技术进步的影响与个人意志加以综合考量,形成综合判断。

历史与文学可否泾渭分明? 由于对历史编撰中人为主观因素的发掘,学界对这一问题的答案在后现代时期表现出了不同于现代主义时期的倾向。怀特对历史编撰的研究指出,历史实践证明历史与文学往往是密不可分的,"尽管历史事实是客观存在的,但任何人记载下来的历史都不能避免自己的立场、观点和感情的影响。其他人的理解和研究同样如此,因此从来就不存在什么大家都能接受的客观、真实的历史"(205)。然而他同时指出,这也绝非等同于历史虚无主义①,"尽管复原历史存在障碍,但历史本身是真实的,是客观存在过的事情"(同上)。在新历史主义者看来,历史只能是"真实的故事",其中的张力在于:历史是"真实的",因为它必须与证据即相关历史真相一致;与此同时,历史又是一个故事,因为它就只能是一种解释版本。历史编撰者们所面对的是混乱、复杂与无序的过去,必须试图从中创造出模式,发掘出意义。

再看新历史主义指导下的文本实践,格林布拉特等人所倡导的新历史主义文评大多将解读对象集中于文艺复兴主义与浪漫主义时期的经典作品上,多少带有了回顾性的视角。20 世纪 90 年代初,加拿大学者哈琴结合新

---

① 历史虚无主义往往否定历史上的一切进步因素与人类取得的成就,与新历史主义倡导的解构历史并不完全相同。如加拿大学者哈琴(Linda Hutcheon)所言,吸收了新历史主义的后现代史观反对以未来的名义对历史做出的任何抛弃或是复活行为。她不认为存在永恒的意义,而只能是从现下出发与过去对话(19)。哈琴反复论证道,后现代并非赞同历史虚无主义,认为历史消亡,而只是将历史重新定义为人类的建构物。揭示历史的文本性也并非否定历史的存在,而只是为了说明历史只能通过文本为人类所知,因此也受限于文本,"尽管受到批判,但后现代实际不是非历史或是去历史化的,然而它确实质疑我们对历史知识组成的假设(这些假设有可能是未受到认可的)"(xii)。

历史主义的观点考察后现代情境与后现代文学创作,在她的后现代诗学体系①中提出了著名的"编史元小说"(histographic metafiction)这一小说类别。她称这类能够体现新历史主义理论的"编史元小说"是后现代性在小说创作中的典型,这些"名闻遐迩、广为人知的小说,既具有强烈的自我指涉性,又自相矛盾地宣称与历史事件、人物相关"(6)。编史元小说与传统历史小说的区别可以戏仿的方式表达为:编史元小说中的

> 人物[并不]构建一个小型的代表性的社会形态,它们经历反映[不是]特定历史发展重要潮流的冲突与复杂情形[无论那是什么意思,叙事情节总是可以追溯到别的内部文本],一个或者多个历史人物出现在虚构世界中,营造出一种来自文本外部的真实感,使得文本的总结与判断更可信[然后立刻会通过揭露某个内文本真实性而被打断与质疑];结论[从不]重申了[但是提供背景]这种将社会与政治冲突化为道德辩论的形式的合法性。(78)

编史元小说的运行机制在于它内在的冲突性,它深入传统然后从内而外地将其颠覆。对照哈琴对编史元小说的描绘,巴恩斯对真实历史与虚构故事的拼贴处理使得《福楼拜的鹦鹉》与《10½章世界史》无疑当被归入这类小说。事实上,《福楼拜的鹦鹉》也被哈琴直接列举为编史元小说的典型(16)。

《福楼拜的鹦鹉》与《10½章世界史》中的文体拼贴一方面通过异质文体的大规模拼贴打破小说文类同一性的桎梏,令传统小说内部原本整合为一体的种种元素呈现出破镜难圆的碎片状态;另一方面则打破历史与小说间的界限,证明历史文本与文学文本一样具有虚构特性,揭露了"编造"这一历

---

① 哈琴的后现代诗学体系通过1988年和1989年先后出版的两本论著建构完成:《后现代诗学》(A Poetics of Postmodernism)与《后现代的政治》(The Politics of Postmodernism)。哈琴的后现代诗学基本围绕诗学、后现代、悖论、戏仿与编史元小说这几个关键词展开,其核心思想可概述为后现代是一种诗学,后现代性的本质是悖论式并存,而戏仿则是后现代处理过去的方式,编史元小说则是这一后现代情境在文学中的最佳体现。

史编撰的具体形式。巴恩斯通过种种虚构与非虚构文体的拼贴打破的不仅是小说这一文类本身的界限,更是质疑了小说叙事与历史叙事之间的本质区别。他通过深入历史叙事产生过程的肌理,以"编造"模拟其生成机制,从根源上再现它的人为虚构特性。《福楼拜的鹦鹉》与《10½章世界史》这样的编史元小说颠覆了历史书写如实反映历史的传统看法,于是历史文本与小说文本之间的间隔不复存在,历史仿如小说。

第三节　故事拼贴与他者之脸

新历史主义与解构主义一脉相承地对历史的确定性加以质疑,自身在大厦倾覆的废墟之上徘徊良久却无甚建树。恰是这一点使其广受诟病,最终导致这一思潮在理论的角逐中黯然离场。至哈琴处,在如何看待历史确定性消亡的问题上,她反对詹姆逊等人的消极。然而她的乐观也多少显得有些缥缈。显然巴恩斯在这点上的态度并不站在哈琴的立场上,他将乐观的希望落实于具体个人身上。具体而言,他探寻的是一条伦理的超越之路。这就使得对他的考察必须从历史本体论的范畴进入伦理形而上学的范畴,须得借助与列维纳斯具有形而上学特质的伦理学才可以较好地加以解释。在一片后现代解构浪潮中,出生于现代主义时期的列维纳斯看似并未直接参与解构主义思潮,却与之实际牵连颇深。其根源就在于他的伦理学是在解构的同时寻求超越的伦理之路。

《福楼拜的鹦鹉》与《10½章世界史》都在历史的碎片化困境中呈现了叙事者的伦理诉求。前者中布拉斯韦特追寻历史真相的真正目的在于试图面对有关亡妻的真相,而后者中作者本人的声音在"插曲"章中走向了前台,诉说了对历史的困惑以及"她"给他带来的希望。这些他者在小说中的在场本身即构成了两部小说积极的伦理意蕴。这一伦理意蕴可以通过对两部小说故事拼贴的分析加以展示。巴恩斯在对故事进行拼贴之时采用了不同的处理方式。《福楼拜的鹦鹉》中的故事拼贴以纵向的方式展开,而《10½章世界史》中的故事拼贴则是采用类似文体与视角拼贴的方式，以平面化的横向拼贴的方式展开。尽管如此，纵向与横向两种故事拼贴方式殊途同归，为他者之脸的浮现创造了空间。

列维纳斯提出，对传统本体论中的同一性与总体性的批判颠覆是为了替绝对他者的出现扫清道路。在绝对他者出现时，主体便即刻负有朝向他者的义务与责任。这种责任均体现在两部小说中两段重要的主体间性伦理关系中。这种伦理关系在《福楼拜的鹦鹉》中从布拉斯韦特发出，在《10½章世界史》中发自"插曲"章中走向前景的叙事者，分别指向两位与他们处于两性关系中的女性他者。女性他者对布拉斯韦特而言是亡妻埃伦；对《10½章世界史》的叙事者而言则是夜晚躺在身旁的一个"她"。她们均以他者之脸的方式显现于这两个个体前。

他者之脸作为列维纳斯的重要概念首次出现在《总体与无限》中，"他者超越我对其想象而呈现自身的方式，我们称之为脸孔"（TI, 50）。脸孔在列维纳斯的整个理论体系中是一个原创的核心概念。它是一个媒介，自我只有通过它才能与绝对他者相遇，而绝对他者又是通过它向自我展现其外在性与无限性。它是遇而不见的；它是既富足又贫穷的；它是听觉而非视觉的。他者之脸的这些特质在两部小说中布拉斯韦特的亡妻埃伦，以及"插曲"章中叙事者的伴侣身上得到了集中体现。

《福楼拜的鹦鹉》的纵向故事拼贴

在《福楼拜的鹦鹉》全书对福楼拜的种种学术考证中，巴恩斯实际上同时讲述了三个故事。全书篇幅过半时布拉斯韦特曾吐露心声："有三个故事在我心中争先恐后。一个是关于福楼拜的故事，一个是关于埃伦的故事，一个是关于我自己的故事"（85—86）。这三个故事中第一个福楼拜的故事不难理解。如果抽去小说中布拉斯韦特对福楼拜生平的繁杂考证，小说的核心情节便是一个布拉斯韦特侦探小说式的侦查之旅。事实上，布拉斯韦特这一人物很早就已在巴恩斯心中成形，并且第一个故事的核心情节也曾在小说问世的前一年就被巴恩斯写成短篇发表。《福楼拜的鹦鹉》这部小说从短篇小说发展而来,在原先基础上拓展了深度与层次。这些多出的层次藏在了布拉斯韦特表面的探寻之旅背后,藏在他所称的第二、第三个故事中,直到"纯粹的故事"一章才初露端倪。

"纯粹的故事"中得以浮现的是布拉斯韦特心中的第二个故事,即埃伦的故事。巴恩斯曾在采访中将"纯粹的故事"定义为《福楼拜的鹦鹉》中的核心章,将其比作全书"帐篷的支柱",声称"没有它,小说的其余情节与素材将仅是摊在地上的一堆帐篷布"(Guignery and Roberts,45),其在作者心中的重要性由此可见一斑。在小说全书的叙事中,布拉斯韦特对亡妻埃伦的生平介绍显得极为精简,"她生于 1920 年,1940 年结婚,1942 年与 1946 年先后两次生子,1975 年去世"(162)。这番扼要的生平讲述掩盖了许多事实,包括埃伦一直暗暗维系的婚外情,"当孩子们出生后,她的秘密生活终止了;当他们上学后,她的秘密生活又恢复了"(165)。埃伦与布拉斯韦特的遭遇让人联想到了福楼拜著名小说《包法利夫人》。如巴恩斯在采访中承认,他本就希望布拉斯韦特与埃伦的故事和《包法利夫人》中的查尔斯与爱玛·包法利的故事产生呼应(Guignery and Roberts,17)。埃伦与爱玛·包法利同样嫁给了理性而乏味的医生;同样似乎与丈夫沟通困难;同样因为追求梦幻般的爱情而屡屡出轨;也同样最终服毒自尽。布拉斯韦特确实也将埃伦视为爱玛·包法利的化身,他自问"她有没有像爱玛·包法利一样,在淫荡中重新发现了婚姻中的一切陈腐与平庸?我们对这点没有谈论过"(164)。布拉斯韦特在叙事中屡屡将他与埃伦的夫妻关系与包法利夫妇的关系以及福楼拜与科莱的关系进行类比,可以说三者之间的互文关系不言而喻。

除福楼拜外,在布拉斯韦特寥寥数语透露出的人生细节中,埃伦是唯一被提及的现实生活中的他者。她在布拉斯韦特的叙事中的形象深具他者之脸特质。列维纳斯强调,与他者之脸面对面相遇所调动的器官不可能是眼睛。它难以被视觉的手段具体描绘,因为他者"不能被还原为那些(鼻、眼、额、颊)等"(*EI*,86),在布拉斯韦特的讲述中,他对自己的身材与长相尚还有过简短的描绘,但是对埃伦的外表与长相却几乎只字未提,因此在读者看来,埃伦始终显得面貌模糊。似乎布拉斯韦特与埃伦相处甚多,但从未真正看清生活中的这位他者。如此一来，埃伦作为布拉斯韦特生活中最熟悉的陌生人，表现出列维纳斯强调的他者之脸的"遇而不见"的特质。

他者伦理思想中与"遇而不见"这一悖论情境类似的是，他者之脸同时既比我柔弱，又比我强壮。首先，他人在我面前是绝对的弱者与贫者，因为他者之脸没有防范地向我直接展示自身，所以它是脆弱且易受伤的。在这种柔弱的衬托下，"而我却是富人或有特权的"（TO，83）。因此列维纳斯常常以《圣经》中提及的"陌生人、寡妇和孤儿"来指称他人。以此考察埃伦与布拉斯韦特的关系可以发现，布拉斯韦特现实中是一名收入稳定的医生，是家庭生活的一家之主。而埃伦则是标准的家庭主妇，极可能依靠布拉斯韦特供养生活，这是她在物质生活中展现出的柔弱。然而如列维纳斯所指出，恰是由于他者的贫弱，自我更是要对其采取一种谦卑的态度。"我强壮你弱小，但我是你的仆人，你是我的主人"（45）。在列维纳斯看来，自我丧失对他者谦卑之心的直接后果就是悲剧的发生。历史中之所以会发生如犹太大屠杀这样的悲剧，甚至连海德格尔这样的大思想家都站至杀戮者一方，正是因为人们没有意识到他者的袒露并不意味着可以对其任意暴力相向，而是意味着自我需对他者负有极端责任。正是因此，列维纳斯反复强调脸孔的首要命令即"你不能杀戮"（EI，87）。在《福楼拜的鹦鹉》中，布拉斯韦特在发现埃伦出轨后究竟如何应对是个未解之谜，甚至可能是布拉斯韦特刻意促成了埃伦的自杀。无论布拉斯韦特是否在真正意义上造成了埃伦的亡故，他此前在两人关系中对她作为他者的"裸露"状态不予尊重，这种态度至少间接成为促使埃伦出轨与自杀悲剧的原因。

埃伦的故事是布拉斯韦特所要叙述的第二个故事。他感慨道，"书本不是生活，不论我们多么希望它们就是生活。埃伦的故事是真实的；也许甚至这就是我给你们讲述福楼拜故事的原因所在"（86）。布拉斯韦特通过讲述福楼拜的故事来讲述埃伦的故事，这一讲述行为本身就是他心中的"第三个故事"。列维纳斯提出主体间的我他关系是不平等的。我对他者负责而不求回报，即便可能我要因此而死。正是因为与他者的关系必然不求回报，于是我是"臣服于他者的，在这个意义上，我就成为了主体"（EI，98）。换言之,自我的主体性取决于我对他者的臣服。在布拉斯韦特与埃伦的关系中即是如此,只有当他学会真正意义上承认埃伦这一他者的他异性之时,他才能够成就自身的主体性。

承认他者的他异性并非易事,布拉斯韦特面向埃伦所做的讲述是极为艰难的。在小说进展到"纯粹的故事"这章之前,布拉斯韦特曾多次试图提起埃伦,

> 我的妻子……①死了。孩子们都各奔东西了。(13)
> 我从来没有认为我的妻子是完美的。我爱她,但我从不自欺欺人。
> 我记得……我还是留待另一个时间谈吧。(76)
> 我妻子的故事较为错综复杂,更紧迫;但我拒绝它。(86)
> 我的妻子……不是现在,不是现在。(105)

相较于提及福楼拜时的轻松戏谑与游刃有余,布拉斯韦特几乎每一次提及埃伦时都显得欲言又止。事实上,布拉斯韦特是在对自己故事的讲述中努力通过言说接近埃伦与反省两人关系,从而了解自己。言说亡妻的艰难显然使他感到窘迫,他也因此表现得犹豫不决,"如果我变得令人生厌,很可能是因为我感到窘迫的关系。我告诉过你,我不喜欢正面。但我确实想把事情变得容易。神秘很简单:清晰才是最难做到的"(102)。也是因为同一种窘迫之情,因为清晰难以做到,他在小说中用了大量的篇幅谈论了看似与埃伦无关的福楼拜。

针对布拉斯韦特的叙事方式,美国学者纽顿(Adam Zachery Newton)提出他采取了一种"旁顾"(looking away)的策略。《福楼拜的鹦鹉》中"叙事者自己的故事被小心地编入包括'福楼拜的动物寓言集'在内的这几章中"(8)。在小说前半段,布拉斯韦特一直只是讲述福楼拜的故事与生平细节。但是自小说中段起,他就开始零星透露自己的人生——失败的婚姻、自杀的

---

① 此段及以下几段引文中的省略号都是原书所加,表现了布拉斯韦特在叙事中的艰难。

妻子与伤心的爱侣。直到"纯粹的故事"一章,他才真正开始艰难地叙述他本人的故事。如上文所论述,布拉斯韦特顾左右而言他的叙事体现为他看似叙述的是对偶像福楼拜的追寻,实际寻找鹦鹉真相的过程不仅是追寻作家足迹如此简单。随着叙述的深入,他渐渐揭露了自己对与亡妻感情问题的隐含追问。可以说,《福楼拜的鹦鹉》全书在类似"福楼拜的动物寓言集"这样的意识流式叙述中,布拉斯韦特是说而不说、不说而说。追寻福楼拜对他而言是一种心理上的声东击西,其实他真正希望的是通过了解福楼拜来接近亡妻,来解读他失败的婚姻。由此再次反观他对科莱叙述的模仿,就可以看到其后更深层的动机。他是借模仿科莱而尝试从女性的视角理解两性关系。尽管他难以真正了解女性的心理活动,并且他的模仿也难以摆脱福楼拜崇拜者与男性中心主义者双重立场的束缚,然而他至少尝试了去言说。

列维纳斯提出,他者之脸带来的是自我趋向他者的义务,而这种义务实现的方式就是对话与言说。因此,如果说脸所对应的器官不是视觉,那么它就应该是听觉的,"言谈,确切地说,回应或责任是这种(与脸的)本真关系"(*EI*,88)。于是在《福楼拜的鹦鹉》中,布拉斯韦特最后真正学会的是以言谈的方式趋近他者。将布拉斯韦特视为一个伦理个体可以看到,首先,他的言说对象是鹦鹉。他通过找寻福楼拜小说中的鹦鹉原型,希望确立的是一个有关鹦鹉的绝对真相。其次,在追寻鹦鹉原型的背后,布拉斯韦特所追寻的是福楼拜。了解鹦鹉是为了更好地了解福楼拜其人其事。再次,藉由追寻福楼拜的踪迹,布拉斯韦特真正想要做到的是了解埃伦。他借言说鹦鹉而言说福楼拜,进而借言说福楼拜而言说埃伦。通过旁顾式言说,布拉斯韦特这一个体所面向的他者不是黑格尔主奴辩证法中的奴仆,也不是萨特存在主义哲学中注视我的敌人,而正是只以脸孔形式出现的超越性绝对他者。

从福楼拜的故事到埃伦的故事,再到布拉斯韦特自己的故事,这三个层次的叙述构成了《福楼拜的鹦鹉》三个由浅至深不同层次的故事拼贴。对布拉斯韦特而言,福楼拜与他的小说世界暗合了他与埃伦的现实生活,因此言说福楼拜是他向自己生活中他者埃伦言说的方式。他也通过这一过程做到了面向他者的言说,从而履行了自我朝向他者的伦理责任。列维纳斯提出

"与脸孔的关系不是对客体的认知"（TI,75），他者是无法被真正掌握的。布拉斯韦特追寻鹦鹉的真相恰恰是因为他希望理解与认知埃伦这一他者，然而最终他追寻相关鹦鹉的唯一真相而失败，正如他追寻埃伦却也无法真正意义地理解埃伦。在他追寻真相之旅的最终时刻，他发现了满屋子鹦鹉对应了真相的无限可能，从而学会放弃掌握有关鹦鹉的真相，同时也是放弃了掌握有关埃伦的真相，做到真正意义上对他者他性的承认。

《10½章世界史》的横向故事拼贴

《福楼拜的鹦鹉》中的故事拼贴方式是由表及里的纵向拼贴，指向布拉斯韦特的言说。而在《10½章世界史》中，这种故事拼贴则是以横向拼贴方式展开。与前文所述文体拼贴与视角拼贴类似，这种故事的横向拼贴也起到反总体性的效果。小说开篇章"偷渡客"以圣经《创世纪》的洪水事件为依据，而最终章"梦境"则描绘一个荒诞的后现代式天堂，与"启示录"暗合，由此赋予小说一个圣经式的模糊时间框架。然而除此两章之外，由于这部小说缺乏统一的叙事者，其中章与章之间并无如布拉斯韦特追寻真相那般的框架性情节来统领全书，有的只是一个个散落的小故事。巴恩斯将这些故事时空背景打乱排列，对这些小故事的组织方式基本为随机拼贴。故事的时间背景时而发生在小说写作时的 20 世纪末，时而回到 16 世纪；空间背景则遍布欧洲各国与南北美洲，遍布大陆、海洋，甚至月球。① 可以说，这部小说首尾两章外的剩余章节的时间设置是去时间化的，它所呈现出的是历史陷入没有明晰发展方向后的一团混沌。

---

① 具体而言，全书第二章改编自发生于 1985 年的真实伊斯兰教恐怖分子劫船事件；第三章时间拉回至 16 世纪描绘了法国小乡村的一场对木蠹的审判；第四章的事件发生于切尔诺贝利核电站事件后，时间背景与第二章大致相当；第五章分两节，分别是 1861 年的乘船事件及三年后画家创作相关画作；第六章重述了 1840 年一位虚构的爱尔兰少女的登山之旅；第七章的三个故事分别涉及泰坦尼克号幸存者，1891 年被鲸鱼吞噬的约拿和水手，及 20 世纪中叶纳粹执政期间赴南美寻求避难的德国犹太人；第八章描绘了发生于 1986 年的一次亚马逊丛林中的电影拍摄；第九章为 1977 年时一位登月宇航员到阿勒山的寻找方舟之旅。

在《10½章世界史》由时空错置构成的一片混沌中，"插曲"的存在以超然的姿态打破了混乱局面。如不少评论家所注意，它以"半章"的地位打破了"十"这一在传统理性秩序中象征圆满的数字，它的存在本身就构成了对历史总体性的质疑（见 Buxton，56；Rubinson，174）。罗宾森（Gregory Rubinson）提出，"《10½章世界史》的'半章'与片段式结构是以主题连接的，而非是传统的叙事逻辑，它借此否定了对称性、目的论、总体论与阶层这些现实主义历史观中的传统"（174）。更重要的是，"插曲"在打破历史混沌的同时尝试提出了解构历史后的救赎之道。小说叙事者将"插曲"比作"半个门牌号码的房宅，按照正常的地图标记法本不该有这些房宅"，人们在这些房宅中安心居住，"正是因为其不可能才真实"（234），暗示读者真相就藏于其间。

在"插曲"这半章中，出现了一对可以统领全书的我他关系，即"插曲"的叙事者与睡卧于侧的"她"之间的关系①。对"插曲"中的她，叙事者也只是说明自己靠着她，并触摸她的头发。但"她"始终以一个背对躺卧的背影出现，其形象若隐若现。于是，这个女性形象如同布拉斯韦特的埃伦一般，也是一个对我而言遇而不见的女性他者。尽管模糊，但是其作为他者之脸的存在不容忽视，"对我言说并将我拉入伦理关系之中"（*TI*，198）。

插曲中的"她者"与埃伦类似具备了柔弱与强势并存的特性。在描述两

---

①　一般认为，"插曲"的叙事者可被视为巴恩斯本人。他在行文中暗示，"我一说'我'，你就会想在一两段文字里搞清楚我是指朱利安·巴恩斯，还是指哪个凭空造出来的人"（209），提出了这一问题，既未肯定，却也并未否认。叙事者与作者同声的另一处暗示出自文中提到的画家埃尔·格列柯。巴恩斯描述到这位画家在画作《奥尔加斯伯爵的葬礼》下半部分画了一排悼亡者，其中有一个就是他自己。他在一片悲伤的哀悼者中"用一种阴郁反讽的眼光盯着我们——而且是一种不带一点得意的眼光……这是我干的，他说，这是我画的。应由我负责，所以我就面对你们"（209）。于是，这位画家在自己画作中的在场呼应了与巴恩斯本人在自己小说中的在场。最大的证据来自巴恩斯本人，他在采访中曾干脆地承认，"插曲"一章全为自传。[in interview with Michael Ignatieff, "Julian Barnes in 10½ Chapters", BBC 2（14ᵗʰ November, 1994）]。基本可以判定，"插曲"中叙事者就属于巴恩斯本人，是这位隐藏作者在自己的作品中走向了前台直面读者。

人关系时,巴恩斯屡屡用叙事者自身的慌乱来衬托对方的镇定。她是带来安慰力量的一方,具有抚慰作者"因为空虚袭来而惊慌失措"的能力(223)。可以说,叙事者面对这一"她者"时的态度也是近乎谦卑的,正如列维纳斯所形容的自我面对他者时应当具有的谦卑态度,仿如在欧美文化中开门时需要面向同行人所说的"您请先"。在巴恩斯的描述下,这个"她"还具有超越性维度。列维纳斯称他者之脸的他性"每一刻都在同时摧毁并溢出他所留给我的外塑形象,并超越我的自身的度量"(TI,51),对自我而言,他者是超越的存在。然而这一女性他者也表现出了自己的柔弱特征。她始终以背过身去的形象面对叙事者,处于熟睡的状态中,具有洁净的睡眠(224)。列维纳斯称她者之脸"带着体面的裸露。它是最袒露的:脸孔中含有一种必要的贫穷;这一点的证据在于人们试图通过装腔作势来掩盖这种贫穷。脸孔是暴露的,是受到威胁的,甚至似乎邀请人暴力以对"(EI,85—86)。她以熟睡应对清醒着的思考者这一画面形象地表明了他者之脸的裸露。

同样与埃伦类似的是,"插曲"中的这一女性形象对"插曲"的叙事者而言构成他叙述的终极对象。如列维纳斯所坚持,他者是不可被掌握的。自我负有朝向他者、趋近他者的绝对责任。"插曲"中的叙事者亦是如此,他总是不断尝试向"她"诉说,甚至会"两眼噙泪而刺痛,强制自己不要把她弄醒,向她表白我的爱"(224)。对她的爱情信念使得叙事者相信"客观真实是可以得到的;或者我们必须相信它99%可以得到,或者说,我们不能相信这一点,那么,我们必须相信43%的客观真实总比41%的客观真实好。我们必须这么做,因为如果不这么做,我们就完了"(243—244)。布拉斯韦特的言说也是如此,因为他相信通过言说,他可能对埃伦的了解从41%到达43%,即便是小小的进步也是一种对埃伦的趋近,这就是意义所在。

在《福楼拜的鹦鹉》与《10½章世界史》中两段典型的我他关系中,布拉斯韦特与"插曲"叙事者所面向的他者均为与他们处于两性关系中的女性他者。"插曲"中的叙事者论述道,"宗教和艺术必须让位于爱情",只有当爱情来临的时候,我们才可以和历史对着干,这便是巴恩斯所领悟到的"崇高的真理"(244)①。不仅如此,他还宣称"世界历史若没有爱就变得自高自大,野蛮残忍。爱情不会改变世界历史,但是可以做一些重要得多的事情:教我们勇敢地面对历史,不理会它神气活现的趾高气扬"(238)。

无论是布拉斯韦特与埃伦的夫妻关系,还是"插曲"中叙事者与同居人的伴侣关系,都不应被简单地理解为俗世意义的爱欲关系。在阐述爱欲关系时,列维纳斯援引了古希腊喜剧家亚里士多芬(Aristophanes)有关爱情源自阴阳人神话的典故。据柏拉图《会饮篇》(*The Symposium*)记载:亚里士多芬提出最初神造人时,原本将人造为四只手和四只脚的球形生物,且大多为男女一体的雌雄同体人②。后来由于人类对大神不敬,惹恼宙斯将他们一劈为二。于是被分开的男女终其一生都在致力于寻回自己的另一半,找回原先的圆满状态,这是爱情产生的原因(227—229)。而柏拉图借智者之口对其进行了反驳,指出爱是贫乏与资源之神的孩子,因此既不像神那般生来就富足,亦不满足于贫乏的状态,它始终处于中间地带,而对丰盛状态的追求是它的常态(245—246)。在这两种爱情观中列维纳斯对柏拉图的反驳持肯定态度,并将其用于解释自己对爱情相关伦理关系的看法,"柏拉图在否认亚里士多芬所提的雌雄同体时,难道不正是看到了欲望与哲学的反乡愁特性吗? 他暗示的是存在的本在性,而非流放性——爱欲中欲望是被欲者的出现对存在的侵蚀"(*TI*,63)。换言之,布拉斯韦特与"插曲"的叙事者在各自两性关系中都难以与他者互为补充。这两段我他关系均是列维纳斯所提的不平等伦理关系,而这两个个体最终均承认两位女性他者的他异性,承认她们在这段伦理关系中的绝对高度。

巴恩斯的早期代表作《福楼拜的鹦鹉》与《10½章世界史》在不同层面运

---

① 巴恩斯的这章"插曲"被称为他有关爱的小论文,从巴恩斯的最初写作构思看来,这一章的行文构架的确围绕着爱展开。

② 亚里士多芬的神话故事提出原始人有三种形态:男男一体、女女一体与男女一体。"男女一体",即"雌雄同体",形态最为常见,它揭示了异性相吸的原理,而男男一体与女女一体的形态,则对应了男性同性恋与女性同性恋的产生缘由(柏拉图,299)。

用了拼贴手法,却在拼贴的同时打破了拼贴指向的总体,即有关历史的宏大叙事。在这两部小说中,巴恩斯通过视角的拼贴为传统的单语历史引入全新声音,在历史的多版本叙事中打破了传统的单一历史宏大叙事。通过文体的拼贴,两部小说消解了历史与小说之间的界限,凸显了历史编撰过程的虚构特性。碎片是拼贴的对象,借由视角与文体的拼贴,巴恩斯在对历史的探讨中将传统观同质的历史总体化为碎片,以这种方式进行颠覆与批判,表现出了新历史主义的后现代历史观。如《10½章世界史》中的叙事者所称,"我们是历史的解读者,历史的受害者,我们审视历史程式",发现了历史早已成为片片碎片。但是我们仍然坚持这么做,"为的是发现给人希望的结论,找到前进的路径"(240)。这一前进的路径在于履行朝向他者言说的责任。在本章对巴恩斯早期两部小说横向与纵向故事拼贴的分析中,可以发现两部小说中的主要叙事者与他们各自两性伦理关系中的"他者之脸"面对面遭遇的场景。无论是埃伦,还是"插曲"中的她,作为他者之脸化身的她们都表现出超越个体认知掌握的特性。她们同时既柔弱又强大。更为重要的是,她们构成了自我必须以言说方式向其负责的对象,吸引个体履行了朝向他者的伦理责任。而正是这种伦理责任的履行,构成历史碎片化情境中的伦理性超越。

第二章　英国性清单后的超验欲望

1998 年，巴恩斯时隔六年后再度发表小说《英格兰，英格兰》，标志其创作生涯从此进入又一阶段。他在此阶段放慢创作步伐，以大约两年一部作品的速度陆续出版了《英格兰，英格兰》《爱及其他》(《谈心》续篇)以及《亚瑟与乔治》三部小说。其中《英格兰，英格兰》与《亚瑟与乔治》广受好评，均获选入围当年度英国小说(曼)布克奖短名单。与创作初期的作品相比[1]，巴恩斯此阶段小说的关注议题从对世界历史的质疑转向对英国性[2]内涵的反思，将碎片化书写手段运用于对英国性宏大叙事的解构中。本章论述将着重分

---

[1]　在巴恩斯的初期作品中，《福楼拜的鹦鹉》以法国为背景；《豪猪》发生在中欧国家；《10½章世界史》的空间背景遍布欧洲各地。而在他创作中期的三部小说中，《英格兰，英格兰》如书名所示，关注的是英国的过去、现在和将来；《亚瑟与乔治》的时空背景为维多利亚-爱德华王朝时期的英国；《谈心》的续篇《爱及其他》将空间背景从法国与美国搬回伦敦，故事随后在英国本土展开。

[2]　以"Englishness"指称英国性虽不准确但已约定俗成。在相关研究中，围绕英国性(Englishness)这一术语的内涵及翻译争议颇多。这一术语严格意义上应当被译为英格兰性，因为其词根"England"实际上指英国的英格兰地区。众所周知，英国的行政区域全称为大不列颠与北爱尔兰共和国(United Kingdoms of Great Britain and Northern Ireland)，常被简称为不列颠(Britain)。因此英国性最精准的译法应为"Britishness"。然而由于英格兰民族长期为英国主导民族，在历史的发展中已经形成以"English"指称全部英国人的惯例。因此，现代英语中人们早已习惯于这一概念错位的现状，更多以"Englishness"指称英国性而几乎很少使用"Britishness"这一更为精准的用法。在中文中，"英格兰性"的用法也极为少见，只偶尔在强调英国与英格兰区别时出现。由于巴恩斯小说并未明确涉及英国性与英格兰性的区别，所以以下文将基本沿用"Englishness"为英国性的译法。

析《英格兰,英格兰》与《亚瑟与乔治》这两部巴恩斯创作中期的代表作品。在《英格兰,英格兰》全书三章中,第一章"英格兰"(England)与第三章"安吉利亚"(Anglia)篇幅极短,均重点着墨主人公玛莎·科克兰(Martha Cochrane)的人生经历。第二章"英格兰,英格兰"(England,England)不仅章名与全书同名,而且占据篇幅近五分之四,为全书重点。其中详细描绘了传媒大亨杰克·皮特曼爵士(Sir Jack Pitman)在英国怀特岛上建构以英国性特质为卖点的"英格兰,英格兰"主题公园项目全程。主题公园是巴恩斯大胆构想意料之外却又情理之中的想象世界,堪称整部小说亮点。《亚瑟与乔治》相较之下显得传统,全书以现实主义手法描绘了百年前的两段生命历程①。小说标题中的亚瑟指英国著名侦探小说家亚瑟·柯南·道尔爵士(Sir Arthur Conan Doyle),而乔治则是一位名不见经传的伯明翰印度裔混血律师乔治·艾达吉(George Edalji)。两人原本并无交集的人生轨迹通过乔治的冤案发生了联结。1903年,乔治在家乡伯明翰大沃利地区被控犯有虐畜案,随后被判刑七年。无意中得知此案的亚瑟决心为乔治平反。他不但亲自重新调查案件,而且在《每日邮报》上发表长篇宣言掀起大众舆论攻势。最终在他的呼吁与支持下,乔治获得提前缓释并得以在伦敦重启律师职业生涯。

在这两部小说中,分别出现了两份对情节推动具有关键作用的清单。本章的论述选择以这两份清单为切入点,重点考察清单的内容与形式中总体性构架的人为建构性,以及巴恩斯在戏仿式建构总体的同时对英国性相关概念所做的解构。在此基础上,本章还将进一步围绕清单的执行与实现,分析两位小说主人公在世俗性需要之求与超越式欲望之求间的转变,挖掘他们在不懈追求中表现出的积极伦理姿态。

---

① 巴恩斯在《亚瑟与乔治》中大量引用了历史文献,全书以传记的方式展开,因此与《英格兰,英格兰》相比减少了虚构成分的比重。在这部小说中,巴恩斯采用了现实主义小说所惯用的第三人称全知视角,轮番叙述了亚瑟与乔治的人生经历和心理活动。如此一来,这部小说与巴恩斯此前作品相比乍看之下并无浓厚的后现代色彩。

第一节 完整清单的建构

在《英格兰,英格兰》与《亚瑟与乔治》中,清单书写构成了巴恩斯对民族性宏大叙事进行碎片化书写的实现方式。清单(list)本是日常生活常见形式,它伴随人类心智开启而出现,是人类试图了解与掌控所处世界的一种理性思考形态。细究清单形式本身,可以发现它是对碎片条目加以组织后形成的总体。因此,这一结构本身即凸显了碎片与总体间的关系。如学者贝尔纳普(Robert Belknap)所总结,"清单同时既分隔,又连接"(16)。分隔是因为清单中条目与条目间存在明显界限,并非相互有机交融一体;而连接则是因为条目与条目必须叠加成为清单才具有意义。意大利学者艾柯(Umberto Eco)对清单分类后提出,除用于描述"无法枚举超越掌控与认识能力的事情"(117)的"诗性清单"(poetic list)外,日常生活中更常见的是"实用清单"(practical list)。小到购物清单,大到馆藏图书目录,均是实用清单的代表。实用清单中的列举对象必然数量有限,在此意义上中文清单一词中的"清"字充分反映了这一特质;除此之外,此类实用清单中的条目往往相对固定,如图书馆目录中一般不可能有非馆藏的书目(113)。换言之,清单中的条目必然不能超越清单名称限定的母集。

西方文学作品中的清单运用往往服务于烘托气氛或记录事件两种主要目的。前者最早可以追溯到《荷马史诗》,其中常常长篇累牍地出现人名、地名、事物及细节的罗列。以"伊利亚特"篇中阿伽门农的誓师大会场景为例,仅仅为了说明军队数量的庞大规模就用去了荷马三百多节的篇幅,用以罗列来自各个地区的不同军人(43—58)。这种通过大量罗列营造及烘托宏大场景的做法开启了一个传统,为后世文人所纷纷效仿。服务于记录目的的清单在西方文学的另一重要源头《圣经》中得到了大幅运用。如"马太福音"篇中对耶稣基督族谱的列举便是此类用法的典型,即"亚伯拉罕生以撒;以撒生犹太和他的弟兄;犹大从玛氏生法勒斯和谢拉;法乐斯生希斯仑……"。

在西方文学中,清单这种形式或服务于烘托气氛,或用于记录的目的,出现于包括莎士比亚、弥尔顿、雨果与马克·吐温在内等著名作家作品中,使用实例不胜枚举。

在前现代时期的清单书写中,清单条目之间的逻辑关系大多较为清晰。时至现代与后现代时期,文学作品对清单的运用出现了一种故意扭曲清单条目之间逻辑顺序的做法,艾柯称之为"混乱罗列"(chaotic enumeration)(322—324)。他提出传统清单中的条目无论表面看来多么大相径庭,但彼此之间总还存在某种内在逻辑关联。它们或服务于某种特定目的;或隶属于某一总体性构架。然而混乱罗列式清单则往往打破条目之间的逻辑排列。例如阿根廷作家博尔赫斯在论文《约翰·威尔金斯的分析语言》("John Wilkins' Analytical Language")中杜撰的一份动物分类清单便充分体现了这一混乱罗列的特征。这份清单将世间动物分为十四类,分别为

a. 属于皇帝的	h. 以上所有
b. 涂香料的	i. 骚动如疯子的
c. 驯养的	j. 不可胜数的
d. 哺乳的	k. 用骆驼毛细笔描绘的
e. 半人半鱼的	l. 等等
f. 远古的	m. 破罐而出的
g. 放养的狗	n. 远看如苍蝇的(145)

这份清单挑战了集合的合理标准。例如属于皇帝所有的也可以是打破水罐的,也可以是远看像苍蝇的。显然这份清单的子项之间出现了重叠与交叉。不仅如此,清单中有"等等"一条。通常清单中"等等"常被置于末项表示不胜枚举,而在这份清单中它被放于其他条目的中间,显得与常规逻辑不符。更有悖常规逻辑的条目为"以上所有",它从逻辑上与其他所有条目发生了冲突。对此福柯评价道,它的出现"打破了列举的'和'(and)关系",使子项

与母项之间的从属关系不再成立(1970，xvi)。除此之外，这份清单的反常之处还在于其中出现了不是动物的子项，如"骆驼毛"为动物身体的一部分，"远古的"则为抽象的概念。类似博尔赫斯这份清单的混乱罗列式清单以打破逻辑的方式打破了清单形式本身的完整性，将清单总体化为一堆碎片的任意拼贴。

相较于其他当代作家，巴恩斯尤其偏爱在小说文本中融入清单。他迄今出版的小说中各式清单俯拾皆是。例如，《福楼拜的鹦鹉》在总结福楼拜作品中动物寓言的基础上罗列了一份"动物寓言故事集"；《凝视太阳》中设想了"上帝存在的十五种可能"；《10½章世界史》中呈现了画家作画过程中的八个构思；《英格兰，英格兰》中还以清单的形式尽数了男女主人公的情史。巴恩斯曾通过笔下的人物对清单这种形式本身发出惊叹。《英格兰，英格兰》的主人公玛莎叹道，"清单中有些东西，它们那使人平静的结构与完整性，让她感到满足"(9)。然而也正是清单自身"平静的结构与完整性"成为巴恩斯清单书写加以颠覆的对象，颠覆的方式时常即是混乱罗列。例如前文所提的"福楼拜动物寓言故事集"清单，便是如此挑战清单自身的总体性。清单以"故事集"为名，共有六个条目，其中第四条名为"猴子、驴子、鸵鸟、第二头驴子及马克西姆·杜康"(56)。这一条目名称中不仅含有多种动物，而且出现了一个人名，于是明显是违背了清单的罗列常理。除了依靠混乱罗列打破清单的总体性特征之外，巴恩斯在清单书写更常用的打破总体性的方式是通过戏仿表现完整清单的人为建构性与虚假性，从而达到颠覆总体将其碎片化的效果，下文即将分析的两份清单便是如此。

"英国性的 50 个特征清单"

在小说《英格兰，英格兰》中，杰克爵士的皮特曼集团在"英格兰，英格兰"主题公园初创期为构思公园内需要设立的旅游项目，在全球范围内广发问卷以调查英国形象，得出以下这份"英国性的 50 个特征"(Fifty Quitessences of Englishness)的清单：

1. 皇室
2. 大本钟/国会大厦
3. 曼联足球俱乐部
4. 等级体制
5. 英式酒吧
6. 雪地罗宾
7. 罗宾汉绿林好汉传奇
8. 板球
9. 多佛白崖
10. 帝国主义
11. 联合王国国旗
12. 傲慢
13. 天佑吾皇/女皇
14. 英国广播公司
15. 伦敦西区
16.《泰晤士报》
17. 莎士比亚
18. 茅草顶农舍
19. 英式茶/德文郡奶茶
20. 巨石阵
21. 沉着/上唇僵硬
22. 购物
23. 橘子酱
24. 伦敦塔卫兵/伦敦塔
25. 伦敦出租车
26. 圆顶礼帽
27. 古装剧
28. 牛津/剑桥
29. 哈罗德百货
30. 双层巴士/红色巴士
31. 虚伪
32. 园艺
33. 背信弃义/不可靠
34. 半露柱式建筑
35. 同性恋
36. 爱丽丝梦游仙境
37. 温斯顿·丘吉尔
38. 马莎百货公司
39. 不列颠之战
40. 弗朗西斯·德雷克爵士
41. 皇家阅兵式
42. 抱怨
43. 维多利亚女王
44. 早餐
45. 啤酒/温啤酒
46. 情感冷漠
47. 温布利体育场
48. 鞭刑/公学
49.不盥洗/臭内衣
50. 大宪章(86—88)

这份清单涵盖了英国性的不同侧面,既有"大本钟"这样的特色建筑,又有"板球"这样的流行运动;既有"情感冷漠"这样的性格特征,又有"皇室"这样的政体机构。这 50 个条目从不同角度描述了英国性,对这一概念提出特征定义。艾柯提出,西方文明自古希腊以来为了解世界出现了两种定义事物的方式:一种是本质定义(definition of essence),另一种是特征定义(definition of properties)。亚里士多德认为本质定义是最理想的定义方式,然而对大多数事物而言,"我们无法提供一个本质,而为了可以谈论它,为了可以在某种程度上理解它,我们只能列举它的特征"(见 Eco,15)。本质定义少见,特征定义易得,并且特征定义的使用是在本质定义难以得出的情况下所采取的权宜之计。艾柯认为特征定义"尽管可能看上去不稳定,然而却更为接近日常生活我们认识与定义事物的方式"(221)。因此,特征罗列必然难以穷尽事物的所有特征,必然只能够是列举,也必然不可能具备完整性与总体性。然而,以上这份清单人为地以 50 个条目数为限,将特征定义中原本内在的不稳定性加以固定,罗列了英国皇室却没有列举东印度公司,罗列了莎士比亚却没有列举狄更斯与拜伦,人为地建构了一个有关英国性的总体性定义。

在《英格兰,英格兰》中,这样一份英国性特征定义清单的罗列具有双重目的。对英国性做出总体性的描绘是它最显而易见的目的。事实上,通过罗列特征定义英国的方式并非巴恩斯首创,这种做法在英国历史中不算罕见,甚至可谓英格兰独有的情结(Head,123)。在诸多此类尝试定义英国性特征的清单中,最著名的当数乔治·奥威尔战时名篇《狮子与独角兽》(*The Lion and Unicorn*,1941)中的英国性清单。他坚信"英国文明中有些东西一眼可辨、独一无二"(249)。这些英国特有的事物包括"丰盛的早餐、烟熏的城镇与蜿蜒的道路,绿色的田野以及红色的邮箱"(250)。除此之外,还有英国人糟糕的牙齿、艺术鉴赏力的缺乏以及晨雾中骑行去教堂的老妇人(250)。奥威尔对英国性的列举有着"二战"这一特殊的时代背景,旨在号召英国人面对德国法西斯入侵时团结一致、共抗外敌。通过此类列举煽动与聚拢民心,政客们屡试不爽。如在 1993 年的国庆日演讲中,时任英国首相梅杰(John Major)就重提了奥威尔关于英国性特征的种种列举。他煽情地补充称,英国还是"乡村土地上的影子,温暖的啤酒,郊区大片的绿野,爱狗人士,游泳者等"(见 Seldon,370)。就在《英格兰,英格兰》出版的当年,历史学家帕克斯曼(Jeremy Paxman)在论著《英国人》(*The English*,1998)中还在做类似的罗列。他强调"英国性的一些方面几世纪来一直不变"(30),其中包括乡村教堂、女子学院、小村板球、朋克、街头时尚与饮酒过量等。在他看来,只要将他清单中的任意三四条叠加起来就能够"让这个文化像十月薄暮中的烟火那般清晰显现"(32)。可以说,如此种种清单中对英国性特征的罗列唤起了英国人的文化记忆,向他们灌输统一的民族特征信念加深了他们对英格兰民族这一集体的归属感。

在《英格兰,英格兰》中,构建民族身份只是这份清单出现的目的之一,其罗列行为背后存在更为实际的商业企图。皮特曼集团通过罗列这份清单将英国性这一文化概念具象化,并在此基础上打造一个以英国性为卖点的主题公园。杰克爵士是把英国性清单落实为主题公园的灵魂人物。当下属呈上这份清单后,他瞟了一眼就迅速打好腹案,先是"划去了那些他认为是问卷设计不当造成的无效条目,然后开始考虑其他条目"(88)。有些条目极易付诸实践,如"多佛白崖"可用怀特岛的白崖湾直接替代,"大本钟"与"不列颠之战"可以被轻易再造。但是有些实践起来则需要更复杂的操作。以曼联足球队为例,杰克爵士计划先派出项目经理与曼联队谈判。如果谈判不奏效,他还有后招,即"简单地复制他们,然后让他们滚蛋"(89)。在杰克爵士的精心策划之下,这份清单成为施工蓝图,其中的条目被逐条落实为公园内的景点。不久之后,怀特岛就仿佛立体故事书般迅速变成大型主题公园,

> 他们有了半大尺寸的大本钟、他们有了莎翁墓和戴妃墓、他们有了罗宾汉(和他的绿林好汉)、多佛白崖、在薄雾中穿梭的伦敦出租车……曼联队将在小岛的温布利球场上踢主场比赛,然后第二天替补队将在老特拉福德球场踢出相同的比赛。(146)

主题公园营业后获得了巨大的成功,并且进一步以所在地怀特岛为地界宣告脱离英国独立成国。

围绕《英格兰，英格兰》中清单的产生与付诸实践，市场经济无形之手的操控若隐若现。"英格兰，英格兰"主题公园的构想源自人到中年且事业有成的杰克爵士的"大主意"(35)。他希望藉此将自己的事业版图推向极致巅峰。他将目光投向了英国历史，敏锐地注意到"我们所拥有的是别人没有的，那即是：时间的积累。看，时间就是我的关键词"(40)。针对以历史为卖点的做法，他的朋友贝森爵士比喻道，"如果你是个靠在走廊摇椅上老态龙钟的怪老头，哪儿能跟小孩儿打篮球。怪老头也不用跳，你就那么坐着，利用你的优势。你就得要让孩子们相信：跳谁不会？而只有老家伙才会靠着摇椅摇"(40)。两人经过讨论最终决定以"英国性"为噱头赚取游客消费。在杰克爵士的眼中，清单的每个条目都是他盈利计划的一环，如"英国皇室是这个国家的最大摇钱树"(147)。他希望吸引一切可能吸引到的客源，甚至"如果火星人能掏钱买门票，那就也得去搞清他们（的需求）"(60)。鲍德里亚的符号理论提出后现代时期的市场不再像马克思曾经看到的那样以生产为主导，而是已经以消费为主导。消费的重要媒介是符号，"要成为消费的对象，物品必须成为符号，也就是外在于一个它只做意义指涉的关系"(2001，223)。"英格兰，英格兰"主题公园赖以盈利的根本途径不是靠生产某种实质产品，而是有赖于创建种种消费符号激起潜在对象的消费欲望。如今资本主义国家中符号消费原则几已成为市场运作的主导原则，包括艺术、宗教、文化在内的一切具体与抽象的事物概念均可通过符号的中介成为消费品。据此原则，英国性这一概念自然也不例外。"英国性的 50 个特征"这份清单从出现到付诸实践，就是凸显了如此将概念符号化，并使之成为消费对象的过程。

侦探小说家的线索清单

在《英格兰，英格兰》中，英国性的 50 个特征清单通过 50 个条目对英国性进行了概括总结，而《亚瑟与乔治》中的另一份清单则是通过经典侦探小说的按图索骥式破案流程，勾勒出了英式理性的运行机制。在这部小说中，尽管亚瑟身为著名侦探小说家下笔书写过无数案件，但是在现实生活中他唯一亲自侦查的案件仅有艾达吉案一件。由于为印度裔遭到不公打抱不平,乔治决定承办艾达吉案。在开展具体侦探行动之前,他根据前期的信息积累为自己草拟出了以下这份探案线索清单:

1.庭审:	2.罪犯:
耶威顿	信
马毛/巴特	动物
信	工具
视力	间隔时间
格林	沃尔索耳
安森	以前的/后来的[①](332—333)

这份清单的一级子条目有两条,下属二级子条目共计 12 条,分别对应 12 条可能进一步追查的线索。亚瑟将相关线索分为两类,第一类"庭审"类线索力图找出亚瑟被判有罪时庭审中的疑点,第二类"罪犯"类线索则力图找出"大沃利地区牲口屠杀案"真正凶手。仔细观察这份清单可以发现,理论上指向任意一个真相的线索数目都可能是无限多个,这个清单所包括的 12 条线索应当无法穷尽所有可能指向真相的线索。在亚瑟笔下的侦探小说中,"万能"的侦探几乎总能找出所有指向真相的线索。然而小说毕竟只能勾勒出虚构的世界,在真实世界中穷尽案件相关的线索是几乎难以完成的理想状态。因此,这份线索清单涵盖的只能是清单列举人亚瑟所能想到的线索,必然只是全部线索的一部分。仅从这两类线索的分类上就可以看出在开始侦查之前,亚瑟早已预设了"乔治无罪"这一前提,于是以此为出发点展开行动。第一类线索力图推翻对乔治的判罚,第二类线索则意在帮助乔治洗刷罪名。仅从这一分类标准便可看出他进行清单罗列的主观片面性。事实上,亚

---

① 小说中每条线索之后均附有少量文字描绘亚瑟的推理思路。此处引文出于篇幅考虑将其略去。

瑟在清单罗列时的思维模式与他在创作侦探小说时的思维模式如出一辙，均是"先有了结论再动笔"（373）。不仅如此，他在跟进探查清单中每一条线索时的思考与行动均是从目的出发主观臆测的产物。以"庭审"分类下的子条目"视力"为例，亚瑟的分析包括："司各特的诊断书。够吗？需要其他人的吗？母亲的证词。黑暗/夜晚对乔治·艾达吉视力的影响？"（332）所有条目其实都是帮助乔治洗刷证明的可能方式。如此一来，这份线索清单在罗列人亚瑟的操作中实际成为他在预设结果后按图索骥达成目标的行动蓝图。

　　无论是清单罗列人亚瑟这一人物本身的身份，还是他罗列线索清单以便按图索骥的侦查方式，都使得这部小说以这份线索清单为桥梁与经典侦探小说这一文类构成互文。侦探小说文类中的经典情节往往是侦探罗列线索清单，继而按图索骥寻找真相。线索可谓是这一文类的核心元素。有学者指出，侦探小说中的案件侦破本质以"实用符号学"（practical semiotics）为前提，相信并致力于"从可见的事实（符号）找到不可见的事实，而这些不可见的事实可以通过分析不损原貌地得到揭露"（Stowe，373），仰仗以实用主义为基底的理性推理。纵观侦探小说这一文类的发展历程，英国式理性居功甚伟。尽管它由美国人爱伦·坡所创立[1]，但是经典侦探小说从发展到兴盛的中心阵地却在英国[2]。经典侦探小说被视为本质属于英国的文类。而在这一源自美国却由英国人发扬光大的文类中，亚瑟·柯南·道尔无疑是集大成者，他所创作的人物福尔摩斯也被视为英国理性精神的典型代表，

---

[1]　爱伦·坡的三部短篇小说《莫格街谋杀案》（*The Murders in the Rue Morgue*，1841）、《玛丽·罗杰疑案》（*The Mystery of Marie Rogêt*，1842）和《窃信案》（*The Purloined Letter*，1844）为侦探小说这一文类的公认鼻祖。这些作品中几乎出现了包括精明侦探、忠实搭档、与无能警察的组合、密室谋杀情节、被冤枉的犯罪嫌疑人以及出乎意料的结局等以后所有侦探小说技巧。

[2]　通常认为，侦探小说的历史可分为经典时期与后经典时期。侦探小说的经典时期始于柯林斯（Wilkie Collins）1868 年刊行的《月亮宝石》（*The Moonstone*），此书是第一部长篇侦探小说。在他之后，柯南·道尔的福尔摩斯系列将侦探小说文类推向了首个高峰，紧接其后的侦探小说女皇阿加莎·克里斯蒂（Agatha Christie）更是掀起了侦探小说的"黄金时代"。20 世纪 20 年代后，侦探小说的主要阵地转移至美国，风格也转向了以雷蒙德·钱德勒（Raymond Chandler）为代表的"硬汉派"小说。

其影响至今经久不衰。

针对侦探小说的经典情节,英国文评家奥登(W. H. Auden)的著名评论如此概括道,"一起凶杀案发生了,许多人受到怀疑。除凶手之外,其他人都被排除。结局是凶手被绳之以法或者死去"(15)。以此标准,《亚瑟与乔治》无疑是一部典型的侦探小说:有凶杀案发生,即大沃利牲畜虐杀案;有人受到怀疑,即乔治是主要嫌疑人。亚瑟扮演了侦探的角色,通过种种侦查行为找出了他所认定的真凶夏普。法国结构主义学者托多罗夫(Tzvetan Todorov)在对经典侦探小说的结构进行深入分析后指出,经典侦探小说总会内含犯罪与侦探两个故事。其中犯罪的故事发生在前,而侦探故事发生在后(44—46),这两个故事在《亚瑟与乔治》中也都清晰可辨:在小说前半段对乔治生平的讲述中嵌入了犯罪的故事,而亚瑟的侦查过程则构成了侦探的故事。而巴恩斯身为作者在叙事中采用了第三人称有限视角,并在描述犯罪场景时刻意隐藏了罪犯的信息,这便是在以经典侦探小说的写作手法制造必备的悬念要素。保罗(Robert S. Paul)对福尔摩斯系列侦探小说的研究指出,福尔摩斯系列侦探小说情节设置的核心主旨在于"对犯罪行为所导致的迷局的圆满解决"(13)。在亚瑟亲自主导的"侦探小说"中,随着他为牲畜虐杀案锁定凶手,案件终告圆满解决,以他本人为主角的现世侦探小说达到终极结局,实现了类似他笔下福尔摩斯系列侦探小说的圆满,与之构成了全方位互文。

以历史的眼光审视经典侦探小说的流行,可见其折射了近代以来英国人对实用理性的信心。这种理性以科学知识积累与逻辑推理为代表,在福尔摩斯式探案模式中得以具象化。具体而言,首先,福尔摩斯具备丰富的科学知识积累。小说中他对自己如此评价,"我因为经验的累积,思路非常清晰,刹那间就能得出一个结论"(上,11)。亚瑟所生活的时代正是科技高速发展的年代,他笔下的福尔摩斯探案的成功很大程度上仰仗于新兴科技知识。他是个专家型的侦探,曾经"写过几篇技术性的文章,例如《烟的辨识》一篇,单就雪茄烟、纸烟和烟斗丝三类,就举出一百四十种,而且每一种烟灰都有彩图,另外还加上了详细的解释"(下,98)。其次,理性还意味着从细节中根据知识进行推理的能力,这一过程在福尔摩斯系列中被称为演绎(de-duction)。小说中福尔摩斯介绍道,演绎是"从一滴水中便可推知大西洋或尼加拉瀑布的存在",并相信"世间的一切就像根链条;我们只需瞧见其中一环,就可知全体的性质"(上,10)。在柯南·道尔笔下,福尔摩斯系列开篇第一个故事便实现了这种被称之为基本演绎法的效力,描绘了侦探如何迅速从陌生人外表细节中推理出他刚从战场归来的这一事实。

这种见微知著式的演绎推理反映的不仅是当时英国民众普遍"对掌握推理能力与发展科技之后便可战无不胜的信心"(Kermode 1974,182),更是对人类可以通过认知掌控世界的信心。如斯沃普(Richard Swope)所评,"在传统侦探小说中,自我与世界均是可知与可控的"(207—208)。而作为经典侦探形象福尔摩斯的创造者,亚瑟也不例外。他在艾达吉案中如法炮制,将自己视为福尔摩斯的化身,而他的秘书伍德则成为华生医生。他甚至明确地提出侦探行为仿佛侦探小说的创作过程,"就像开始写一本书:你已有故事情节但不是全部,已有大部分角色但不是全部。你已想好了开头和结尾……"(285)。可以说,围绕这份探案线索清单,巴恩斯建构了一个遵循经典侦探小说理性逻辑按图索骥的侦探行为。

在《英格兰,英格兰》中,清单中的元素经人为整合形成英国性定义,尔后被作为施工蓝图用于主题公园的建造;而在《亚瑟与乔治》中,身为侦探小说家的亚瑟通过对探案线索清单中各条目的按图索骥,拼凑出事件的全貌。在此意义上,这两份清单的条目元素经由整合均形成了具有总体性特征的构架,即英格兰国族特征的全貌以及象征维多利亚式乐观理性主义的经典侦探小说文类。

第二节　清单总体性的戏仿

在《英格兰,英格兰》及《亚瑟与乔治》中,巴恩斯的两份关键性清单均通过对条目碎片的人为捏合构建出有机总体。而深入解读下可以发现这种总体的达成本身并非目的,而是戏仿所针对的对象①。可以说,这两份清单均实质构成了戏仿源文本与超文本之间的桥梁②。在它们的链接作用下,巴恩斯在两种触及英国性本质的文化源文本上构筑了两个戏仿的超文本。在前者中它是鲍德里亚式的仿真拟像世界,在后者中则形成后现代式侦探元小说。

"英格兰,英格兰"仿真拟像主题乐园

《英格兰,英格兰》相关小说评论大多注意到,皮特曼集团建造的"英格兰,英格兰"主题公园是典型的鲍德里亚式超现实仿真拟像世界(hyper-real simulacra)。国内学者罗媛称,"用后现代理论家鲍德里亚的话来说,这个主题公园实际上是一个类像(拟像)世界"(109)。"拟像"(simulacra)是鲍德里亚理论体系的独创术语,他在早期论著《象征交换与死亡》(*Symbolic Exchange and Death*, 1976)中首次对其详细解释③,以三个拟像阶段为西方自西方文艺复兴以来的主导经济模式做出总结,

> ——仿造(counterfeit)是从文艺复兴到工业革命的"古典"时期的主要模式。
> ——生产(production)是工业时代的主要模式。

---

① 狭义戏仿涉及的是文本,而巴恩斯的广义戏仿针对的是英国性与侦探小说这样的文化文本。

② 这里遵循法国叙事学家热奈特(Gérard Genette)提出的术语,以戏仿的对象文本为源文本(hypotext),戏仿产生的文本称为超文本(hypertext)(1982, 12)。

③ 在鲍德里亚与拟像相关的行文中,涉及两个形近术语:拟像(simulacrum/simulacra)与仿真(simulation)。这两个术语同样源自拉丁词源 *simulare*,意指复制。国内在翻译两者时出现了多种译法,如类像、仿象与幻象等。词形的相近加之术语翻译时的不尽统一,导致中国学者在引介鲍德里亚理论时常将二者混用,也造成了一些概念理解的障碍与混乱。这两个术语虽意思相近,但在鲍德里亚的使用中尚有差别。拟像指复制真实的产物,为意象、复制物,早在古希腊时亚里士多德就曾使用过这个概念。简而言之,拟像就是复件。而仿真在鲍德里亚的语汇中则特指后现代社会中符号与代码组成的复件取代原件并颠覆真实的超真实状态。

　　——仿真（simulation）是目前这个受代码（code）支配的阶段的主要模式。（62）

　　鲍德里亚提出，这三个拟像阶段与价值规律的变化相对应。仿造拟像依赖的是价值的自然规律；生产拟像依赖的是价值的商品规律；而仿真拟像依赖的则是价值的结构（符号）规律。在拟像的三大阶段中，第三阶段仿真模式的拟像是鲍德里亚的关注重点，因为它是当下后现代时期拟像的表现模式。在仿真模式中，"我们进入了第三阶段的拟像，不再有第一级中那种对原型的仿造，也不再有第二阶段中的那种纯粹的系列生产：这时有的只是模式，所有形式都经由差异调制而出自这些模式"（78）。于是仿真拟像脱离了对原型的直接依赖，也不再是对原型简单的大规模复制生产，它已然成为独立的存在。换言之，它也不再是原型的虚假复件，自身就以真实的状态存在。

　　在首次阐述拟像理论后，鲍德里亚稍后又以专著《拟像与仿真》（*Simulacra and Simulation*，1981）对仿真拟像进一步阐述，补充提出全新术语"超真实"（hyperreal）以进一步说明仿真状态下的拟像模式是"没有真实与源头的真实"（1）。鲍德里亚认为，在超真实仿真拟像形成过程中，"像"（image）需要历经四个步骤从真实演化为超真实："1. 它是某个壮丽真实的投影；2. 它遮蔽了壮丽的真实，并异质于它的本体；3. 它让这个壮丽的真实化为乌有；4. 它和所谓的真实一点关系都没有，它是自身最纯粹的拟像。"（6）

　　"英格兰，英格兰"主题公园从创建到壮大所演绎的就是这样一个从真实到超真实仿真拟像的演变过程。可以说，杰克爵士深谙鲍德里亚仿真拟像论的精髓。在主题公园项目的构思初期，他曾邀请一位深具鲍德里亚风范的法国学者对项目进行理论化论证①。这位法国学者声称，"如今，人们偏

---

　　① 20 世纪 80 年代末起，鲍德里亚在欧美国家"走红"。他的作品短时间内被尽数译为英文。英国《卫报》称他为"纽约知识分子圈里的大红人"。除此之外，他还被称为"后现代主义巨头"或"后现代主义的大教士"（盛宁，93）。《英格兰，英格兰》中"法国学者"这一人物设定正是戏仿了鲍德里亚的明星学者形象。

爱复件多于原件"(55),其原因在于复件可以给人们带来更大的快感,而原件则因为其真实性威胁了人类生存的安全感。他提出如今一切人类经历都已经变为再现(representation),而再现与复件的流行意味着人类的"征服与胜利"(57)。

乍看之下,这位法国学者的解释似乎描述的就是鲍德里亚式仿真拟像世界,然而如果对比"像"之演变四部曲就可发现,他所描绘的状态仅处于其中的第二步"遮蔽了壮丽的真实,并异质于它的本体",与第三步"让这个壮丽的真实化为乌有"之间。原件胜于复件的论述事实上还是承认了复件与原件、真实与虚构的二元对立,并未从根本上瓦解这一二元对立的机制,因而也没能真正描绘出真实消失、仅存拟像的后现代仿真状态。

也正是因此,杰克爵士认为这位学者的阐释令人失望(63)。他首先坚决地否定了人们"偏爱复件多过原件"这一论断(62)。当被问及是否追求通过复件到达原件时,杰克爵士的回复阐明了他的观念。他指自己常去拜访的一个人造乡村度假胜地是他理想中的仿真拟像世界。那里的景物使得访客不禁感慨"自然创造了乡村,就如人类创造了城市"(62),尽管所有看似自然的景观却都只是人为建构而成。这种状态也是他希望"英格兰,英格兰"主题公园所达到的状态,即"成为事物本身"(61),让人们压根不会去考虑原件的存在与否。以另一种方式比喻便是,"英镑是真,美元是复件,但是很快,真实事物成了复件"(63)。真实事物变为复件,复件变为真实事物,可见在杰克爵士的概念之中,真假的界限已然不再,这才是鲍德里亚仿真拟像理论的真正涵义。

小说与鲍德里亚仿真拟像理论的另一个明显关联在于"英格兰,英格兰"主题公园与迪士尼乐园的相似。迪士尼乐园是鲍德里亚用以阐释超真实仿真拟像模式的经典列举。鲍德里亚首先将迪士尼乐园定义为"有关幻想与想象的游戏",它

> 被呈现为想象的,以让我们相信其余的都是真的,而事实上它所在的洛杉矶与美国已全部都不再真实,而是属于仿真秩序与超现实。这不再

是对现实（意识形态）的虚假再现，而是掩盖了真实不再真实的事实，因此保住了真实的原则。（12）

这段有关迪士尼乐园的阐释出现在《仿真与拟像》中"超真实与想象物"一节中。标题中的"想象物"指迪士尼乐园，与之相应的超真实即迪士尼乐园所在的洛杉矶与美国。单单揭露迪士尼乐园的虚构特性就已令人印象深刻，然而更令人震撼的是整个美国社会的超真实状态。迪士尼乐园本身虚构性的真正作用在于使周遭世界显得真实，它不是美国的复件，正是它遮盖了美国社会处于超真实状态中的事实，遮盖了美国本身的虚构性。在杰克爵士心中，虚构的迪士尼乐园也并非他所要构建的"事物本身"。他为主题公园设立的定位是"我们要的不是两分钱的游客，我们要的是震惊世界的时刻"（61），明确提出皮特曼集团所建的不是迪士尼乐园。换言之，他期待的是更大的商业利益。"英格兰，英格兰"主题公园脱胎于英格兰的国族特征，而杰克爵士从未打算过维护与巩固英国性的概念本身。他从一开始便打算与其划清界限，尔后取而代之。在小说的虚构世界中，最终一切的发展如他所愿。"英格兰，英格兰"主题公园建立之后，英国本岛逐渐衰败陷入困境。先是欧盟将它逐出联盟，接着它的人民渐渐移民海外，最终"那地方全面陷入了颓势，成了经济与道德的垃圾场"（207）。英格兰不得不更名为"安格利亚"，全面退回前工业时代的状态。至此，巴恩斯笔下的杰克爵士与皮特曼集团通过一张"英国性的50个特征"清单，将英国性相关元素符号化，再依据符号消费的原则将其建构为一个自给自足后现代仿真拟像社会，这就是通过这张清单链接形成的戏仿之超文本。

在《英格兰，英格兰》中，"英格兰，英格兰"主题公园以迪士尼乐园遮盖美国的方式遮盖英格兰本土的超真实拟像本质。而这一拟像世界的建立过程本身同时也揭露英国性本身的虚假，以戏仿所形成的超文本颠覆了它所戏仿的源文本。皮特曼集团项目特聘历史学家麦克斯博士发出了类似质疑。他经过调查发现，以中产阶级白人男性为代表英国人对这个国家的历史其实往往知之不详。这些英国人概念中的英国性仅为想象，往往与真实的历史差距较大。他因此感慨"爱国的最佳床伴是无知,而非知识"(85)。在为主题公园的理念进行辩护时,他解释在"英格兰,英格兰"主题公园中,"我们所看见的,以这儿的流行概念说,都是之前某物的复制品。压根儿就不存在一个起点"(135)。在这段辩护中,他所指的"之前某物"是英国人概念中的英国性。"假是对真的背叛。但是我问自己,这符合现在的情形吗?难道真不是自身也很假吗?"(134)这种观点也符合了许多当代学者的担忧,他们认为英国人所习以为然的国族特性原本已经是无根的复制品。正如布拉德伯里所称,《英格兰,英格兰》证明了"英国性就是一个空洞的幻象"(Bradbury,93)。

因此,《英格兰,英格兰》写就的戏仿超文本看似完整,实则虚幻。巴恩斯借戏仿手法夸大与讽刺了当代英国社会对英国性文化符号的利用与消费,并进一步揭示了当代英国社会民族性宏大叙事的危机,传达了英国社会"二战"后对国族身份的普遍担忧。事实上,这种焦虑大规模地出现在包括斯威夫特(Graham Swift)、福尔斯(John Fowles)与拜厄特(A. S. Byatt)在内的英国知名作家小说作品中。纵观近年来(曼)布克奖获奖名单,可以发现其中不少作品涉及这一议题①。造成这种担忧的主要原因在于大英帝国解体后英国政治经济优势的丧失。如《英格兰,英格兰》中的人物贝森爵士所调侃,"身处第三个千年,咱们的胸部早已下垂,就是戴整形内衣也没用"(40)。随着大英帝国的没落,英国人突然发现摆脱殖民主义元素的英国性似乎不再具有真正内涵。他们长久以来自觉归属的大英帝国不复存在,于是刹那间仿佛突然一无所有。如小说家福尔斯所称,"我们必须得是大英帝国人(British),但我们只想做英格兰人(English)"(156)。小说家拉什迪的《邪恶的诗篇》(*The Satanic Verses*,1988)中人物"威士忌"先生说得更为直白,"英国人的问题啊,就是他们的历—历—历史发生在海外,所以他们不—

---

① 例如石黑一雄的《长日留痕》(*The Remains of the Day*,1989)、拜厄特的《占有》(*Possession*,1990)与希拉里·曼特尔的"都铎王朝三部曲"(*Wolf Hall*,2009;*Bring Up the Bodies*,2012;*The Mirror and the Fight*,2020)等。

不一不知道它是什么"(343)。

侦探小说家的侦探元小说

在《亚瑟与乔治》中,线索清单的罗列与执行展现了清单列举人亚瑟依据线索按图索骥的侦探行为,这构成了戏仿的源文本。这份探案清单的执行过程同时也颠覆了它所指向的原定目标。如前文所述,亚瑟的探案思路体现了福尔摩斯式的科学理性与逻辑理性,但是这一过程结果却也指明福尔摩斯式的探案行为难以产生小说世界中福尔摩斯式圆满。在巴恩斯笔下,亚瑟探案之旅的推理过程、侦查与结论都是破绽百出。亚瑟初见乔治便迅速承诺,"我不是认为你无辜,不是相信你无辜,我就是知道你无辜"(306)。这固然是对弱势者乔治的鼓励,巩固了他本人大义凛然的英雄形象,但是对一个真正的侦探而言,在没有任何证据的情况下就排除了疑犯嫌疑并不符合理性客观原则。在亚瑟的侦查过程中,他曾私自入侵夏普的住宅,并在未经允许的情况下就带走一把镰刀以作关键证据。这一行为也有悖于法律的理性公正原则。事实上,在亚瑟笔下的福尔摩斯侦探小说系列中,福尔摩斯和华生就时常为践行他们眼中的正义,不惜冒犯法律潜入私人住宅偷取证据。福尔摩斯称这类行为"虽然是犯罪的,但在道德上无可厚非"(下,239)。无论亚瑟本人行为还是他小说中的人物行为,均说明了理性公正绝非他真正的行为准则。再看亚瑟侦查的结果:"亚瑟爵士去世四年后,一个名叫伊诺克·诺尔斯的五十七岁体力工人在斯塔福德郡皇家法院伏法,罪名是写了三十年的淫秽匿名信。诺尔斯承认他是从一九零三年开始他的写信生涯的,并用'沃利帮帮主 G.H.达比'签署他的匿名信。"(504)侦查结果明确指出夏普并非如亚瑟判定的那般是匿名信的作者,真正罪犯实际上另有其人。这一事实对他的侦查结果构成了全盘否定。

在乔治这一"含冤者"看来,亚瑟的侦探过程有违理性严谨。他认为亚瑟所有的证据"都不是关键性的",并且"亚瑟爵士对夏普的指控与斯塔福德郡警察局对他的指控出奇相似"(425)。针对亚瑟的非理性行为模式,乔治私下认为他在"对罗伊登·夏普的指控成立的同时,又急不可耐地毁掉这个指控。这都是夏洛克·福尔摩斯先生的错"(426—427)。在读到亚瑟在《每日邮报》上为他发表的著名申述时,乔治发现自己的性格被做了微调。亚瑟以叙述故事的方式将他塑造成"小说中的人物"(415)。除乔治外,小说中真正的警长安森上校也对亚瑟的理性能力持怀疑态度。他批判称"道尔,你的想象力可要有人付出代价的"(382)。他意味深长地评价:"作为警察局长,我难免比你的大部分读者看问题更职业化。你写的故事里的警官都不称职,我理解,你这样做是为了情节的需要,如果你的侦探不是被一群笨蛋包围着,又怎么能凸显他精明能干呢?"(377)显然他将侦探小说式的圆满斥为虚构故事情节的需求。亚瑟本人的想法也暴露了小说世界的圆满与现实世界的差距。在他确定夏普为真正凶手后,心中反而升起不满足感,只觉得理想的侦探过程"应该一直到最后还是一个谜,然后你靠精彩的推理逐步解开它。这种推理虽然令人震惊,但合乎逻辑,这时你会有一种胜利感"(410)。

侦探小说的模式意味着其中的解谜过程既属于侦探,也属于读者。《亚瑟与乔治》中受到颠覆的不仅是侦探在小说设定中的解谜过程,更是读者在阅读过程中的解谜过程。在小说最后的特别说明中,巴恩斯以作者身份声明小说中所有引用信件均来自真实的原件。以此为据再重读安森上校出示的乔治借款信,并结合他对乔治的评价,似乎可以发现一个不那么无辜的乔治。"我从三位高利贷者那儿借了钱,指望能改善处境,但高额利息只能让事情更糟,而且其中两位已经打算向法庭申请我破产。"(377)这封信的笔迹经亚瑟确认毫无疑问属于乔治本人,而这一深陷债务危机的事实在乔治本人的叙述中却只字未提。不仅如此,安森上校提到乔治曾有赖账不还的不良记录。这样一个"借钱不还"的乔治,是巴恩斯对读者发出的信号,提醒读者对乔治本人的叙事与亚瑟对他的评价皆不可尽信。

以书写理性推理见长的侦探小说家本身行事却未能真正体现理性的胜利。围绕着线索成立与否的质疑,身为侦探小说家的亚瑟在现实中的侦探行为不再享有逻各斯中心主义与理性至上主义的保驾护航,这使得《亚瑟与乔治》实质上成为一部典型的后现代侦探元小说（metaphysical detective story）①。侦探元小说这一侦探小说新文类兴起于"二战"后，与后现代主义思潮的出现紧密相关。它通过"打乱传统侦探小说的形式，营造出陌生感"（Holquist，155），其文类代表作品包括艾柯的《玫瑰之名》（In the Name of Rose，1990）以及奥斯特（Paul Auster）的《纽约三部曲》系列（New York Triology）等。传统侦探小说达成的是侦探过程中理性推理的胜利，而侦探元小说往往实现对传统侦探小说中理性至上主义的颠覆。它是对侦探小说文类中潜藏的多个意识形态界限的突破，反映了后现代情境中对逻辑理性的质疑与反思。在侦探小说家迪伦马特（Friedrich Dürrenmatt）名作《法官和他的刽子手》（The Judge and His Hangman，1950）中，就出现了如下针对经典侦探小说的批判：

> 你们所构思的情节，逻辑性太强，好像在下象棋，这是罪犯，这是被害者，这是同谋犯，这是聪明绝顶的大侦探。侦探只需要指导潜规则，像照棋谱下一盘棋那样，他就可以捕获罪犯，让正义取得胜利了。这种杜撰使我十分愤慨。现实生活中只有部分事物具有逻辑性。……你们从来也不写那些我们事实上无法破获，只好回避它，让它滑了过去的案件。你们仅仅是写你们控制得住的世界。这个世界也许是十全十美的——哼，谁知道呢？但这样的世界纯粹是个骗局。（189—190）

这段批判击中的正是亚瑟在乔治案中的蹩脚推理。他笔下的福尔摩斯可以

---

① "Metaphysical Detective Story"这一术语除"侦探元小说"外，在国内相关文献中也常被译为"玄学侦探小说"，或"形而上学侦探小说"。在后两种译法中，"玄学"一词带有宗教意味，易产生歧义；"形而上学"亦过于哲学化。有鉴于此类小说中高度自反的特点，本研究行文倾向于借鉴对哈琴著名概念"历史元小说"的译法，将其译为侦探元小说。除"侦探元小说"之外，"反侦探小说"（Anti-detective Story）也常被用以描述深具颠覆性的后现代侦探小说，这一术语相比之下更为强调对传统侦探小说的颠覆，对本研究的讨论不如侦探元小说适用，故不考虑使用。

在探案过程中好似下棋一般,仅凭遵循规则就可顺利捕获罪犯。然而当这一智力游戏被运用在并不完美的生活中时只能遭遇注定碰壁的下场,因为如迪伦马特所言,"现实生活中只有部分事物具有逻辑性"。亚瑟·柯南·道尔并非唯一在实际生活中碰壁的侦探小说家,侦探小说的鼻祖爱伦·坡也有类似遭遇生活真相反扑的经历。在以现实案件为原型的《玛丽·罗杰疑案》出版若干年后,他书中的破案结果也因真凶被证明另有其人而遭到了推翻。

巴恩斯对侦探小说理性困境的精辟刻画还源自他本人的两个相关经历。20世纪80年代,他曾以丹·卡瓦纳为笔名陆续发表了四部达菲(Duffy)系列侦探小说。几部小说以退役警察达菲侦探为主角,故事多发生在伦敦中心苏荷酒吧区,风格接近硬汉侦探小说(hardboiled detective story)。除此之外,巴恩斯在正式成为小说家之前曾系统学习过法律并通过律师考试。但是他却最终放弃了律师职业,因为"相较于准备某个罪犯的辩护词,我更享受为某地方报纸写一套四部(侦探)小说"(见 Smith,73)。与亚瑟相同,他发现自己实际上偏爱故事叙述胜过理性实践。然而与亚瑟不同的是,他身处的后现代时代已经让他难以对理性至上主义持有亚瑟般的乐观信仰。

《亚瑟与乔治》对亚瑟探案与推理过程破绽的揭露,使它成为典型的后现代式侦探元小说,形成戏仿超文本对戏仿源文本的质疑。亚瑟的社会形象如评论所称,"像夏洛克·福尔摩斯那样,亚瑟·柯南·道尔对维多利亚时代晚期以及爱德华时期的英国人而言是理性主义模范"(Hodgson,5)。小说通过戏仿颠覆的正是亚瑟(或福尔摩斯)在科学知识的帮助下按图索骥式推理线索并追寻真相的理性能力。这一质疑归根结底是对维多利亚式科学理性效力的乐观。除通过亚瑟的推理失败表现理性逻辑的荒谬之外,这部小说还多处通过其他细节直指科学理性的无能。在妻子托伊罹患绝症后,亚瑟曾寄希望于医学进展以缓解托伊的痛苦。然而他多方努力却无功而返,只能眼睁睁地看着托伊饱受病痛折磨并最终撒手人寰。科学理性的无能还体现在乔治案件的庭审中。乔治被判定有罪时最关键一份证据来自笔迹学专家的证明，证明鉴定结果显示威胁信笔迹来自乔治本人。法官根据这份科学笔迹鉴定判定乔治有罪，而后来发生的事实则完全推翻了这份"科学鉴定"。就连亚瑟本人也对所谓英式理性提出了质疑。他对坚信英国理性气质的乔治说道，"如果英国是一个理性社会，你恐怕早已回到纽豪大街的办公桌旁。可惜英国不是"（305）。

　　围绕探案线索清单的罗列与执行，巴恩斯对维多利亚时代的科学理性乐观信仰的戏仿触及了英国现代化以来民族精神的内核。在漫长的中世纪后，新大陆的发现与教会的日益腐败孕育了理性的日渐萌芽。航海科技带来的物理、医学、化学与天文等多个学科的突破性发展，让人们看到通过掌握与使用科学技术掌控周遭世界的可能。随之而来的是理性思维对宗教信仰的取代、工商业发展与政治体制变革。英国作为理性启蒙运动的发源地，引以为傲的便是始终在处理自然与社会事务时坚持理性准则。"对事实进行实事求是的科学的观察与分析，是英国人据以行事的依据，也是这个民族自己极为珍视、几乎带着一种宗教似的虔诚心情来看待的精神财富"（钱乘旦、陈晓律，283）。在启蒙运动之前的王朝时期，封建王朝的贵族统治以宗教信仰为精神内核。王朝覆灭后，理性主义的盛行催生了新兴资产阶级，理性思维方式是新兴资本主义中产阶级的精神圣经。"理性主义是新兴阶级的哲学。它在理性的口号下，坚持维护新兴阶级的创新行动及其在经济、政治和社会方面的目标。"（同上，319）

"英国性危机"

　　对英国性概念本身虚妄的揭露也好，对理性精神的颠覆也罢，巴恩斯对英国性的碎片化书写折射的是英国在世纪之交时经历的"英国性危机"[1]。

---

　　[1]　英国知识界普遍认为世纪之交时出现了"英国性危机"。如库玛（Krishan Kumar）提出，20世纪90年代起兴起了讨论英国性的全新热潮（Kumar，9）。布拉德伯里（Malcolm Bradbury）认为，在工党党魁布莱尔（Tony Blair）成为首相之后，帝国继续瓦解并使英国性的困境愈加恶化（513）。

英国性危机首先根植于民族性概念的普遍危机。20 世纪 80 年代以来,一系列针对民族性议题的社会学研究从本体论上揭示了民族性概念的人为建构性与历史偶然性。民族被认定不再是古老与天然的存在,而只是"想象的政治共同体"(安德森,6)。就英国性而言,目前学界倾向于认定它晚至 19 世纪才得以成型①。这一时间节点恰逢维多利亚-爱德华王朝中产阶级上位为统治阶级之时,亦是《亚瑟与乔治》故事发生的时代背景。社会学家安德森(Benedict Anderson)将民族形成的背后动因直指政治。他通过研究指出所有的民族属性、民族归属以及民族主义均是"一种特殊类型的文化的人造物(cultural artifacts)"(4),是"从种种各自独立的历史力量复杂的'交汇'过程中自发地萃取提炼出来的一个结果"(4)。具体到英国语境,安德森总结"资本主义、印刷科技与人类语言宿命的多样性这三者的重合,使得一个新形式的想象的共同体成为可能"(45)。在新兴资本主义中产阶级与贵族阶级的冲突与融合下,英国人渐渐摆脱贵族式封建领主的集体身份归属,转而寻求新的集体认同方式。在此过程中,印刷技术的大规模运用顺应了这一要求。报纸与流行小说等印刷品使得人们得以实现跨越阶级与地域的交流。在小说中,亚瑟成功为乔治向社会呼吁平反便是借助了报纸媒体《每日邮报》(*Daily Telegraph*)。"1896 年,哈姆斯沃斯兄弟创办了《每日邮报》,由于该报在全国各地高度有效的发行,这张地方性报纸很快畅销全国,成为中产阶级下层的必读刊物。"(摩根,507)通过在这份流行报纸上发布案件进展、发表声明与请愿书,亚瑟触动了英国这一想象共同体中的大部分成员。报纸的影响力使他成功掀起了巨大的舆论声势,最终在为乔治平反之后还进一步促成了英国司法系统改进。如安德森所言民族究其本质是继宗教和

---

① 尽管"英格兰民族"这一提法最早可以追溯到 7 世纪,但学者们大多选择将英国性的起源时间定位于 19 世纪。据朗福德(Paul Langford)考证,英国性概念直至 1805 年才真正进入英语语汇;科尔斯和多德(Robert Colls & Philip Dodd)编撰的著作将 1890—1920 年这一时期称为英国性的成型期;库玛认为,19 世纪末才出现了微弱的确切"英格兰民族性时刻"(176);霍布斯鲍姆(Eric Hobsbawm)的考证将英国性的概念源起往前稍稍推进,认为它的实际出现不早于 18 世纪。(3)

王朝之后的新主权体，是人们在启蒙运动推翻中世纪封建宗教权威后抓住的另一种群体身份归属。

在《亚瑟与乔治》问世的世纪之交时代背景中，英国性概念遭受到了来自内忧与外患的双重夹击。具体而言，英国性的内忧为大英帝国的复杂遗产，外患是新移民带来的冲击（Head，119）。20世纪中期的殖民地独立运动后，大量前大英帝国殖民地移民涌入英国，对英国原本以盎格鲁-撒克逊族为主的人口结构形成了冲击。此外，新移民中还有很多来自中东及北非伊斯兰地区，导致英国与欧洲各地情形类似地出现了"伊斯兰化"的倾向。据《英国邮报》报道，2014年英国新生儿中出现频率最高的男孩名是伊斯兰教名"默罕默德"。伴随移民潮到来的异质文化已经撼动了当今英国主流社会的文化认知。英国性的形成本仰仗帝国殖民过程中遭遇的他者形象，而当乔治与夏普吉这样的他者力图融入主流社会时，英国性内涵遭受了剧烈冲击。新移民的冲击不仅撼动了英国原先的民族性认知，更是威胁到了英国本土白人的生活。这种威胁引发了反弹，开启了种族之间相互仇恨的恶性循环。此类反弹的著名事件是鲍威尔（Enoch Powell）的"血流之河"（"Rivers of Blood"）演讲。身为正统盎格鲁-撒克逊族白人，时任保守党议员的鲍威尔对移民族群发起强烈抨击，称前殖民地移民的涌入挤占英国土著居民的生存空间并扰乱社会秩序。传统英国人受制于反种族歧视法案而只能忍气吞声（见Featherstone，113-115），这一困境致使大量传统英国人选择移居海外。鲍威尔的指责引发了大量共鸣，在传统英国族群中掀起了反对异族移民的浪潮，他的立场被称为鲍威尔主义而影响深远。

面对国族性面临双重危机局面，当代英国主流社会的反应大致可分为两类。一类试图重塑、巩固甚至推广传统的英国性特质。英国政府从国家层面为此做了大量的努力。自1980年起英国颁布了一系列遗产保护法案：1980年的遗产保护法案设立了国家遗产纪念基金；1983年的遗产保护法案促成了包括维多利亚·阿尔伯特博物馆（Victoria Albert Museum）在内的多个博物馆建立，并设专款用于修葺历史建筑；1997年与2002年的两次遗产保护法案均着力于推动有形与无形国家遗产的保护工作。在文化产业内,从 20 世纪末的简·奥斯丁作品翻拍热至近年来《唐顿庄园》(*Downton Abbey*)与《神探夏洛克》(*Sherlock*)等英国电视连续剧的流行,均可被视为推广英国性产物。在个人层面,无论是梅杰的国庆日演讲,还是帕克斯曼世纪之交为英国性重新罗列的清单,均可被视为此类反应的代表。然而这类做法也遭到了不少抨击,如帕克斯曼的清单便为他招致了不少批评,被视为"对英国身份缺乏理性的经验主义假设"(Head,123)。这种对英国性危机的应对之策也成为巴恩斯在《英格兰,英格兰》中通过主题乐园的建立戏仿颠覆的对象。

　　另一类英国性危机的应对之道是对英格兰民族起源的寻根式回溯。部分英国学者深入到盎格鲁-撒克逊族传统中挖掘英国性内涵,目前英国服务于此类需求的机构与政体也在悄然兴起。在如英国国民党(British National Party)这样政党的资助下,出现了不少如《这英国》(*This England*)般弘扬英格兰乡土特性的杂志。英国性复兴机构中较积极的代表为"Da Engliscan Gesidas"与"Steadfast"。从机构名便可以看出,它们均致力于对盎格鲁-撒克逊传统语言与文化的再度发扬光大(见 Featherstone,10)。这条从盎格鲁-撒克逊传统中寻找英国性特质之路大有借鉴苏格兰、爱尔兰与威尔士民族振兴之路的意味,在重塑民族性时甚至不惜对传统生硬创造。对于这后一类应对之道,巴恩斯在《英格兰,英格兰》中亦做出了戏仿。在小说第三章"安格利亚"中,旧英格兰所在地的英伦三岛在"英格兰,英格兰"主题公园的竞争压力之下成为闭关锁国的安格利亚国。它恢复了英格兰在撒克逊人领导下七国时代时的行政区划,成为一个"阡陌交错的天然古朴之处"(262)。安格利亚将高速公路退耕为农田丛林。村落中一副鸡犬相闻、路不拾遗的农耕景象。村镇之间的主要交通方式为马车,最现代的交通方式也就是偶尔经过的蒸汽火车。在玛莎晚年定居的小村中,人人俨然生来就是农耕社会中的农民。然而这些农民身份大多是主观杜撰的产物。以兽医哈里斯为例,他本名奥辛斯基(Jack Oshinsky),原为一家美国电气公司的初级法律专家。与他类似的是,几乎所有村民都经历过不同程度的"重生":律师变成了兽医;前古玩商变成了校长。这样的村落文化以人工方式构建出包括传说

（女巫故事）、禁忌（红尾鸟会带来厄运）与定期春祭庆典在内的民族形成标志元素，实质在刻意的人为干涉下塑造了全新的民族。在巴恩斯眼中，这种"返璞归真"也并非应对英国性危机的正确方式。他特意在采访中说明，安格利亚国"容易被误解为表达了我个人赞同的观念，或是回答了小说之前提出的问题。我不觉得它是一种解答"（见 Guignery and Roberts，62），这样人造的民族性复制品也只是换了一种表象的另一个仿真拟像世界而已。

在《英格兰，英格兰》与《亚瑟与乔治》中，巴恩斯对两份关键性清单的使用均表面呈现清单的完整性，实则通过凸显清单建构过程的人为操控与主观特性对其进行了戏仿颠覆。《英格兰，英格兰》中的仿真拟像主题公园以英国性的列举为源文本进行了戏仿，而《亚瑟与乔治》的侦探元小说特性则是对以福尔摩斯系列侦探小说为代表的经典侦探小说所进行的戏仿。在这两个戏仿中，超文本均展现了对源文本的质疑，指向典型的后现代式对总体性观念的解构。具体而言，在这两部小说中受到颠覆的是英国性这一英国人集体身份的内核及英国性理性思维的底蕴。巴恩斯对英国性核心概念的颠覆折射出了当代英国社会正在经历的英国性危机。

第三节　清单罗列后的超验欲望

通过呈现清单罗列，《英格兰，英格兰》与《亚瑟与乔治》中的两份清单书写链接起超文本对源文本的戏仿与解构，帮助巴恩斯完成了对英国性主题的碎片化书写。与《福楼拜的鹦鹉》和《10½章世界史》对历史的碎片化书写不同的是，巴恩斯并未藉由清单书写对英国性的解构同时表达伦理追求。他这两部小说中的伦理追求集中出现于小说主人公和公共场域中行为相对的内心渴求与追求中，体现在《英格兰，英格兰》中的玛莎与《亚瑟与乔治》的亚瑟对超越其所身处碎片化世界的追求中。这种追求于玛莎而言表现为她自始至终不懈的"渴求"（yearning），于亚瑟而言则表现为他对具有超验色彩的"唯灵论"（spiritualism）的痴迷。

在列维纳斯看来,主体的追求大致可分作两种。一种试图满足自我在世的需要;另一种是由无限他者带来的形而上欲望。在两部小说中,玛莎与亚瑟的人生经历都被完整地呈现于读者面前,而这两个个体均在各自的人生历程中完成了从需要到欲望的转变。俩人的欲望之求使得他们可以在解构的废墟之上以承认及面向他者的方式实现生存意义。

需要说明的是,列维纳斯概念中的欲望并不直接等同于日常语境中的爱欲,其涵括范围远远超出身体性欲望的范畴。在列维纳斯伦理学中,它往往与需要同时出现,构成一组对生概念。列维纳斯在第一部重要论著《总体与无限》的开篇便提出了这对概念的分别。他将欲望定义为绝对他者在自我身上唤起的欲望。为了与通俗意义的欲望有所区分,列维纳斯提出了另一个与之形成对照的概念:需要。他称,"需要是物质的需要,是可以被满足的。在此基础上,自我转向它所不缺乏的,正是它区分了物质与精神的需求,打开了通往欲望之路"(TI,117)。需要是本体论范畴内自我对他者的统一,它追求完整的总体;而欲望则使自我踏入形而上的伦理范畴,采取面向他者的伦理姿态。需要是可以被满足的,而欲望不可被满足;需要是有限的,而欲望是无限的;需要是物质性的,而欲望朝向精神追求;需要将一切划归自我的掌控,而欲望则朝向超越的外在性;需要从自我出发,指向它的对象,而欲望发自它的对象,对自我提出要求。

在西方思想中,欲望是一个历久弥新的概念,它在不同学者论述中具备了不同的内涵。对欲望的深层结构分析最早可以追溯到柏拉图。他在《会饮篇》与《斐德罗篇》(Phaedrus)中都提出过人的"欲望"(eros)现象存在三层的层级结构——从对美人的追求,升华至对美人之美的追求,最终到达对美本身的追求。时至当代,人文主义心理学家马斯洛(Abraham Maslow)的五层需要层级金字塔结构也是一个极具影响的欲望理论,在其中人类追求始于最底层的生理需要,经由安全需要、社会需要与尊重需要,终于顶尖的自我实现需要。在当代形而上研究中,较为重要的欲望理论来自法国哲学家巴塔耶(Georges Bataille)与德勒兹。巴塔耶将欲望分作三个层次,依次为兽性欲望、人性欲望以及神性欲望。德勒兹对欲望的考察结合了偏向社会学与经济学视角。欲望在他看来是积极和具有生产性的，它来自人的匮乏感。其存在帮助人们形成社会团体，也是启动政治微权力运作的核心要素。

相较于其他欲望理论，列维纳斯欲望与需要这对概念的提出反映了他试图脱离存在与存在者本体论世界的努力，其背后是形而下与形而上之间的分野。大致而言，列维纳斯的欲望观与巴塔耶有一定的呼应之处。他理论体系中的需要大致对应巴塔耶所谓的世俗世界，而欲望是通往神圣世界之路。但需要指出的是，列维纳斯在超越性的欲望中并未为性欲留出过多的空间，这与极为强调性欲作用的巴塔耶神性欲望又产生了区别。而与德勒兹的欲望相比，列维纳斯的欲望观并不赞同欲望来自匮乏的想法，这样的欲望基本等同于他概念中的需要。具体至《英格兰，英格兰》与《亚瑟与乔治》两部作品中，作为参与或主导两份清单罗列过程的行动者，玛莎与亚瑟的行为动因中均可分出需要与欲望两种，前者往往导致幻象，而后者最终均成为两人的终极目标。

玛莎的渴求

在对《英格兰，英格兰》的解读中，评论家多为主题公园的创意所吸引。如佩特曼称《英格兰，英格兰》"赞美了复制、模型和虚假"（Pateman，6），然而这一关注点仅触及了小说意义的表面假象。因为信仰仿真拟像世界的只有杰克爵士与他的团队。他们相信原件与复件之间再无界限的虚幻扁平世界。然而这部小说中真正贯穿始终的主人公并非杰克爵士，而是玛莎。在"英格兰，英格兰"这个后现代式平面化无深度的主题公园岛国中，玛莎深知仿真拟像世界的虚假与人为建构性并始终难以认同。正是她始终坚持的外在于仿真拟像世界的渴求赋予了小说"情感与智性的深度"（Holmes 2008，58），指向了真正的意义追求。

玛莎自童年时代起便一直深受"渴求"（yearning）困扰。为了应对她尝试过性欲的满足、权力欲的满足以及人际关系的温暖，但这些尝试最终都以失败告终。这些欲望的落空与满足同巴塔耶的三层欲望结构极为呼应。巴塔耶提出的欲望三层结构中,可以看到动物世界中的欲望以兽性"欲求"(besoin)为代表,追求直接满足;世俗世界中的欲望则以人性"性欲"(eroticism)为代表,注重性的延迟满足。无论是两种中哪一种,均是以追求满足为目标。神圣世界则溢出于世俗世界,它要求人们走出自己的"主体意识和能力"(理解能力),才能出离到我之外,这便是人身上的"秘密的欲望",这就与列维纳斯所提的超越性欲望大体相当①。动物性的欲求、人性化的性欲以及神性化的欲望都曾出现在玛莎的生活中。从小说中她对自己性史的袒露中可以看出,她曾执着于"尝试着肉体的种种可能和极限"(51),这是对欲求的满足。年岁稍长之后,她也曾短暂地尝试过禁欲的生活,懂得性欲的延迟,这是为了达到人性欲望的满足。然而这些都无法舒缓她心灵深处的渴求。有关性欲,她十分向往从朋友那里听说过存在"足以令人相信上帝"的美妙的性经历(93),这无疑就是巴塔耶所倡导的神性境界②,但她始终没有达到这一境界,因而只能暗自猜度这些经历是否只是"骗人的美好力量"(54)。

与性欲难以满足渴求情况类似的是,权力欲望的满足同样也难以舒缓

---

① 在巴塔耶看来,动物性的欲望存在于动物世界,是兽性的,反映了人性尚未确立之时的状态。人的欲望存在于世俗世界,是人性的,具体体现为占有与禁止等形态的欲望。而神圣的欲望存在于神圣世界,是神性的,又回归到了动物性。死亡、消除、色情等欲望形态均是神圣的欲望,它的表现形态为"纯粹的赠与"、"无止境的耗费"以及"狂喜和战栗的侵犯"。整个欲望层级工整,试以图示之如下:

② 巴塔耶对色情主义研究颇深,认为人类带有兽性色彩的情欲同时也是顶层的神性欲望一部分。借由身体的情欲现象,欲望的三个层次之间首尾相连形成了环形结构。同时他本人也是追求神性情色经历的践行者。他以假名发表的小说《眼睛的故事》(*Story of the Eye*,1928)就是对此的实践性尝试。这部作品问世后长期被当作一部普通的情欲小说而遭到忽略。然而经过罗兰·巴特与苏珊·桑塔格等名家的挖掘后,它逐渐被视为探讨对比动物性与神性欲望的哲学小说。

玛莎的渴求。玛莎年近中年时受聘于杰克爵士的皮特曼集团,在"英格兰,英格兰"主题公园的创建过程中担任了要职。机缘巧合之下,她抓住了杰克爵士的把柄,在"英格兰,英格兰"主题公园正式宣告成立的当天联合男友保罗发动了政变,将杰克爵士从领导者的位置驱逐并将他软禁,自己取而代之。继杰克爵士之后,玛莎一度成为"英格兰,英格兰"的真正主人。此时的她身着华服,占据了象征小岛权力最高峰的办公室(189),衣食无忧、大权在握。站在主题公园最高权力者的位置上,玛莎几近完美地扮演了"英格兰,英格兰"主理者的角色。她对记者反复强调"英格兰,英格兰"国内所有人的物质生活可谓富足丰盛。然而私下里她越来越觉得空虚与困惑。在这一主题公园的仿真拟像世界中,一切精神性的存在都流于表面。其间众人丧失了原本的自我身份。几乎一切皆可被商业化物化,就连主创者杰克爵士也不能例外。在他逝世后,岛上的居民们为他建造了一座巨型陵寝,而这个陵寝迅速成为一个热门景点。后来,岛上执政者出于商业考量甚至想到让演员扮演杰克爵士,与游客一同进餐。这一虚假的世界让她日益疲倦,最终选择以半自我放逐的方式离开了"英格兰,英格兰"主题公园。

　　玛莎尝试舒缓"渴求"的另一途径是在亲密关系中寻求慰藉。在小说中,她努力投入的亲密关系主要有两段,一段是与离家出走的父亲的父女关系,另一段是与男友保罗的情侣关系。在玛莎童年的回忆中,父亲是她爱之渴求的对象。当父亲抛妻弃子不告而别以后,玛莎受到了创伤性打击。"她的爸爸,说爱她,永远不要看见她失望,永远不要老鼠小姐噘起小嘴的爸爸,是去找那片(拼图)了。这是她的错,因为她又粗心又愚蠢,是她导致了爸爸的离家和妈妈的凄苦。她一定永远不能再粗心和愚蠢了,因为它会导致这样的后果"(15—16)。玛莎渴求一片不少的完整拼图,正如她渴求有父亲存在的完美的家。在玛莎父亲离开她的那一刻,带走的那片拼图也在某种程度上象征了完美的不可得,即她所期冀的自我圆满难再实现。除此之外,在玛莎成年后与父亲重逢时再次受到了打击,"她意识到自始至终她都想错了……说不定只是她一厢情愿罢了"(25)。她发现父亲完全忘记了与她童年相处的细节,而父亲所否认的这些细节实质否定的是玛莎对记忆中完美的信仰。

　　成年后玛莎在与男友保罗的爱情中继续追寻幸福。她一直希望在与保罗的感情中寻找曾听说过的近乎完美的爱情体验(93)。然而在最初的甜蜜之后，两人的爱情很快陷入了僵局。她艰难地尽力维持两人的关系，

　　　　她可以搞定项目的运转，即便她不相信它；接着，长日终了，她回到与保罗的家，那里才有她所相信的一切，或是说努力去相信的一切。但是，她完全搞不定。她孤单地呆在那儿，毫无防备、毫无距离、毫无嘲讽、毫无愤世嫉俗；她孤单地呆在那儿，简单地渴求着，焦急地、尽最大的力气追寻幸福。可它怎么还不来？（197—198）

玛莎与保罗之间的爱情最终以失败告终。保罗曾经相信"与玛莎相恋让事情变得真实起来"(107)，但他最终放弃了这种真实，而选择加入了相信仿真拟像世界的杰克爵士阵营。与保罗爱情关系的失败令玛莎几乎丧失了对爱的信仰，"也许爱不是她的答案；当我们追寻幸福的时候，可能我们是在追寻某种低级的救赎，尽管如今我们已经不再使用这一字眼了。也许她的生活就像是约翰逊博士所形容的那样，是一种对时间的无益浪费。即便是面向这低级的救赎，她也鲜有进步"(233)。她曾认为有了爱情她就能够成为她自己（become herself），能够"成为一直希望成为的成熟的人"。然而经历了这段感情之后，她不禁质疑"谁说人一定会成熟，说不定人们只是单纯地变老而已"(211)。在德勒兹的欲望生产观中，欲望开端于连接；通过与其他欲望的连接，生命努力去保存和增强自身。这些连接生产，最终形成了社会的整体；当身体与其他身体相连接以增强其权利的时候，它们就形成了共同体与社团。德勒兹的欲望所看到的是欲望这一概念的生产力与积极因素。但是在玛莎生活的具体情境中，她此类源自欲望的连接行为最终的结果总致使她一而再、再而三地受挫。

　　玛莎上述寻求舒缓"渴求"的努力之所以失败，究其根本是因为她始终着眼于对具有总体性特征的圆满的追求及对需求的满足。她记得父母曾经

带她去参加当地的农展会。会上有一位农夫琼斯先生总是能种出完美的茄子,这让她十分惊叹。"琼斯先生能够让豌豆看上去完美无瑕,包括它的色泽、比例以及匀称度"(11)。搬家后玛莎再次参加农会展,这次她尝试自己种植了很多豌豆,但遗憾的是她的豌豆都不那么完美,琼斯先生再次拔得头筹,而她当然名落孙山。对此母亲安慰她,"豌豆本就这样长大,这样各自形成自己的特点"(20)。琼斯先生的完美豌豆其实并非事物的常态。无论拼图也好,完美的豌豆也罢,玛莎童年对两者的追求都是立足于满足需要的追求。在同一次农展会上,玛莎看到了种种物品的清单,感慨于它们的"平静的完整性",甚至产生了一种错觉,"所有的物品只有当她亲自命名和归类之后才真正存在"(10)。以列维纳斯伦理术语表述,玛莎的这些追求都属于需求的范畴,不是欲望。因为真正欲望指向的对象是难以测量的无限,欲望应当被描述为"对无限的衡量,任何条款与满足都无法阻止它"(TI,304),列维纳斯的需要是一种在本体论范畴内由自我发出的对客观世界的征服。这些满足需要的追求最终目的都指向某种程度的总体性。这种具有形而上特征的欲望被列维纳斯如此描绘道:

> 形而上欲望的"他者"不是我吃的面包,居住的土地,思索的风景,仿佛有时是我为了我自己,这个"我",那个"他者"。我可以靠这些现实"养活"我自己,甚至在很大程度上满足我自己,好像我只是缺乏它们一般。因此,它们的他性被我以思考者和拥有者的方式吸收入我的身份之中。(TI,33)

真正的欲望源自他者,"它不隶属于饥饿或餍足的范畴。它因此超越我们所定义的欲望"(TI,101)。

玛莎在主题乐园仿真拟像世界中难以找到真正满足欲望的途径,而真正能够对玛莎"渴求"起到舒缓作用的还是她对超越性欲望的感受。她应对欲望之道的方式具体而言是约翰逊博士,或者准确地说,是约翰逊博士的扮演者(以下简称约翰逊博士)。面对约翰逊博士,"她仿如一个身处陌生世界的孤独女孩"一般不由自主地想向他坦白;面对约翰逊博士,她问出了心底的真正问题:"那么爱呢,先生?"得到的回答确实也打动了她的心,"爱与婚姻是不同的状态。那些一同忍受苦难的人,而且通常是为了彼此而忍受苦难的人,很快会失去源自纯粹欢愉及其后乐趣的,外貌的柔嫩与心灵的仁善"(217)。约翰逊博士对爱的解读让玛莎深觉彻底败下阵来,她没能令他青眼相加,而他的行为让她觉得自己比他还假(218)。在玛莎看来,在一片仿真拟像世界中,只有这位约翰逊博士(的演员)是确然真实的,他"孤独地处于世界中心,与世界真实接触"(224)。而自己的痛苦同约翰逊博士一样是真实的,因为它们同样"源自对世界的真实反应"(223)。对于这位约翰逊博士,玛莎甚至投射了爱恋式的感情。她感慨道,"她爱的从来就未曾出现,即使有,那也是一个死了几个世纪的人"(227)。这一死了几个世纪的人即约翰逊博士,他本人早已作古,而此刻站在玛莎面前的这位复制版约翰逊博士显然不是其本人。他也具有某种程度上的他者之脸的投射,他在玛莎面前强大又脆弱。一方面,他已丧失演员本人的真实身份,完全融入了他所扮演的角色,因此可以说他面貌模糊;另一方面,他又对玛莎产生了深刻的影响,召唤她不由自主地向他趋近。

除此之外,玛莎主掌岛国的时候,坚持定期拜访小岛上人迹罕至的圣阿尔德教堂,只为那里可以给她带来心灵上的宁静。圣阿尔德温教堂是岛上原住民教堂。当怀特岛被改造为"英格兰,英格兰"主题公园后,它就陷入了荒芜,为人们所遗忘。然而对玛莎而言,这座教堂已遭废弃构成了"这座建筑所代表的意义"(225)。看着教堂里的逝者档案,玛莎只觉得"活着的已被赶走,而死者犹存"(225)。她反思俗世有关宗教、爱国主义以及一切的信仰。她看到宗教只是一个版本的故事,她童年时代就不相信这个故事,"一切都不是真的,这是一个浸透了人性而又反对人性的弥天大谎"(224)。然而与此同时,她对那些相信宗教的逝者感到嫉妒(226),因为他们可以具备更真实的信仰,她自己也质疑着,当体系崩溃之后会发生什么,是不是会有更加真实的信仰(226)。尽管玛莎并不知道该信仰何物,就像她难以真正触及他者的模样,但她始终"相信幸福。说'相信'的意思是因为她相信这种状态的存在,并认为它值得追求"(233),因此她的渴求便是她感受到他者存在所带来的欲望,始终保持朝向他者的姿态。在对这份渴求的定义与追寻中,玛莎逐渐地从拘泥于自我世界的需要之中走向了朝向具有超越性的他者的欲望。

在小说中,玛莎曾经屡次阐述她的渴求,认为要追求生活的严肃。"我认为生活如果具备了某种更大的结构,比你自己更大的存在,就是严肃了。"(243)这种更大的结构,象征了玛莎对于某种外在于此在世界的意识。正如列维纳斯所言,"对外在性的智性渴求,就是欲望"(78)。正是因为欲望是他者所对自我提出的终极伦理要求,所以意识到外在性存在的玛莎,一而再、再而三地碰壁却不懈坚持。

亚瑟的通灵之求

尽管亚瑟的生活时代与生存环境同玛莎大相径庭,但他类似地经历了从遵循需要转向欲望非物质与非理性事物的过程。巴恩斯在小说的叙述中始终选择使用教名"亚瑟",而非使用更广为人知的姓氏"柯南·道尔"称呼这一主角,便暗示了他所感兴趣的并非作为名侦探小说家与社会名流的历史人物柯南·道尔生平,而是一个普通个体亚瑟不断追寻人生意义的个体生命史。

以物质与权力的俗世标准考量,亚瑟在所处社会环境中被视为贵族阶级典范,堪称人生赢家。他因福尔摩斯系列的成功得到英国皇室爵位封赏,名声显赫。亚瑟成名后即享有贵族阶级式闲散地主生活。他的物质生活相当富足,为自己在南诺伍德购置了地产昂德肖庄园。在 19 世纪末 20 世纪初的英国社会,拥有自己的宅地庄园是贵族阶级地位与威望的象征。他闲暇时常与好友打猎骑马,或在室内消遣娱乐。在家庭生活中他占据绝对主导地位,妻子托伊是典型的维多利亚式家庭天使。"她为他生育了一儿一女。她对他写的东西确信不疑,支持他所有的冒险。"(76)相应地,亚瑟理所当然地认同为"女子无才便是德"(226)。在与孩子们的相处中,基本奉行有礼却疏离的父慈子孝状态。他将父亲身份理解为"保护自己的孩子,供养他们,树立榜样"(252),除此之外便无须为子女付出更多精力。在家庭之外,福尔摩斯系列小说的成功使得亚瑟在当时英国社会成为民族形象楷模。人们普遍认为"没有人比亚瑟爵士更能体现英国美德的完美结合:勇敢、乐观、忠诚、富有同情心、高尚、热爱真理和对上帝的献身精神"(484)。可以说在需求世界中亚瑟得到了满足,他似乎成功地将周围的人与物都同化到自己的世界中。这种情况如列维纳斯所称,"在需求中,我可以将我的牙齿埋入真实之中,在同化他者中满足自身"(TI,117)。

表面看来,物质富足的确使得亚瑟似乎在身边诸多伦理关系的处理中显得游刃有余,然而实际情况绝非如此简单。仅以托伊这位亚瑟身边的维多利亚家庭天使妻子为例,亚瑟在她死后才发现自己从未真正了解妻子。他从女儿那里得知原来妻子一直以来都知晓他与情人琼的出轨恋情。意识到这一点后的亚瑟·柯南·道尔"这个名字的主人不想做他自己"(283),陷入一种全面的"一蹶不振、绝望和自我厌恶"(348)。在世俗意义上,托伊相较于亚瑟这一男性主体构成了典型的弱势女性他者存在。然而亚瑟在发觉来自托伊的力量后陷入消沉,仅想象到托伊可能知道他偷情的事实就压垮了他。

在法国学者萨特的存在主义哲学中,来自他者的"凝视"(gaze)是一个促成自我形象与身份的建构的重要因素。在萨特看来,"他人不只是向我揭示了我是什么:他还在一种可以支撑一些新的定义的新的存在类型上构成了我"(283)。没有他人意识,我就不会自在地存在。萨特指出伴随凝视而来的是羞耻。我之所以对自己感到羞耻,是因为我向他人显现,因为当自我发现有人注视我时会为我的粗俗而感到羞耻。在他人的凝视中自我失去了自己的本真存在,因为此时的自我"既不知道我是什么人,也不知道我在世界上的位置是什么"(同上)。当亚瑟发现托伊可能知晓自己出轨时,他仿佛突然意识到了来自托伊这一他者的凝视,从而感到羞愧难当。他想到,"如果托伊知道了,他就完了;假如托伊和玛丽都知道了,他就双倍完了……假如托伊知道了,他对荣誉行为的理解就是自欺欺人"(346)。来自托伊的凝视使得他感受到耻辱,"一蹶不振、绝望和自我厌恶"(348)。于是托伊作为他者(或曰她者)在亚瑟这一主体面前实现了反转,从黑格尔主仆辩证法关系中的奴仆身份一跃成为参与构成亚瑟主体身份的重要他者。她就是萨特描绘的凝视的他者。亚瑟在托伊过世后才意识到她的凝视,仔细反思后意识到其实一直以来"她(托伊)有自己的信仰,她的孩子、她的舒适、她安静的控制"(254)。托伊不仅在精神上独立于亚瑟生存,并且极大程度上"控制"了亚瑟。正如萨特名言所描述,"他者即是敌人"。托伊挑战了亚瑟这一主体的地位,并在最严重时与亚瑟构成了权力控制与反控制的敌我关系。于是亚瑟最终在托伊这一他者与自我主体的关系中意识到来自托伊的凝视使得亚瑟意识到了自己的失败,他事实上在这段关系中受到了看似弱者的托伊的"安静的控制"。除托伊外,在亚瑟与母亲的关系中,母亲是他的精神导师;在亚瑟与情人琼的关系中,他一直受到琼的主导;就连在与乔治的关系中,他也从未真正受到乔治的肯定。在这几段对他至关重要的主体间性关系中,亚瑟一直处于弱势与受挫的状态。

除了生活中的他者实际上并未受到他的掌控外,亚瑟本人对自己的生活也不甚满意。他完成振兴家族的使命后并没有感受到真正意义上的满足,相反始终为表面的满足而深感困扰。

> 生活,每一个人都会轻易地说到这个词,包括他自己。生活必须继续,每个人都同意。然而很少有人问生活是什么?生活是为了什么?似乎这就是唯一的生活,又或者,只有古罗马圆形剧场那样的生活才会与此不同。亚瑟时常会被安逸满足而困扰,这种就是……人们漫不经心地称之为生活的东西。人们都在继续生活,仿佛这样的字眼和方式,才能让他们感觉完美。……自己得到了这个世界需要男人满足的一切。然而他从来没有忘记过,自己取得的这些成就,不过是沧海一粟,不过是个华美的开头。他还想要别的一些东西。但那又是什么呢?(98)

在这段感慨中,亚瑟恰恰是因为安于满足而感到困扰。他对人们随波逐流的生活产生了怀疑,认为自己在需要的层面已经得到了满足,"自己得到了这个世界需要男人满足的一切",但他又感觉自己"还想要别的一些东西",只是不知道那是什么。这种状况恰恰就是列维纳斯所描绘的"欲望是不可满足的,有时它的养分恰恰来自它自身的饥饿,满足反倒会放大这种饥饿,欲望是超越自身思想的思考。越是通俗意义上的满足,越是能让满足之人感受到欲望的召唤。欲望是有限中的无限"(*TI*,50)。在此意义上,亚瑟与掌控"英格兰·英格兰"主题公园的玛莎处于类似的境地之中。

可以说,在现实的种种伦理关系中,亚瑟并不必为满足需要而烦扰。然而,正是如此,让他看到寻求欲望的重要性。在此时刻,亚瑟从需求的物质性走向了欲望的精神性。当物质满足之后,"自我由此走向它所不缺乏的,它将精神分别于物质,向欲望开放"(*TI*,117)。亚瑟最终所选择的面对欲望的方式是求助于宗教,而宗教在列维纳斯看来亦是欲望形式的一种,"宗教是欲望而非认同的挣扎。它是平等社会可能出现的剩余,是构成真正平等的条件"(*TI*,64)。换言之,通过对通灵与超验的追求,亚瑟以自己的方式表达了他对外在性他者的欲望。

事实上,亚瑟对超越性存在的兴趣童年时便已初露端倪。《亚瑟与乔治》的开篇描述了童年的亚瑟观察祖母遗体的记忆。他彼时便开始关注"当生死巨变之时,留下的仅仅是躯体,其中究竟发生了什么?"(4)。在成长过程中,亚瑟通过教堂接触到世俗宗教,后来也是在耶稣会士学校完成了中学教育。在妈妈和同学的影响下,他渐渐远离罗马教廷与教会,感到布教的神父"不过是个说故事的人,而且他的故事已经不再令他信服"(21)。工作以后,亚瑟选择在医学院学习医疗唯物主义。然而在理性科学的研习中,他与传统的正统世俗宗教渐行渐远。与此同时他却保持着对超越性信仰的渴求,"正统的宗教残余被清楚了,但是在形而上的层面,他依然尊重宗教"(53)。

最终,在妻子被诊断出绝症和父亲过世的双重打击下,亚瑟选择亲近唯灵论并加入了灵魂研究协会(Society for Physical Research)(88),他相信唯灵论可以"让真理浮出水面,道德就会无师自通。……我们所有的生命在于未来,和永恒同在"(365)。年近五十时,亚瑟正式公开他的唯灵论信仰,彻底投入其中。唯灵论对亚瑟意味着找到了超越之路。此时的他只觉得"放弃了他有所了解的科学物质主义，找到了一个途径为自己打开了一扇超越的大门"（345）。他对唯灵论的热爱最后直接影响了他生活的方方面面，甚至凌驾于他生活中所有关系之上。当他发现情人琼不能接受他的唯灵论兴趣时，他甚至对两人的感情产生了怀疑。"琼表示怀疑——或者也许是恐惧——任何关于精神世界的东西。此外，她表达嫌恶的方式，让亚瑟觉得违背了她仁爱的天性。"（266）然而，尽管琼内心深处"一想到那个粗俗、愚蠢的通灵世界她就不寒而栗"（361），不能理解作为理性象征的亚瑟何以和唯灵论术士混在一起，但是她敏锐地意识到了唯灵论对亚瑟的重要性并对之加以利用。为了顺利地成为第二任爵士夫人，她强迫自己佯装出对唯灵论的兴趣。事实上，也正是在琼表示出对唯灵论的明确兴趣之后，亚瑟才真正产生了娶她的念头。亚瑟对唯灵论的执着一直持续到他往生之后。在他的遗愿指示下，他的家人召开了一场盛大的通灵大会以缅怀与纪念他。乔治也去参加了这场通灵大会。在他看来，这场大会充满了超现实主义色彩。无论有效与否，亚瑟的形而上学之求是对灵魂空虚的一种积极探索与挣扎。

　　唯灵论是理解亚瑟人生意义的关键，对亚瑟与唯灵论之间的关系不当简单地以荒谬斥之，唯灵论也不该仅仅被视为宗教或伪科学的一种。在亚瑟生活的维多利亚-爱德华王朝时期，唯灵论极为流行①。它的信众主要来自欧美国家的中上阶层，甚至可以说它在英美上层阶级之间是一种时髦。在当时社会名流的唯灵论信众中不乏著名科学家与知识分子，其中包括化学家威廉·克鲁克斯爵士（Sir William Crookes），进化生物学家阿尔弗雷德·拉塞尔·华莱士爵士（Sir Alfred Russel Wallace）以及社会活动家威廉·施泰得（William T. Stead）等。小说中也提及，亚瑟的唯灵论朋友圈中不少都是当时享誉一时的科学家。他们认为唯灵论能够"以一种无法言说

————————

①　唯灵论流行的时间为19世纪下半叶到20世纪初。准确地说它19世纪40年代起源于美国，后流行至以英国为主的欧洲国家。在唯灵论最流行时，据统计1880年世界各地的唯灵论期刊有近40种；1897年时唯灵论信众达八百万之多。

的方式,探入另一个人的思维深处"(53),从而打破纯粹唯物主义的僵化。选择唯灵论的理由是"纯粹唯物主义起码就太僵化了"(53)。如亚瑟的朋友华莱士爵士解释道,"自然选择只是让人类的身体得到进化。当灵魂的火焰植入粗糙的进化动物体内,进化过程在某些节点还需要超自然力量的介入来作为补充"(100)。当时有一位著名的灵媒帕乐迪诺(Eusapia Palladino)受到了不少知名人士的追捧,这其中就包括亚瑟。除了他之外,对帕乐迪诺表示支持的人还包括诺贝尔奖得主居里夫妇与美国心理学奠基人威廉·詹姆斯(William James)等。亚瑟加入的灵魂研究协会中,除了上述的克鲁克斯爵士外,其成员的名单中赫然还有狄更斯的名字。从这些知名人物的支持便可看出当时唯灵论运动的盛况。

尽管在今日看来唯灵论不再具有吸引力,但不可否认的是,正是因为其科学与宗教兼备的特点,使得它对包括科学家在内的当时世人产生了巨大影响。唯灵论运动一方面与基督教相连,带有不可否认的宗教色彩。它的主要观点如下:人死之后肉体灭亡,灵魂进入另一个世界,即"灵魂世界"(spirited world)。其中分为不同的层级,以便灵魂继续修行与完善自我,朝向天堂进化。在两个世界之间存在沟通可能,逝者可以并且乐于与生者沟通。他们由于在"灵魂世界"中经历了更多的修行,因此往往可以在道德伦理以及上帝本质这类问题上给予生者引导。逝者与生者沟通的方式主要通过灵媒借由招魂术与还魂会等仪式完成。另一方面,正是因为唯灵论勾勒出了一个死后还可以不断进化的灵魂世界,这使得它与进化论的思想可以兼容,使得俗世相信科学的人们可以找到超越性的晋升之路。

因此,可以说唯灵论是一种宗教伦理式追求。它吸引亚瑟的原因就在于呈现了另一个世界中看不见的他者。而与这个他者发生联系的方式需要通过具有他者之脸性质的灵媒来贯彻完成。正因如此,它构成了亚瑟在俗世信仰破灭的情形下对生存意义追寻的积极途径。正如他对妹妹康妮所坦白,"我需要信仰。我只能依靠知识清晰的白色光芒来起作用"。唯灵论是亚瑟在理性和生命意义的追求之间所架起的桥梁。"唯灵论只是另一种信仰。就像我所说的,我需要信仰"(270)。他在招魂会中听到人们提及"他们现在一个充满光明和幸福的地方，也就是他们的神父在布道时许诺的地方"（272），这一愿景对他具有难以抗拒的吸引力。作为妹妹，康妮对自己哥哥的认识是深刻的。"她的哥哥喜欢弄清事情的爱好，让他在宗教里陷入混沌。他看到一个问题——死亡——他在寻找解决的方法：这就是他的个性。"（273）在列维纳斯看来，欲望的对象"应当被理解成他人的他性和至高者的他性"（TI，34）。与玛莎类似，亚瑟也在非俗世的信仰中看到了超越的途径。他与玛莎两人的欲望均是指向了不可见之物，即列维纳斯概念中的"对不可见东西的欲望"（TI，41）。承认需求是对自我世界的完善，是以本体论的范畴来观照周遭的世界。而承认欲望则是看到超越性存在，承认受其召唤与吸引。也正是因此，它是超越理性与认知掌控的。欲望的履行需要自我超越理性的认知桎梏，承认无限的外在性的他者。"无限不是认知的客体，而是其欲望的对象"（TI，62）。

在亚瑟的人生中，可能对他产生影响的主要因素先是教会宗教，然后是母亲向他灌输的中世纪骑士精神，其后是科学的理性主义，最后定格于有伪科学之嫌的唯灵论。巴恩斯在自传《无所畏惧》中开篇便提出了自己的宗教观，"我不信上帝，但是我想念他"（1）。在《亚瑟与乔治》中，亚瑟的经历充分展示了他这一观念的前半句话，并且尝试拓展了后半句话。亚瑟对于唯灵论的形而上学之求也呼应了巴恩斯本人对宗教的态度。尽管巴恩斯在他生活的时代背景中再也无法对唯灵论产生类似于亚瑟一般的信仰，但是他对宗教一直保持了极大的兴趣。在早年的《凝视太阳》中，巴恩斯就曾经借笔下的人物列举了一份冗长的清单，描述上帝存在与否的若干可能。到 2008 年的自传回忆录《无所畏惧》中，他更大量探讨了宗教问题。他在这部自传中还完整地阐述了自己宗教观的变化。在他创作的中期，即《亚瑟与乔治》问世的前后，他对宗教的看法出现了一个巨大的转变，由明显的敌对情绪转向对宗教的缅怀。在他的成长环境中，从祖父母一代起就不再持有虔诚的宗教信仰。他的父亲持有宗教不可知论（agnosticism），而母亲持有的是无神论。他母亲明确提出"人们信教只是因为害怕死亡"（14）。于是对青年巴恩斯而言，反抗不是反对宗教，因为他的生活环境原本就已经不再有宗教的权威。《无所畏惧》表明在巴恩斯本人的人生经历中,他对宗教不再持有一种强烈的反对态度,而是"羡慕与嫉妒信教者的平静,尤其相较于无神论者被动或抱怨的堙没而言"(Childs,123)。其实原本巴恩斯所反对的也未见得是宗教本身,而是历史上的宗教权威话语。总结而言,巴恩斯的宗教观游移于后现代式的质疑与现代式的怀旧之间。

总而言之,通过清单罗列的行为,玛莎与皮特曼集团构筑的仿真拟像世界是无根的仿造品;亚瑟构筑的侦探小说式理性世界被他自己与现实加以否认,这些均属于需要的范畴,而这些需要在他们身上得到了部分满足。然而,他们各自又都有着不甘的动力,推动着"反常"的行为。这些行为的动力,便是来自欲望。在由碎片所构筑的"英国性特征清单"与"侦探小说线索清单"中,玛莎与亚瑟都不断地以各自的方式从他们的需要之求转向欲望之求。而正是这些追求构成了两部小说解构之余的伦理面向。然而稍显遗憾的是,无论玛莎也好,亚瑟也罢,他们对爱与通灵术的超验之求同他们参与建构虚假英国性总体构架之间并未形成真正的有机结合。如此一来,人物的解构行为与超越行为之间形成了一定的脱节。以玛莎为例,她一方面积极参与甚至取代杰克爵士推动建设"英格兰,英格兰"主题公园,另一方面却始终对这一项目保有怀疑的态度,这一人物的动机逻辑中存在一定的矛盾性。这一问题从巴恩斯成稿之初就受到了质疑①,在后来的书评中成为他受到诟病之处。

巴恩斯对英国性的碎片化书写说明,以清单这种形式为代表的总体性结构表面看来通过逻辑理性将碎片式结构捏合为完整总体。但是在巴恩斯的戏仿之下,清单结构的总体性被揭露为虚假人为建构所成。在两份清单的罗列中,一份将时间拉至未来的想象世界,试图在其中通过元素的叠加构建出一个具备完整英国性特征的仿真拟像世界;而另一份清单则将时间拉

---

① 从《英格兰,英格兰》出版之前编辑写给巴恩斯的信中,就可以看出对此问题提出了质疑。

回英国性形成的源头,展现了当时人们眼中的理性楷模如何以按图索骥的方式追寻真相。巴恩斯创作中期的这两部小说一部将英国当前社会中有关民族性的文化现象加以提炼夸张,构造了一个以民族性为卖点的未来世界;另一部则回溯英国性形成之初,从源头上质疑了其精神基石,体现了作者对当下英国性危机的思考。在巴恩斯的笔下,这两次罗列均以失败告终,也象征了与英国性相关的总体性叙事瓦解。与之相应的是,恰是这两位小说中的主人公对无限欲望的追求,构成了他们面对碎片化世界的不妥协姿态。玛莎和亚瑟的人生中,需要性渴求均得到俗世生活的缓解,然而他们都受到欲望性渴求的召唤,这一不可被满足的渴求催动了他们许多看似反常的行为。亚瑟与玛莎均经历了一个从追求总体性的需要满足,到寻求超越总体性的无限欲望的过程。两人的欲望均不以满足物质需要与认知需要为终极目标,而是以不断追求的姿态表现出了列维纳斯式的对绝对他者的欲望,这就是他们人生的积极伦理面向。

第三章 记忆片段与伦理言说[①]

　　继 2005 年《亚瑟与乔治》问世之后，巴恩斯进一步放慢了小说创作步伐。此后十年中他虽有回忆录、杂文集与短篇小说集问世，但传统意义上的小说仅有 2011 年《终结的感觉》一部。在以往的小说中巴恩斯也曾让笔下的主人公回首往昔：《伦敦郊区》《爱及其他》《谈心》与《英格兰、英格兰》中均曾对主人公人生历程回顾略有涉及。然而到这一阶段时，巴恩斯对记忆现象的探讨达到前所未有的深度与广度。它多以片段记忆的形式出现，并通过这一形式达成了对记忆总体的碎片化书写。小说《终结的感觉》全书主要呈现了主人公托尼·韦伯斯特有关前女友维罗妮卡及好友艾德里安的若干段记忆片段。整部小说完整呈现了托尼检视过往记忆，不断挖掘与维罗妮卡和艾德里安相关的记忆真相，犹如一场侦探之旅。除小说《终结的感觉》外，巴恩斯另一部较具分量的作品是 2008 年问世的《无所畏惧》。这部作品直接采用回忆录体裁[②]，由巴恩斯本人将多段与家人相关的往事回忆娓娓道来。他在回忆中不断翻检、反思与修正其中对家人的诸多误解，夹叙夹议地抒发了他对死亡、信仰与文学等议题的哲思。无论是《终结的感觉》中的托

---

　　① 第三章部分内容已作为论文《论〈终结的感觉〉中的记忆叙事伦理》，发表于《当代外国文学》2018 年第 1 期。

　　② 国内对这部作品译法众多，除《无所畏惧》外，还有学者选择将其直译为《没有什么好怕的》。本研究采用张莉与郭英剑选择的《无所畏惧》这一译名，因为它较好地表达了作品原名 *Nothing to Be Frightened of* 中的双关意蕴，既可指代"无须害怕"，亦可意为"让人心生恐惧的'虚无'"。

尼,还是《无所畏惧》中的巴恩斯本人,两者在进行记忆叙事时均对各自的回忆进行了片段化言说。本章的论述选取这两部作品的片段记忆言说为主要分析对象[①],试图展现巴恩斯笔下的记忆人如何通过重复叙事这一叙事手段实现对记忆动态过程的描绘,一方面集中凸显了记忆过程中的认知谬误,揭示记忆为"想象"的"真实"(《无所畏惧》,238),从而打破个体自我回忆的总体性与同一性,实现对记忆的解构;另一方面也实现了面向片段记忆中他者的言说,解构了各自记忆中种种旨在同化他者的所说,以履行自我面向他者的伦理责任。

第一节　片段记忆的动态进程

片段记忆的片段化书写

记忆是人类认识自我与周遭世界的重要认知方式,它使得人们可以完成从日常交谈到思维创新等一系列或简单或复杂的认知活动。记忆现象自古以来便是人们关注研究的焦点。西方文明中早至希腊神话便有专司记忆的谟涅摩绪涅(Mnemosyne)女神形象,勾勒出人们对记忆现象的理解。她身披绿色常青柏,象征记忆的长盛不衰;手拿笔纸,指明记忆的媒介与存储过程。

西方最早有关记忆的系统性表述来自柏拉图的记忆蜡板说(wax tablet)。在《泰阿泰德篇》(*Theaetetus*)中,柏拉图以蜡板比喻人类的心灵,而心灵的蜡板就是记忆的存储媒介。他描绘道,"当我们想要记住某个事物,我们就在自己的心灵中视、听以及感觉,我们将蜡放在直觉或意念之下,

---

① 之所以选取这两部作品作为本章的主要考察对象,除了考虑到它们是巴恩斯此阶段相对完整的作品外,更因为两者虽文体不同但主题意趣相似。换言之,虽然它们分属小说与自传回忆录,但是巴恩斯向来认为这两个文体间本就界限模糊,他曾称回忆录中的回忆行为为"编撰"(《脉搏》,53),回忆录中的叙事与小说中的叙事均是虚构与真实的混杂体,因此并无本质区别,也就可以并而置之。

让它们在蜡上留下痕迹,就好像用印章戒指盖印。这样印下来的东西我们都能记住,只要印迹还保存着,我们就知道它;如果印迹被磨去,或者没能成功地留下印迹,我们就会忘记,就不知道它。"(722)柏拉图的这一比喻除了以"印迹被磨去"描绘了记忆的遗忘现象之外,最重要的贡献是勾勒出了直觉或意念"盖印"记忆、"印迹"保存与印迹磨去这三个重要的记忆过程。受此启发产生的记忆编码(encoding)、储存(storage)与提取(retrieval)三大主要运作程序分类在记忆研究中绵延数千年,直至今日仍被沿用。

继柏拉图之后,各种有关记忆的理性论述层出不穷,其中较有影响的当属英国哲学家洛克(John Locke)的"观念仓库说"(storehouse of ideas)。他将人心喻为仓库,认为记忆的存储是将货物存入仓库的过程。同时他还重点考察了记忆的衰退现象,提出记忆消失的三个原因,分别为观念刻入记忆时的强度不足、记忆时记忆人注意力不集中以及部分个体天生记忆能力的缺乏(116—117)。前两种原因将记忆的遗忘归结于记忆输入环节的疏漏,而后一种则属于人脑(心灵)这种记忆载体自身的可能缺憾。柏拉图与洛克的学说均着力描述记忆的编码与储存环节,也有学说对记忆的提取过程有所论述,例如柏拉图本人也曾将提出相关记忆比作从鸟笼子中释放小鸟这一过程的"鸟笼说"。

记忆理论为记忆研究提供了种种假设,而建立在实证研究基础上的记忆学说直至 19 世纪末方才出现。随着心理学的兴起发展,记忆研究的精神分析学和认知心理学两个心理学分支取得突破。在由弗洛伊德奠定的精神分析学中,记忆研究服务于神经功能症(neurosis)的治疗。研究者采取的方法往往深入至记忆深处(通常是童年)寻找病症的源头,例如弗洛伊德本人便是通过在临床治疗中观察创伤对记忆的影响,从病理的角度提出了"屏蔽记忆"(screen memory)理论。他提出如果个体在童年经历过重大创伤性事件,个体便会倾向于转而抓住某件相关平凡小事长期保留在记忆中。这一平凡小事随后发展成为屏蔽记忆,使个体得以一直以其为媒介抑制与阻碍对重大伤害性事件的回忆,以及形成代偿记忆以避免情感伤害。应对屏蔽记忆遮盖的心理疾病,精神分析法的治疗机制就是在找出病因后,通过心理疏导尝试去除这一屏蔽性事件的阻碍，使得个体得以直面创伤找出根源，从而舒缓心理伤痛并最终痊愈。

弗洛伊德之后精神分析学派学者们延续了他的思路深入研究记忆现象。弗洛伊德弟子荣格通过对潜意识理论进一步挖掘提出了集体潜意识论，由此将记忆研究从个人领域拓展至社会领域。荣格称集体潜意识为"原型"，而原型是所有人共有的同一的精神结构。集体潜意识理论以原型描绘潜藏在人类心灵深处的千百万年来人类生物进化的心理积淀，而所有的原型相加就形成了集体潜意识。它的运作机制为经由编码整合个体人格，从而形成荣格所称的"自性"。荣格认为原型之于人的人格总体仿佛粒子与波之于物理世界、基因之于人的身体，形成了碎片与整体之间的关系。时至今日，他的原型理论已经成为文化研究中流行的集体记忆与文化记忆研究的重要理论基石。

在弗洛伊德另一弟子阿德勒所领导的个体心理学派中，初始记忆（first memory）被视为最核心的概念。初始记忆指那些对个人有重大影响的早期生活经验。阿德勒指出：

> 早期的记忆是特别重要的。首先，它们显示出生活样式的根源，及其最简单的表现方式。……从儿童时代起便记下的许多事情，必定和个人的主要兴趣非常相近。假使我们知道了他的主要兴趣，我们也能知道他的目标和生活样式。……此外，我们在其中还能看出儿童和父母，以及家庭中其他成员之间的关系。（67）

这些初始记忆的正确与否并不重要，它的作用在于反映出了对个体具有重大意义的人生故事。正如许多人并未充分意识到的是，他们对初始记忆的选择可以折射出他们对当下所处之生活环境的理解。弗洛伊德与心理分析诸学派对具有病理特征的记忆所做研究的影响一直持续至今。由于 20 世纪两次世界大战的发生以及其后种种暴力性事件的广泛影响，创伤这种特殊的病理性记忆机制性日益引人瞩目。在卡鲁斯（Cathy Caruth）等学者的努力完善下,创伤记忆已经成为心理学内成果丰硕的研究热点①。

哲学与精神分析领域对记忆做出的研究本质基本为主观真相,而认知心理学范畴下的记忆研究则致力于得出有关记忆的客观知识②。在过去一个世纪内,认知心理学领域的记忆实证研究取得了长足的进展。这一领域的先驱当属德国实验心理学家艾宾浩斯(Hermann Ebbinghaus)。他设计的实验首先要求被测者记忆一系列无意义音节,随后考察经过不同时间间隔后被测者的记忆呈现状况,由此得出记忆遗忘时速率由快到慢的规律,这便是著名的艾宾浩斯记忆遗忘曲线。艾宾浩斯通过一系列类似的实证研究实现了对抽象记忆现象的量化描绘,促成了人们对记忆储存环节的深入了解,并自此开创了以语词学习为基础的量性实证研究传统。此后,经过包括塞门(Richard Semon)在内的一系列认知心理学家的努力,认知记忆研究领域不断发展壮大。

20世纪上半叶,认知记忆研究迎来了又一大突破。继艾宾浩斯的量性研究方法后,英国认知心理学家巴特莱特(Frederic Bartlett)又为记忆的实证研究开辟了质性研究之路。他设计的实验方法让受测者首先阅读一个故事,然后经过不同时间间隔记录记忆者的故事复述,通过对比细读多个受测在不同时隔后形成的复述版本考察记忆特征。由于这种质性研究方法更为贴近自然的记忆过程,所以它很快就受到了越来越多学者的采纳。除了对研究方法的丰富之外,巴特莱特系列研究的更大意义在于改变了人们对记忆运行模式的认识。传统认为,记忆可以忠实储存所记内容,因而理想情况

---

① 1980年,美国精神病学协会颁布的《精神障碍诊断与统计手册》将创伤后应激反应(PTSD:post-traumatic system disorder)列为正式条目。卡鲁斯对创伤的权威描述指出,创伤是人们"对于突如其来的、灾难性事件的一种无法回避的经历,对于这一事件的反应往往是延宕的、无法控制的,并且通过幻觉或其他侵入的方式反复出现"。

② 对于知识是否可以加以度量和验证的不同看法,导致了主观与客观的知识观。相信只有可以被度量的知识才是可靠的知识,其余皆属意见范畴,这是客观的知识观,以19世纪与20世纪的实证主义哲学为代表。而认为并非所有知识皆可度量,一切知识均存在难以量化的模糊地带,即便是物理学这样十分注重实证主义的科学中尚存"海森堡测不准原理",这就属于主观的知识观。

下提取记忆时可以完整地再现记忆编码时的记忆内容。这种记忆的再现观至今仍是不少实践的前提,如法庭对证人证词的采纳便是以证人可以真实再现目击内容为前提。而巴特莱特的研究则使记忆的运行机制从被动的再现走向主动的建构(16,205,213)。在论著《记忆》(*Remembering*,1937)中,他记录了故事复述系列实验并指出在记忆人对故事的复述中除会发生不同程度的信息损失外,还会出现受测者主观做出的信息增加。增加的内容往往服务于故事记忆人"追求意义的努力"(effort after meaning)。受测者往往因此优先联结某些细节,以便使看到的材料更易理解(84)。自此开始,记忆的建构说逐渐取代再现说成为认知心理学记忆研究领域对记忆运作特性的共识。

　　20世纪70年代,记忆研究在认知心理学领域中的再度突破来自加拿大学者托尔文(Endel Tulving)。他根据记忆的对象对记忆做出了划分,明确提出记忆需依据记忆内容分为语义记忆(semantic memory)与片段记忆(episodic memory)①。托尔文提出语义记忆多关注去情境化的事实与概念,如人们对法国首都为巴黎的印象便是语义记忆的模型。这类记忆往往并不伴随任何与时间及地点相关的情境。而片段记忆通常指向普通人生活中发生过的某一事件。如记得不久前见过的一束闪光或听到过的一个声响,这些都是典型的片段记忆。片段记忆"获取及储存特定时间发生事件及情境的相关信息,以及事件之间的时空关系"(1972,385)。它以事件为单位,往往包括事件发生的时间、地点乃至情绪等背景类要素,因此也被译为情境记忆。托尔文认为过往的实证研究多半聚焦普遍知识范畴内的语义记忆而忽略片段记忆。然而日常生活的记忆更多属于片段记忆,它们之间虽偶尔可以互相转换②,但总体而言分属本质迥异的记忆体系。两者的这一差

---

　　① 托尔文在后期学说中又在语义记忆与片段记忆之外提出了第三种记忆:程序记忆(procedural memory)。由于托尔文本人并未对这种记忆形式的特性做拓展阐述,也不再以之为其理论构建的核心层面,故而本处论述中略过不提。

　　② 两者之间有相互转换的可能,例如通常记得珠峰的高度属于语义记忆,然而对首次记忆珠峰高度经历的记忆则是一个片段记忆。

别目前也已被临床医学实践所证实①。由此考察精神分析视域下的记忆研究，其研究对象创伤记忆不啻片段记忆的一种特殊类型。为了解记忆的运行机制，认知心理学的记忆研究更为关注普通生活中的日常片段记忆，希望得出具有普世意义的规律，而精神分析学的记忆研究则试图从具有病态特征的记忆样貌中进行反推，从而得出记忆的普遍规律。在托尔文发现片段记忆的存在后，这两个心理学分支领域的研究成果就产生了联结。

托尔文此后的研究致力于勾勒片段记忆的特性与具体运作机制。在将其与语义记忆加以对比之后，他为两者总结出若干条差异②，其中最重要的就是稳定度的差别，"片段记忆系统相较于语义记忆更容易滋生遗忘症状"（1972，391）。而之所以片段记忆体系反映事实的准确度常常不如语义记忆体系，是因为片段记忆以事件为单位，包含了情境与情绪等诸多细节，也更能体现记忆的建构特性，"从片段记忆库中抽取信息的过程，除了让信息变得可接触之外，其本身亦构成了对片段记忆库的一种全新输入。整个记忆系统也会因此而发生变动，并丢失信息"（1972，386）。托尔文与同事对片段记忆进行了数十年的不懈研究，发现了一些特殊的现象。如有人对青少年时发生的生日与约会这类标志性事件会产生格外鲜活的记忆，他称之为怀旧性记忆上涨（reminiscence bump）；再如人们对如9·11这类引人注目的重大事件往往记忆效率极高，记忆内容相当丰富，记忆保持时间更长，这类记忆被命名为闪光灯记忆（flashbulb memory）。

尽管片段记忆研究直至20世纪末才得以开展，但是这一现象却是人们

---

① 临床医学发现在脑伤患者中可能出现片段记忆受损而语义记忆完好的情形，反之亦然。研究者通过核磁共振成像技术（fMRI）对患者脑部扫描发现，这两种记忆运行时激活的大脑区域不同，愈加证明了两者的区别（见夏克特2003，87）。

② 托尔文最早为语义记忆与片段记忆总结的差异共计五条，分别为：（1）所存储信息的性质；（2）个体与认知的参考；（3）提取的条件与结果；（4）易受干扰及改变并消除已存储信息的程度；（5）它们对彼此的依赖程度（Tulving，1972）。在其后的研究中，托尔文又对这些差异进行了细化，最终将差异条目扩充至28条。然而总体而言，它们大致并未大幅脱离他最初总结的五条差异对应的方向（Tulving 1983，35）。

日常生活中最普遍的现象之一。对这种记忆形态的了解、研究对文学研究尤为重要。文学作品往往反映人类的情感行为而非特定知识内容的堆叠，因此细究之下，文学的记忆书写大多实际上为不同事件片段记忆的集合。以小说为例，现实主义小说中常见的框架叙事（frame narrative）往往便是借回忆行为引发一连串片段记忆叙事，如狄更斯的多部小说便是此中代表。现代主义小说亦是以片段记忆为单位，如普鲁斯特的《追忆似水年华》便是从一块糕点出发呈现多段片段记忆。至后现代主义时期的今天，随着大屠杀与9·11等战争创伤书写的兴起，以创伤记忆这种特殊片段记忆形式为主题的记忆书写更是成为小说的热点主题。

　　相较于其他文学作品中的记忆书写，巴恩斯在《无所畏惧》与《终结的感觉》中的记忆书写具有一些显著特征。首先，巴恩斯的记忆书写并不着眼于时下热门的集体记忆或文化记忆书写，亦不关注创伤的心理机制。可以说，在集体记忆与创伤记忆流行的趋势下，巴恩斯记忆书写的对象是具有普世意义的日常记忆现象，如与女友母亲的初次相遇、与哥哥童年所做的游戏以及与家人的一次晚餐等。这些事件并不具备共同体叙事的历史宏大性，也并未造成记忆叙述者心灵上的剧烈悲痛感。它们均为平常人都会经历的普通日常事件①。

　　此外，巴恩斯的记忆书写格外凸显片段记忆事件本身的独立性。他在记忆书写中往往以片段记忆为记忆书写的主要内容及基本组织形式。个体的回忆总体只是一段段片段记忆的拼贴成果。这种拼贴仅是权宜之计，不会产生部分之和大于整体的效应。记忆的片段化存在在《终结的感觉》中体现得尤为明显。这部小说的主体全然是段段零碎记忆碎片的无缝拼贴，其中重要的片段记忆更是在小说开篇就以开宗明义的方式扼要呈现：

---

　　①　尽管巴恩斯在以往的记忆书写中确有涉及创伤记忆叙事，如在《10½章世界史》中描绘了"二战"时期带着满船犹太难民的圣路易斯号逃至古巴却遭拒绝入境，后被尾随而来的德国军舰整船击沉的事件。这是对集体创伤记忆的书写。《英格兰，英格兰》反复提及玛莎童年时父亲突然不告而别的记忆，这是个体的创伤记忆叙事。但是在《无所畏惧》与《终结的感觉》中，巴恩斯的记忆书写其实并未涉及真正意义上的创伤经历。

◆ 一只手的手腕内侧,闪闪发光;

◆ 笑呵呵地把滚烫的平底锅抛进了水槽里,湿漉漉的水槽上顿时蒸汽升腾;

◆ 一扇上了锁的门后,冰冷已久的浴水;

◆ 一团团精子环绕水池出水孔,然后从高楼的下水道一泻而下;

◆ 一条河莫名其妙地逆流而上,奔涌跃腾;在六束追逐的手电筒光线照射下波光粼粼;

◆ 另一条河,宽阔而灰暗,一阵狂风搅乱了水面,掩盖了河的流向。(1)

这六段记忆叙事分别对应了主人公托尼记忆中的六段重要片段记忆,即他同好友艾德里安、亚历克斯与科林以反戴手表确立兄弟标志的记忆,与女友母亲福特太太初次见面的记忆,得知艾德里安自杀的记忆,在维罗妮卡家中过夜的记忆,观看赛文河涨潮事件的记忆以及与维罗妮卡共赏赛文潮的记忆。而在小说接下来的叙事中,这六段片段记忆以重复叙事的方式被多次提及。除此之外,小说中反复提及的片段记忆还包括艾德里安与历史老师有关历史真相是否可得的课堂辩论、与维罗妮卡共舞以及与维罗妮卡分手等记忆。托尼回忆的全部内容即由这些片段记忆及其重复讲述叠加而成。尽管不同片段记忆间夹杂了托尼对记忆本身的感想,但却鲜少出现黏合片段记忆间的连接性叙事。与《终结的感觉》几乎由片段记忆拼贴而成的情形类似,巴恩斯的自传回忆录《无所畏惧》亦是通过拼贴与家人相处的若干片段记忆,以反复讲述的方式串起了全书的叙事整体。其中涉及的片段记忆包括童年与哥哥在后院玩推车游戏的记忆、母亲解释为何并未对他进行母乳喂养的记忆、母亲不满他作品的记忆、与全家在法国游玩时晕船的记忆,以及父亲病重后他与母亲探视父亲的记忆等。

记忆的动态进程

巴恩斯对片段记忆的讲述方式仿佛层层涂色一般,通过对同一段片段记忆反复提及补充细节,进而渐渐描绘出这段片段的全貌。这种独特的记忆书写方式使他得以表现出记忆的动态运作过程。以叙事学术语表述,他对记忆动态化的实现借助"重复叙事"(repeating narrative)。重复叙事这一术语由叙事学家热奈特提出,用于描述事件在故事层面与在叙事层面出现的时频差异,具体包括四种可能:单次讲述发生过一次的事件、多次讲述发生过多次的事件、多次讲述发生过一次的事件以及单次讲述发生过多次的事件。热奈特认为前两种均可被视为单一叙事,是最为常见的叙事形式;第三种为重复叙事;第四种为反复叙事(iterarious narrative)(1988,113—115)。以此为对照,巴恩斯在《终结的感觉》与《无所畏惧》两部作品中常常针对同一片段记忆做出反复讲述,这便构成了典型的重复叙事。如进一步考察重复叙事,还可细分出一致性重复叙事与非一致性重复叙事。一致性重复往往用于传递叙事者的强烈情感,如鲁迅笔下的祥林嫂对痛失爱子反复讲述而内容几乎不变,这就是一致性重复,集中表现出一位母亲的丧子之痛。而非一致性重复则形式多样,有的通过视角的变化叙述同一事件,如日本著名小说《罗生门》(*Rashomon*,1950)或美国小说家福克纳名作《喧嚣与疯狂》(*Sound and Fury*,1929);也有的服务于作者特殊叙事目的,在同一叙事者的若干次重复叙事间精心植入细微变化。巴恩斯在这两部作品中的记忆重复叙事便属于这种不一致性重复叙事,服务于凸显片段记忆中具体记忆环节。

针对片段记忆这种特殊的记忆类型,托尔文经过数十年的实证研究,为其勾勒出了一个十分详尽的运作模型。这一模型在参考记忆运作编码、储存与提取三大主要运作环节的基础上,将片段记忆的运作分为编码和提取两大进程。在这两大进程中又可以细分出相互作用的 13 个因子。他将之命名为片段记忆的普遍抽象运作模型(GAPS)。

如图 3.1 所示,从时间的纵向发展维度看,GAPS 模型略去了难以观察的记忆储存环节,仅保留了编码与提取两大进程,分别对应记忆人在记忆输入与记忆输出两个不同时间点的行为。在模型的 13 个因子中,可根据其性质分作三类:第 Ⅰ 类为观察到的记忆实存(原初事件、插入事件、记忆提示与记忆呈现),第 Ⅱ 类为托尔文构想的内在机制(编码、再编码、提取提示与转

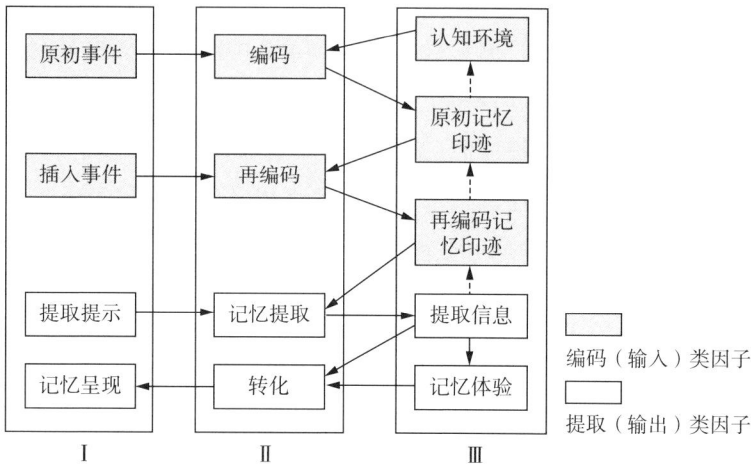

图 3.1　General Abstract Processing System of Episodic Memory，Tulving，1983

化），第Ⅲ类则关乎认知心理状态（认知环境、原初记忆印迹、再编码记忆印迹、提取信息与记忆体验）。理想的片段记忆动态进程始于"原初事件"发生。记忆人受事件发生时"认知环境"影响，通过"编码"形成关于这一事件的"原初记忆印迹"并储存入记忆中。此后有些情况下可能会发生"插入事件"，造成对原初记忆的"再编码"并形成修改后的"再编码记忆印迹"。记忆的提取进程始于"提取提示"，引发记忆者从"原初记忆印迹"或"再编码记忆印迹"中提取记忆从而构成了"记忆提取"行为，并形成提取后的"提取信息"。记忆者对某一时间的"记忆体验"便是基于这一"提取信息"。两者共同促成"转化"过程形成了最终"记忆呈现"。托尔文出于严谨尽量在模型中囊括片段记忆动态运作中种种可能节点，因而模型显得极为详尽。然而片段记忆实际运行过程中有些因子并非必然出现，是非必要因子。首先，如"插入事件"、"再编码"与"记忆印迹"就不一定会发生。其次，日常生活中记忆人的片段记忆进程往往止于"记忆体验"，除非有表述的需要，"转化"与"记忆呈现"不会发生。最后，插入事件引起的再编码过程大部分时候其本身就构成了记忆的提取。只是有时记忆人也许本身并未充分意识到，因此可以认为"记忆提取"与"再编码"在某些时候可以视为同一进程（Tulving

1983，169）。如此一来，在所有 13 个因子中，属于必备因子的只有编码过程中的"原初事件"、"编码"、"认知环境"与"原初记忆痕迹"和提取过程中的"提取提示"、"记忆提取"、"提取信息"与"提取体验"。

据此模型，文学作品的记忆叙事文本本身因叙事载体功能可被视为"记忆呈现"，是将记忆者的"记忆体验"加以"转化"而形成的文字。尽管日常生活的片段记忆进程中未必出现"记忆呈现"、"记忆体验"与"转化"这三个因子，它们却因文学作品的特性而成为其中的必备因子。除此以外，巴恩斯的片段记忆叙事通过重复叙事使运作流程中多个必备因子得以清晰可辨。以《终结的感觉》为例，小说的第一部分为叙述者/记忆者对过往段段经历的回顾，由托尼在青年之后的某一时间点 T_2 开始叙述自青年时期 T_1 时间点起发生的多段片段记忆。第一部分开篇托尼即提出"学校是那一切开始的地方，所以我得简要地重提那几件演化成趣闻的事情，回溯某些模糊的记忆"（4），藉此宣言拉开了他回忆的序幕。到第一部分结束时，叙事时间回到叙述行为发生的当下："我现在已经退休了"（60）。随后托尼简短地描述了生活现状并结束 T_1 时间的回忆叙事。叙事学认为，考察小说叙事时间时需要将其分为故事时间与话语时间两层。其中故事时间指所叙故事的实际时间，而话语时间则指叙述时的时间（Genette 1988，33）。在《终结的感觉》第一部分，故事时间自 T_1 开始，叙述时间自 T_2 开始。第一部分开始时，故事时间远早于叙述时间，此时的叙事便是倒叙。而到这一部分结束时，故事时间追上叙述时间，同时也结束了该部分的倒叙。在小说第二部分的叙事中，退休后的托尼先是对现状做出短暂感慨，紧接着在叙事中提及了一封出乎意料的来信，"有一个长长的白信封，透明纸窗下面能看见我的名字和地址"（69），这封信启动了这一部分的故事时间。于是小说第二部分的叙述时间与故事时间开启于托尼退休后的某一时间点 T_3，进而展开他从收到福特太太遗嘱开始发生的一系列事件对过去记忆的更改颠覆。

将《终结的感觉》中的时间结构与托尔文的片段记忆的动态进程结构记忆进行比较可以发现，三个时间节点中的 T_1 时间包括大量的记忆编码过程，紧跟其后的是多个原初事件的发生。T_2 的记忆叙事本身即构成了多次的记忆提取,此时叙事者处于提取环境中。小说开篇展示的六个片段分别构成了"提取提示",标志着对编码于 T_1 的多个记忆片段的提取是记忆提取进程的开启。而第一部分的整体叙事构成了这次提取过程的"记忆呈现"。尽管此时的"记忆呈现"已经不同于编码后形成的原初记忆痕迹,但仍可从中大致推断出编码过程的部分运作情形。在小说的第二部分,话语时间与故事时间的发展大致相当。这一叙事时间的安排使自 T_3 开始叙事者对记忆的反复再提取与编码得以实现,形成了事件的持续发展,表现了记忆者不断刷新自身记忆痕迹的过程。

再以《终结的感觉》开篇六段片段记忆中的第二段为例深入分析,"笑呵呵地把滚烫的平底锅抛进了水槽里,湿漉漉的水槽上顿时蒸汽升腾"这一提取提示所对应的片段记忆发生在托尼首次去维罗妮卡家中做客之时。此时两人刚刚交往不久,维罗妮卡邀请他到家中做客。在维罗妮卡家中,托尼始终深陷于紧张情绪之中。在维罗妮卡家度过的第二天清晨,托尼醒来后突然发现找不到维罗妮卡,只好独自一人尴尬地走出房间,

> 第二天,我下楼来吃早饭,发现只有福特太太一个人在。其他人都去散步了,因为维罗妮卡跟大家说我肯定要睡懒觉的。我当时一定没掩饰好自己对此的反应,因为我能感觉到,福特太太边准备培根鸡蛋边仔细打量我,她漫不经心地煎着鸡蛋,打破了一个蛋黄。我对于如何与女朋友的妈妈谈话毫无经验。
>
> "你们住在这里很久了吗?"我终于开了口,尽管我早就知道问题的答案。
>
> 她停了下来,给自己倒了杯茶,把另一个鸡蛋敲破扔进平底锅,身子向后靠在一个堆满碗碟的橱柜上,说:
>
> "不要总让维罗妮卡占你便宜。"
>
> 我不知道该如何回答。我该对这种干涉我们关系的行为感到生气呢,还是该从实招来,开始"讨论"维罗妮卡? 于是,我有点拘谨地问道:
>
> "您这话什么意思,福特太太?"
>
> 她看着我,随和地微微一笑,她轻轻摇了摇头,然后说道:"我们在这里住了十年了。"

因此直到最后，她仍旧和其他家庭成员一样，对我来说都是一团谜，但至少她看起来还挺喜欢我。她大方地往我盘子里又加了一个蛋，尽管我没有开口要，也并不想吃。打破的鸡蛋残骸仍旧在锅里躺着；她随意地把这些残留物拨到垃圾桶里，然后把滚烫的油锅扔进水槽。冰凉的水冲在锅里，发出嘶嘶的响声，一团蒸汽冒了上来，她哈哈大笑，好像对这小小的破坏行动感到非常得意。（30—31）

片段记忆必然对应某一记忆的原初事件。托尔文指出，原初事件的判定有两个必备条件：一是背景，具体指"事件发生的时间、地点以及对记忆者而言这一特殊时地的重要性"；另一必备条件是"聚焦因素"，指在背景衬托下显得显眼的事件要素（1983，143）。举例而言，去某景点旅游时偶遇好友是一个原初事件。而在这一原初事件中，旅游景点、旅行时间以及旅行缘由构成了事件的背景条件，与好友偶遇则是这一事件的聚焦因素。背景与聚焦因素这两个条件缺一不可，任何一条发生改变就会使得片段记忆所对应的原初事件发生改变。例如如果稍后在另一景点再次遇见同一好友，那么此时时间地点背景产生变化，这就构成了另一个原初事件；或是如在同一地点稍后又偶遇另一好友，则此时聚焦因素发生改变，因而也改变了原初事件的性质。在这一事件中，事件发生的空间背景是维罗妮卡家中，时间背景是托尼做客的第二天清晨。对托尼而言，目睹维罗妮卡的母亲福特太太将鸡蛋打入锅中，并随后将油锅扔入水槽这一细节动作构成了对托尼而言有关这一片段记忆原初事件的聚焦因素。

开篇这段有关福特太太扔锅入水槽的描述既是原初事件的聚焦因素，同时亦是启动这一片段记忆提取过程的"提取提示"[①]，提取提示常常以对记忆印迹的某种象征形式出现，如词、短语、问题与口头暗示等等。它开启了

---

① 巴恩斯的其他小说中往往也涉及记忆提示的重要性，例如他曾塑造过一个患上失忆症的老先生，他几乎忘记了一切，然而只要提到一个他喜欢的菜名，"他记忆的闸门便能打开，绵延不绝地回忆起好多事"，此时的回忆细节丰富而准确，并且"由于他记忆复苏，我也记起了这一切，至少在短时间内我都记得了。后来，这段记忆变得模糊起来，或者说我不太确定我还能否信任或相信它。这是其中的一大苦恼"（《柠檬桌子》，198）。

托尼对与福特太太相遇这一事件的记忆提取过程并且最终促成首次"记忆呈现"的形成。从这段托尼对初遇福特太太事件的记忆呈现中,不难看出托尼在回忆时间 T_2 所做出的一些记忆建构痕迹,如"我当时一定没掩饰好自己对此的反应,因为我能感觉到,福特太太边准备培根鸡蛋边仔细打量我",这段叙述便是托尼在 T_2 对事发时间 T_1 发生事件的解释。而"至少她看起来还挺喜欢我"显然就是托尼在经历一系列后续事件后,在 T_2 时间对当时福特太太的态度所做出的总体评价。

从这段"记忆呈现"中还可以推测出 T_1 时间原初事件发生时的"认知环境"。认知环境指认知者在记忆发生时外在于事件的情感以及之前记忆痕迹等造成的影响。托尼首次拜访女友家本就压力很大,紧接着在清晨起床后发现独自陷于陌生环境中,女友却不在身边难免紧张尴尬。他甚至悲观地认定"维罗妮卡跟大家说我肯定要睡懒觉的"。出于礼貌,他开始笨拙地与福特太太攀谈,然而福特太太没有回应他的问题,这让他愈加紧张。出乎意料的是,福特太太对他说的第一句话就是对维罗妮卡的批判,这又让他瞬间放松了下来。在之前与维罗妮卡的相处中托尼本就一直感到压抑。"每当我们碰面时,我就会被一种只能称为预备罪恶感的感觉所笼罩:总是料想她会说些或是做些让我感到愧疚的事情。"(42)对女友的一贯刻板印象加上独自身处女友家的紧张感,构成了托尼此时的认知环境。在这种认知环境的影响下,福特太太这句"不要总让维罗妮卡占你便宜"实际上暗合了托尼对维罗妮卡长期以来积累的反感,从而缓解了他的压力。所以尽管托尼也合理地怀疑是否"该对这种干涉我们关系的行为感到生气",却最终选择将福特太太的这句话编码为"她看起来还挺喜欢我"。他眼中的福特太太看来坦率随性,"随意地把这些残留物拨到垃圾桶里,然后把滚烫的油锅扔进水槽"。

上文所引的记忆书写片段构成了首次记忆提取的全部过程。而在此次记忆提取完成之后,巴恩斯在稍后的叙述中还提及两次插入事件,间接表现出了托尼在 T_1 时间自原初事件发生之后的两次有关这一片段记忆的再编码过程。第一次记忆再编码发生于托尼与维罗妮卡分手后不久,他收到了来自福特太太的慰问。原本他满以为两人的分手会使他受到维罗妮卡家人的指责，但福特太太只是表达了遗憾之情，却并未对他有半分指责之意。收到这封信托尼大为放松，此时他将福特太太的来信解读为，"仿佛是暗示我尽早脱身是明智的选择，并送我最美好的祝愿"（43）。这一插入事件让他再次忆起了"一个无忧无虑、生气勃勃的女人，不小心打破了一个鸡蛋，又给我另外煎了一个，并且告诉我再也不要受她女儿的气"（同上）。在此次插入事件后形成的再编码记忆痕迹中，托尼加深了原初记忆痕迹中福特太太生性善良的印象，确信福特太太的那句"不要总让维罗妮卡占你便宜"是为他着想，为了"告诉我再也不要受她女儿的气"（同上）。

小说第一部分中有关初遇福特太太事件的第二次片段记忆再编码发生于艾德里安宣告与维罗妮卡交往这一插入事件发生之后。得知这一消息的托尼给艾德里安写了一封措辞激烈的谴责信。从这封信的原件中可以看出，写信时托尼再度想起了福特太太。信中写道："甚至她母亲也告诫我提防她。如果我是你，我会向她母亲问清楚她曾经所受的创伤"（106）。从这一评价中可以推测写信时托尼因为受到刺激而格外憎恨维罗妮卡，也因此在这一插入事件后形成的再编码记忆痕迹中进一步强化了有关福特太太生性善良这一正面印象。至此为止，小说在第一部分的记忆叙事中，托尼有关初遇福特太太这一事件的片段记忆历经原初事件的编码过程与两次插入事件的再编码过程后，形成了固定的记忆痕迹，即福特太太在托尼与维罗妮卡的关系中出于善良站在了他的一边。

在小说进展至第二部分，随着福特太太遗嘱的到来，托尼渐渐发现了有关福特太太、维罗妮卡与艾德里安的另类真相。原来艾德里安与维罗妮卡交往后，不知何故却与福特太太发生了性关系，福特太太随后诞下一子。这个孩子不幸生为先天性智障者，而艾德里安也为此选择了自杀。福特太太过世后，她与艾德里安的智障儿转由维罗妮卡照料。整个事件的发展出乎托尼的意料，也促发了他对自己这段回忆相关细节的重新思考。他记起了与维罗妮卡共度的美好时光，记起了那个做客的周末维罗妮卡对他释放的种种善意信号。这些情感的变化颠覆了他此前的多段记忆。在这一插入事件影响之下,此时他再度想起了福特太太,启动了又一次记忆的提取过程。在这次提取的"记忆呈现"中,他"想到了一个女人无忧无虑、粗心大意地煎鸡蛋,其中一个碎在了平底锅里也不在意"(163)。于是他对福特太太的形容从正面的善意变为"无忧无虑"、"粗心大意"与"不在意",这一描绘也更加符合一个与女儿男友偷情的女性形象,更加符合托尼早些时候做出的逆向猜测,"福特太太也并非巧妙地关心我,而只是显露了对自己女儿的粗鄙的嫉妒心而已"(48)。至此,托尼的记忆叙事中出现了多段有关初遇福特太太这一事件的记忆呈现版本,从善意到不经意与粗心大意,福特太太的形象在巴恩斯记忆中的转变折射出了托尼在插入事件与认知环境等因素影响下对同一事件不断进行主观建构的动态过程。

类似于《终结的感觉》中这样的记忆动态化叙事也出现在巴恩斯的自传回忆录《无所畏惧》中。如巴恩斯多次提及母亲探视患有老年痴呆的父亲时询问自己身份,而父亲难以确认母亲身份的片段记忆。有关这一事件,在他的每一次记忆呈现中母亲的态度均是稍有差别。文学作品以文字为载体,一经形成便固定不变,受限于这一载体,传统记忆书写中大多只能以静态的方式呈现。记忆内容以静态呈现为主,难以表现记忆本身的动态特性。而巴恩斯打破了这一局限,在《无所畏惧》与《终结的感觉》中别出心裁地以个体对记忆重复叙事的方式展现了记忆行为的动态进程。

第二节　认知谬误的不可靠叙事

记忆的认知谬误

巴恩斯在记忆书写中通过对重复叙事的运用表现出记忆的动态运作过程,而这一动态运作过程极有利于凸显出记忆的人为建构本质,展示人们在记忆时容易出现的种种认知谬误。在当代记忆研究中,记忆的建构说早已取代再现说占据主导地位。哈佛大学心理系主任夏克特教授(Daniel

Schachter)提出,"我们所经验到的对往事的自传式回忆,实际上是从我们对各生活阶段、各一般事件及特殊事件的知识中建构出来的。当我们将所有这些信息组织到一起时,我们便拥有了过去"(2010,81)。自巴特莱特开始提出记忆不可避免的主观建构特性后,越来越多的研究揭露了记忆人受自身或他人影响产生记忆偏差的实例。近年来的实证记忆研究更已证明了认知谬误乃是记忆的常态特征,可能出现于记忆运作的每个环节。夏克特对之归纳出了七种类型,分别为健忘、分心、空白、错认、暗示、偏颇与纠缠。其中,健忘专指记忆储存过程中出现的谬误,究其根本,源自记忆编码的不充分。与之类似的是,记忆编码的不充分也会导致相关记忆储存的失败,体现为分心型认知谬误。空白则是由记忆提取环节出现的偏差造成,创伤类记忆常常容易出现空白的情况。相比健忘、分心与空白,错认、暗示、偏颇与纠缠这四个类型的记忆谬误属于记忆的指令性缺陷。错认涉及了记忆者对记忆事实真实性或来源的错误判断;暗示亦与之相关,指记忆者在外界提示的影响下对记忆事实做出的扭曲;偏颇与纠缠则分别是指记忆者知识储备与情感特质对记忆产生的影响。

在这七种认知谬误类型中,巴恩斯在片段记忆书写中大量涉及的是错认型记忆认知谬误与暗示型记忆认知谬误,而这两者分别发生在记忆的编码环节与提取环节。导致错认型记忆谬误的一个常见原因是"源记忆失忆"(source amnesia)。源记忆失忆比日常生活中的遗忘更为严重,指的是将记忆中的某一事实与错误的场景相连,且这一认知谬误多发生于片段记忆中。无独有偶,研究这一认知谬误的美国学者汤普森(Donald Thompson)本人身上就发生过一起典型的源记忆失忆案例。汤普森某天突然被警察逮捕,原因是他被受害者指为强奸罪实施人。然而受害者对他的指控是不可能成立的,因为事发当时他正在参加讨论记忆谬误电视直播节目,所有观众都可以证明他的清白。警察此后的进一步调查揭示了源记忆失忆正是误会发生的罪魁祸首。汤普森之所以错误地受到了被害者的指认,是因为案发时电视里正在播放他的直播。受害者当时处于极大的压力之下,将汤普森的面孔与罪犯的面孔发生了混淆。在现实生活中,源记忆失忆这一错认型认知谬误可能导致法律纠纷。假使汤普森并未拥有完美的不在场证明,他很可能已经锒铛入狱。它的发现使得人们不得不重新审视证人证言的可靠性。

在《终结的感觉》中,托尼多次犯下了错认型记忆认知谬误,上文所提的初遇福特太太事件就已包含了这种记忆认知谬误类型。另一典型例证来自托尼有关回信事件的片段记忆叙事。这一事件发生时恰逢托尼与女友维罗妮卡分手后不久,他收到了来自好友艾德里安的来信。信里艾德里安乞求得到托尼的谅解,并希望托尼同意他与维罗妮卡开始交往。此时托尼十分震惊,他花了几天的时间平复情绪,然后做出了以下应对:

> 等我终于得体地回信时,我完全抛开了那愚蠢如"信函"的一样的字眼。如果我没记错的话,我把自己对他们在一起的种种道德顾忌的想法一一告诉了他。同时我还告诫他要小心,因为在我看来,维罗妮卡很早以前一定受过伤害。然后我祝他好运,并在一个空壁炉里把他的来信给烧了。(46)

如此看来,托尼这封回信并无不妥之处。正如他自己所评价,他的反应堪称得体。然而事实并非如此,他在这段片段记忆中所犯下的错认谬误在回信原件出现后方才显形。在小说的第二部分,维罗妮卡因不堪托尼反复"骚扰"而向他出示了回信原件。出乎意料的是,这封信的原件中充满了托尼对艾德里安和维罗妮卡近乎幼稚而恶毒的诅咒,满篇皆是如"希望你们缠绵相守,以给对方造成永久伤害"(104),或是"祝愿酸雨降临在你们俩油光闪闪的头上"(106)等"不得体"的文字。当托尼重新面对自己当年亲手写下的文字时,深感羞愧难当。此时在回信原件的映衬下,托尼意识到他对回信事件的记忆显然是出现了源记忆失忆,他将自己的恶言相向回忆成了善意的告诫。类似的错认谬误在《无所畏惧》中也曾多次出现,最典型一例便是巴恩斯有关童年母亲喂养方式差别的记忆。在巴恩斯的记忆里,母亲对哥哥和自己的喂养方式是不同的。他称记得听说哥哥出生时,母亲因为身体原因无法母乳喂养,所以哥哥是喝奶粉长大的。轮到他出生时,母亲身体一切正常便对他实施了母乳喂养。从这一喂养方式的差异出发,巴恩斯总结了自己和哥哥一系列不同点:"他是喝奶粉长大的,我是母乳喂养长大的,我由此总结出了我们本质的差异:他清醒,我多愁善感。"(154)这一差别让巴恩斯可以面对自己似乎样样不如哥哥的事实,"他是聪明的那个,冷静的智慧与实际的行动,忍得住屎的会端茶的人;我是多面手,紧抱的人,糊屎的人,容易激动的人"(69)①。然而直到母亲临终之时,他才发现自己小时候并非由母亲母乳喂养长大,而是与哥哥一样喝配方奶粉长大。他的这段记忆完全错误,为此他不得不重新寻求解释,自嘲道也许母亲为两人选择的不同奶粉品牌才是导致两人的性格差异的原因(206)。

　　除错认外,另一种在《终结的感觉》与《无所畏惧》中出现较多的记忆认知谬误类型为暗示,它常常发生于记忆的提取环节。这种类型的记忆认知谬误同样与庭审中的证人证词关系密切,因此也吸引了大量的研究者目光。现有研究多关注记忆提取时记忆人被施加的暗示对记忆提取结果的影响。美国著名记忆研究学者洛夫特斯(Elizabeth Loftus)与同事在这一领域做了大量工作。在她极为著名的"商场走丢"系列实验中,研究者成功地通过暗示将原本并不存在的走丢事件"植入"被测者的记忆中。在这些实验中,研究者首先明确地告诉被测者他童年时曾在购物中心走丢。最初被测者往往表示对此事件全无印象。然而经过一定的时间间隔后,约四分之一的被测者就能够"成功"地想起小时候在商场或类似场合走丢的经历,有些甚至能够复述其走丢时商场店铺位置与诱拐者的穿着细节(夏克特 2003,157)。

　　在巴恩斯这两部作品中的片段记忆书写中,暗示型记忆认知谬误主要表现为主动型暗示。如上文所提,在福斯特太太的事件中托尼对福斯特太

① 巴恩斯的哥哥乔纳森·巴恩斯(Jonathan Barnes)毕业于剑桥大学哲学系,是古希腊哲学中研究亚里士多德与前苏格拉底学派的权威学者。他曾先后任教于英国剑桥大学与法国索邦大学,现定居法国与瑞士两地。他受邀为牛津大学出版社享誉全球的"通识读本"(*A Very Short Introduction*)系列撰写了"亚里士多德"分册,这本书目前在国内已由译林出版社出版。

太的评价很快就从正面的善良变为相对负面的"无忧无虑"、"粗心大意"与"不在意"。这一变化的发生原因就是他受到了福斯特太太为偷情者的暗示。类似因受暗示影响导致的记忆谬误还出现在托尼与前女友维罗尼卡相关的多段片段记忆叙事中。随着他对这些片段记忆一次次的提取与再编码,他所发现的事实不断对他施加以全新的暗示,而维罗尼卡的形象在他的记忆呈现中也微妙地发生了变化,显得越来越可亲与可爱。

巴特莱特在提出记忆建构说时曾指出,因为记忆主观建构性所产生的认知谬误应当被归因于人们"追求意义"的本能,从这一角度出发就不难理解巴恩斯将小说命名为《终结的感觉》的原因。巴恩斯为这部小说选择的书名与英国文评家克默德(Frank Kermode)的名作《结尾的意义》(*The Sense of an Ending*,1967)同名①,其本意也是借此对克默德表达致敬。克默德在《结尾的意义》中提出古今中外的文学作品中大多体现出人们对故事结尾的追求,而这一追求行为与人类确立自己生存意义的本能密切相关,"位于中间的人类总是要努力建立一个圆满的模式,因为它能提供一个结尾,从而使开头与中间之间的一种令人满意和和谐的关系成为可能。这就是为什么有关结尾的形象永远也不能被一劳永逸地否定掉"(16)。他以"滴答"比喻人生的历程,"滴是我们用来表示物质的开端的词,答是我们用来表示结尾的词。我们说它们有区别。使它们得以相互区别的东西就是一种特别的中间"(43)。"滴答"为人生带来了进程感,使得处于中间的人们相信他们正在驶向某种结尾。这正是《终结的感觉》中托尼对记忆建构的意义。不少评论家都注意到两部作品间的互文关系。如毛卫强提出,在巴恩斯的作品中"记忆将叙事者对现在的感知、对过去的回忆以及对未来的期待纳入一个始于'滴'结束于'答'的时间结构中"(9);赫尔姆斯也认为,巴恩斯对书名的选择

---

① 《终结的感觉》与《结尾的意义》这两个看似不同的译文实际源自同一英文表述"The Sense of an Ending",其中"sense"与"ending"均为多义词。克默德的著作主要探讨以小说为主的文本对结局的追求,因此学界普遍将其译为《结尾的意义》。笔者认为巴恩斯的同名小说大量探讨了死亡现象,表达主人公对人生历程的感受,因而《终结的感觉》这一译法更为妥当。

不仅仅是为了达成向克默德的致敬,更是因为与他有相似的写作目的,即"探索我们所创作的那些追求和谐、永恒的故事在何种程度上可以抵御承受轻信与怀疑之间的交流,抵御我们在需要被故事安慰和怀疑故事反映真实之间的摇摆所带来的压力"(Holmes 2015,27)。

记忆的不可靠叙事

通过叙事手段的运用,巴恩斯展示了《终结的感觉》中的托尼与《无所畏惧》中自己的记忆叙事中种种认知谬误,从而表现了记忆叙事的建构本质。叙事学家查特曼(Seymour Chatman)称,叙事文本的意义流动往往遵循一条从真实作者、隐含作者、叙述者、受述者、隐含读者最终到达真实读者的路径,这条路径贯穿了叙事的叙事层面与故事层面两个层面(151)。在《终结的感觉》与《无所畏惧》这两部作品的叙事中,可以看到隐含叙述者与受叙者这一故事层面着重展现了记忆的主观建构与对意义的追寻。如果进一步考察,在叙事层面真实作者为得以表现出对隐含作者与叙述者的记忆谬误,对他们的叙事进行了操作,使之成为解构意义的不可靠叙事。而这种不可靠叙事具体实现方式即上文提及的不一致性重复叙事。

如热奈特所指,重复叙事可以分为一致性重复叙事与不一致性重复叙事。前者产生的艺术效果是凸显记忆人所受的心理伤害或强烈的情绪波动,而后者则服务于作者具体的叙事目的,即展现事件的多个版本和多重真相。有关这一现象,米勒与热奈特的观点十分类似,他着重关注的是重复叙事重复过程所发生的变化。他认为如发生变化较小则为同质重复,如发生变化较大则为异质重复。米勒从哲学的角度进一步论证了异质重复与同质重复的分类。他根据德勒兹相关理论将重复分为两类:一类称为"柏拉图式"重复,这种重复旨在忠实再现需要得到重复的原件;而第二类则是"尼采式"重复,这种重复以存在的本质差异性为前提,如此一来任意两个事物之间不可能完全一致而只能相似。德勒兹将之称为"影像"(simulacra)或者"幻影"(illusion)世界。

除了以尼采式与柏拉图式重复描绘一致性重复叙事和不一致性重复叙

事外，米勒还从本雅明处借用了另一比喻阐述两种重复的关系。本雅明援引珀涅罗珀的神话将记忆分为白昼记忆与夜晚记忆①。珀涅罗珀白日里织布，晚上则亲手将自己所织的布打散。白日的记忆是理智的，是受到意志支配的自觉记忆，具有完整清晰的结构；而晚上的记忆常以梦的形式出现，它的虚幻成分更为突出。这两种记忆形式分别对应了两种重复形式。米勒对此评价道，"白昼里自觉的记忆通过貌似同一的相似之处（一样事物重复另一样事物，这种相似根植于某一概念，依据这个概念，便可理解它们的相似）合乎逻辑地周转运行着，这与德勒兹所说的第一种柏拉图式的重复形式相对应"（1982,9）。

异质重复则极易导致"消解叙事"（denarration）现象的发生。在美国叙事学家理查森（Brian Richardson）看来，消解叙事常常出现于后现代的文本中，其主要特征为"叙事者否定了其之前所做出的叙事中的重要部分"（168），使得所叙内容显得前后矛盾。他在分析了贝克特、纳博科夫与德拉波尔（Margaret Drabble）等人小说的基础上提出，消解叙事可能是对细节的消解，也可能是对叙事整体的消解。它们在不同程度上影响了所表征事件的稳定性，可能使得整个完整的故事中的"因果关联变得令人怀疑，剩下的只能是种种元素本身，其彼此之间的关联消失"（同上），达到了将完整叙事碎片化的效果。

当消解叙事出现时，叙事者此前所做的叙事就沦为不可靠叙事。作为当今叙事学中的重要概念之一，不可靠叙事这一概念由布思在著作《小说修辞学》（*The Rhetoric of Fiction*，1961）中首次提出。布思认为小说的叙事者不等同于隐含作者，两者对事物规范的判断极可能不同。如果叙事者的叙事与隐含作者所暗示的规范保持一致，那么此时叙事者就是可靠的；如果不一致，那么就可判定叙事者做出了不可靠叙事（159）。在布思看来，不可靠叙事可分为事实的不可靠叙事与价值判断的不可靠叙事。他的学生费伦

---

① 珀涅罗珀为荷马史诗《奥德赛》中主人公俄底修斯的妻子，她在俄底修斯远征他乡、杳无音信后仍坚贞不渝，始终守候。

随后对其加以扩充,区分出错误报道、错误解释与错误评价(misreporting,misreading or misinterpreting,and mis-regarding or misevaluating),以及不充分报道、不充分解释与不充分评价(underreporting,under-reading or under-interpreting,and under-regarding or under-evaluating)这七种形态(2005,49—53)。具体而言,错误报道涉及在人物、事实以及事件维度上的不可靠叙事。它通常源自叙事者的无知或是错误的观念,因此也常常与错误解释和错误评价同时出现;错误解释涉及在知识或知觉维度的不可靠叙事;错误评价则涉及在伦理以及评估维度的不可靠叙事;而不充分报道、不充分解释与不充分评价则是在这几个方面的叙述不足。实际使用中,往往多种不可靠叙事类型会同时相伴出现。费伦以石黑一雄的小说《长日留痕》(*The Remains of the Day*,1990)中主人公斯蒂文斯管家的记忆叙事为例做出分析,具体阐释了斯蒂文斯的叙事如何成为不可靠报道、解释与评价的混合产物。

从不可靠叙事的视角考察《终结的感觉》与《无所畏惧》中的叙事,仍以托尼回信事件的片段记忆为例,可以看出托尼是一个类似斯蒂文斯管家的不可靠叙事者。托尼有关这一事件的首次记忆叙事中既涉及了事实,也提出了相关解释与评价。事实为信中的内容,具体包括对维罗妮卡与艾德里安两人交往的道德顾忌、告诫以及祝福。除此之外,对事件的报道还包括壁炉中烧掉来信的动作。托尼在这段叙事中提醒艾德里安小心,因为他猜测维罗妮卡可能因受过伤害而有个性缺陷,这是与事件相关的解释。而称自己回信为"得体地回信",则构成了评价性叙事。于是,在有关这一片段记忆的报道、解释与评价中,托尼为自己营造了一个受害者形象:虽然遭受友情与恋情中的双重背叛,但是仍能通过自我调整平和心绪以冰释前嫌的高姿态对背叛者理智地提出善意的建议、告诫与祝福。

随着叙事的进展,有关托尼叙事为不可靠叙事的线索逐一浮现。他对这一事件叙事的第一次细节补充出现在与"兄弟帮"另一成员亚历克斯的聊天中。谈话中两人难以避免地提及了艾德里安与维罗妮卡,托尼突然问道:"那他有没有告诉你我给他写信叫他滚出我的生活?"(55)这句话中的"他"

指艾德里安,而"叫他滚出我的生活"这一信息则是托尼在此前叙事中没有提及的,由此可以判断托尼在之前的记忆呈现中将这一细节排除在外。不仅如此,这一补充信息所构成的不和谐音符显然与他对自己"得体地回信"这一评价产生了冲突,暗示托尼回信时的心态可能没有那么平静,从而侧面证明他在首次记忆呈现中极可能出现了情感上的错误判断。结合维罗妮卡最终向托尼出示的回信原件可以确定,托尼在这一事件的记忆叙事中对读者甚至他自己做出了错误解释与错误评价的不可靠叙事。他所称的"祝他好运",实际上是"祝他们给对方造成永久伤害"。这些字眼反映出他当时的愤怒心态,也彻底颠覆了他为自己所营造出的得体理智形象。

巴恩斯通过叙事者的不可靠叙事向读者发出了解构叙事的邀请。费伦指出,在大多数的不可靠叙事中,作者向读者传递的信息与叙事者向受叙者传递的信息不相一致,"作者理想中的读者可以认识到隐藏作者在叙事者意识之外属于自己的意图"(50)。针对这一现象,我国叙事学家申丹从读者解读的角度给出了解释。她称读者在不可靠叙事的阅读过程中必须进行"双重解码"(double-coding),即不仅需要解读叙述者的话语,更需要排除叙述者话语的影响来推断事实与判断正误(60)。这种双重解码带来的效应要么导致读者对真相的"重构",要么导致读者对叙述者所叙事件的"补构"(51)。《终结的感觉》中托尼的不可靠叙事即是巴恩斯作为隐藏作者对读者做出了警示,提醒读者要越过托尼这一叙事者而独自承担双重解码重构叙事的工作。这一过程对读者而言亦形成了类似解谜的阅读乐趣,增加了小说的可读性。

在《终结的感觉》中,托尼针对与艾德里安及维罗尼卡相关的片段记忆进行自我消解叙事的事例比比皆是,而在《无所畏惧》中,除了巴恩斯本人主观做出的消解叙事之外,消解叙事还体现在不同视角的异质重复中。在这部自传回忆录中,由于巴恩斯的许多成长经历均有哥哥乔纳森参与,所以乔纳森的叙事版本常被他引用,以便与自己或其他事件参与者的叙事版本并置对比。在此类视角并置中,最典型的一例便是"三轮车游戏"事件。对这一事件的记忆最详细的是哥哥乔纳森,

　　我记得我们小时候在阿克顿家里的后院玩过这个游戏。我们在草丛里用木块儿与锡罐之类的东西搭了一个障碍训练场。游戏规则要求骑三轮车安全通过障碍。我俩一个坐在三轮车里控制方向，另一个负责推。（我想好像是三轮车链条坏了，或者是推一下能让整个游戏多些刺激。）坐在三轮车里的驾驶者得蒙上眼睛。我可以肯定，我们当时是轮流一人驾驶一人推的。我不记得有事故发生（当然不会撞墙——根据那时花园的构造，这很难发生）。我不记得你曾觉得害怕。我想我记得我们都认为这够淘气、很有趣。（356）

　　乔纳森有关这一事件的片段记忆极为详尽，其中包括不少细节信息，包括使用木块与锡罐建造障碍训练场等；除此之外，他还做出了一些判断，例如花园构造可排除碰撞可能，以及"我们都认为这够淘气、很有趣"等。

　　与乔纳森记忆的详尽形成鲜明对比的是巴恩斯本人记忆的空白，"我完全不记得自己小男孩时曾被哥哥蒙上眼睛，塞进三轮车里推去撞墙"（235）。不仅如此，他还推理质疑这件事发生的可能性。他认为在他们家当时所住郊区寓所里，肯定找不到乔纳森所说的那些搭建障碍的材料，更别提建造出一个完整的"障碍训练场"。他对这段记忆真实性质疑的另一依据来自父母，因为父母似乎从未提起哥俩童年时的这个游戏。如果巴恩斯的判断正确，那么乔纳森关于这件事的片段记忆叙述就很有可能出现错误报道，因为他所叙述的细节压根并不存在，多半由他本人主观建构而得。

　　至此为止，巴恩斯有关这一事件已经提供了两个不同视角的记忆叙事。出于好奇，巴恩斯又向乔纳森的两个女儿进行了求证，从而得到了另外两个视角下做出的片段记忆叙事版本。大侄女只记得爸爸在姐妹俩小时候常常把这件事当笑话讲给她们听，而小侄女的记忆叙事中则包括了更多细节。她清楚地记得障碍训练场、蒙眼和游戏频率这些细节，她还记得

　　你被飞速推过那些障碍，但最后总是被狠狠地撞到了后院墙上。这件事被宣传为你俩童年的最大乐趣，因为那是你们妈妈必然不可能

同意的事。我认为这倒不是因为怕你受伤，而是因为怕你们玩的时候会乱用花园工具，还会弄乱晾好的衣服。我不知道爸爸为什么跟我们说这件事，(也不知道为什么我记得它。)我想它是唯一一个关于你，甚至是你们全家人的故事。(356)

在小侄女关于这一事件的片段记忆内容中，清晰地记录了巴恩斯被撞到墙上的细节并与乔纳森的记忆有所出入。乔纳森声称游戏是哥俩轮流玩儿的，但两个侄女的记忆中都将巴恩斯忆为受哥哥控制的弟弟。除此之外，小侄女的记忆中还添加了许多细节，例如乱用花园工具与弄乱衣服等。联系到巴恩斯父母从未提及这一事件的事实，这些细节也极有可能只是小侄女自己所做的一个主观建构，其原因在她稍后的判断中可以初见端倪。她称巴恩斯兄弟俩对这件事情的喜爱源自"因为那是你们妈妈必然不可能同意的事"。这一判断为整个事件添上了几分叛逆的色彩。于是包括巴恩斯本人"遗忘"的记忆叙事在内，有关"三轮车游戏"事件出现四段不同视角的片段记忆。这四段片段记忆中，前两段来自事件的参与者，另外两段记忆则是根据参与者的记忆所形成的"二手"记忆。互为对比，这四段记忆叙事版本彼此的大相径庭表明除了巴恩斯之外，每个人都可能多少做出了不可靠叙事。换言之，不可靠叙事本就为人类记忆叙事的常态，并不会因为自传文体的特性而增加其中的可信度。①

----

① 《无所畏惧》属于自传。传统认为，自传回忆录的文体特性不可能出现不可靠叙述的现象，因为在自传类的非虚构文类中，作者与叙事者的双重身份是统一的，似乎不可能出现布思所称的规范上的差异，因此不可能产生不可靠叙述。然而，由于布思论述不可靠叙述时所使用的"隐含作者"这一概念本就在学界不乏质疑之声，加之自传类文类与小说中天然所具有大量第一人称叙述现象，后来的学者们修正了布思的不可靠叙述理论后提出自传中也具有不可靠叙述的现象(见许德金；刘江)。国内自传研究学者许德金指出，自传类文体中不可靠叙述包括文本世界内部不可靠叙述与外部不可靠叙述两种不可靠叙述，其中文本世界内的不可靠指"当故事叙事者所讲述的故事、人物、思想、事件等内容与文本规范(文本逻辑)有出入，导致前后矛盾"(50)。刘江在此基础上做了补充，对文本内的不可靠叙述做了进一步细分，其中一种文本内的不可靠叙述便是由"自传叙事者公开承认记忆模糊或衰退的表述"所造成(124)。

在《无所畏惧》中，还有大量类似对成长经历片段记忆不同视角的异质重复叙事。兄弟俩记忆的互为参照也往往说明两人记忆本身的不可靠叙事特性。例如乔纳森记得小时候因为偷祖父洋葱挨打的事，巴恩斯对此毫无印象(6)；乔纳森清晰地记得有一次全家度假时老祖母在船上吐得一塌糊涂，但是巴恩斯对此却只有模糊的印象(31)；巴恩斯记得家里有个朋友很擅长创作油画，而乔纳森则记得这个朋友当时只是在临摹明信片而已。

记忆的不可靠特性被巴恩斯视为记忆的普遍特质，他屡屡感慨随着年龄渐长"记忆与想象显得越来越难以区分"(238)，也对此在其他作品中多有提及。例如短篇小说集《柠檬桌子》的"食欲"一篇就描绘了一对与记忆做斗争的老年夫妻。看似患有阿尔茨海默病的丈夫因失忆而转变了性格，妻子薇薇作为两人中的清醒者负责守护两人的过往记忆。但是她的记忆叙事中也充斥了想象与事实的边界模糊。例如她先是否认插足丈夫的前一段婚姻(197)，后来又表示其实并不真正确定是否曾在丈夫与前妻离婚后才开始交往(209)。于是在这对夫妇的生活中，两人的记忆谬误差别并非有无，而只是程度的问题。

总结而言，巴恩斯对《终结的感觉》的命名指向了托尼对意义的追寻，而意义的追寻往往最终以失败告终。在《无所畏惧》中，巴恩斯对在缥缈记忆中追求意义的荒谬也深有感触。他提及自己的母亲曾打算创作小说。从小说家的眼光出发，他觉得母亲只是普通家庭妇女出身，文字显得过于琐碎。然而他又认为，正是因此母亲打算写的书才比小说更能贴近生活的真相，因为这样的书

> 可能零散，但是不太可能形成一个完整的叙事。而生活其实就是如此：一个连着一个的讨厌事儿——换个水沟，修个洗衣机——而不是一个完整的故事。生活不会明确地告诉你主题，接下来情节发展，某种变化，接下来主题重申，尾声，最后一个简明结局。有的只有偶尔的伤心咏叹调，繁多的平凡宣叙调，但很少有完整的曲目。(185—186)

通过记忆的不可靠叙事对意义的追寻与对认知谬误的勘察形成了巴恩斯记忆书写中独特的建构与解构双向运动。可以看到,巴恩斯笔下的记忆人在记忆书写的文本内故事层面不断试图建构与追寻完整记忆,而他们的建构努力又在记忆书写的文本外叙事层面被他们在记忆过程中展现的记忆谬误及不可靠叙事解构。

第三节　动态叙事的伦理言说

在一段段片段记忆的重复叙事中,巴恩斯充分呈现记忆人因追求意义所进行的记忆建构。而通过揭示这些记忆建构中的认知谬误,巴恩斯得以打破了个体回忆的完整性,使所叙事件沦为若干记忆碎片。然而,这两部作品亦与巴恩斯以往的作品一样在解构之余表现出了积极的伦理意涵。可以说,巴恩斯片段记忆书写中对托尼与他本人记忆过程的动态化呈现、对认知谬误与记忆叙事者不可靠叙事性的揭露本身同时构成了列维纳斯所提倡的伦理性言说。

言说是列维纳斯重要著作《别样于存在》中的核心概念,在他后期理论中占有极为重要的地位。它强调了语言与伦理的关系,以之阐述自我向他者履责的本质方式。事实上,早在《总体与无限》中阐释他者之脸概念时,列维纳斯就已经提出了类似观念。他称伦理关系既然难以以视觉把握,那么就只能是听觉的,必须通过语言启动。当然列维纳斯早期更多强调语言是他者对我提出的要求,以及他者的语言打破了传统语言霸权的样式。而到《别样于存在》时,言说作为朝向他者履责的方式被正式提出并突出论述。它被总结为,

> 言说是这样一个真相:在脸孔之前,我不能仅仅凝视它,我得回应它。言说是招呼他人的方式,而招呼他人就已经是回应他。当某人在场时,我难以保持沉默,这一困难的源头在于这种言说所特有的特质,

与所说无关。必须得说些什么,无论是下雨还是好天气,去说,去回应他就是回答他。(*EI*,87—88)

列维纳斯强调的即言说是由自我朝向他者的趋近姿态,而自我没有选择是否趋近的权力,这也是我—他伦理关系的核心。

言说是相对于另一个概念而提出的,即所说①。它们可谓《别样于存在》中最核心的对生概念。言说与所说是相对的。首先,所说是本体论的,"在所说的语言中,一切被传送到我们面前"(*OB*,6)。它使用传统本体论哲学语言利用展示、总结与归纳等逻辑理性掌控可知实体;而言说则是伦理的,它指向超越性的绝对他者。言说因超越传统哲学语言而具备了操演性,其关键特性就在于面向他者的谦卑姿态。其次,所说是静态的,它将语言固化;而言说是动态的,它试图逃离语言的禁锢。再次,所说是自我的场域,它将他者同化为另一种他我的存在;而言说开启通向他者之路,它指向别样于存在的超越性他者。所说与言说这两种语言的模式在列维纳斯看来不可平等视之,"我认为言说比所说重要……后者的重要性不在于它的信息内容,而在于它面向对话者"(*EI*,42)。他认为言说一定优于所说,甚至提倡在极端情况下须实现"没有所说的言说"(*OB*,46)。

如此一来,理解言说这一概念就必须承认其中解构与伦理的双重面向。言说首先是解构的,因为它必须解除与还原所说的秩序。在列维纳斯看来,西方文化一贯的思维模式中充斥了逻各斯中心主义控制下的"所说对言说的控制"(*OB*,5),前者将后者挤压至从属位置(*OB*,6)。面对所说惯常的霸行,列维纳斯极力倡导的是还原行动,"把所说还原到言说,从而超越逻各

---

① 需要加以说明的是,列维纳斯理论体系中的言说与所说和索绪尔(Ferdinand de Saussure)结构语言学的著名对生概念"语言"(langue)与"言语"(parole)大相径庭。在索绪尔的理论话语中,语言是言语活动的社会部分,是经过提炼与抽象化统一规范的相对固定的语言体系,是社会成员共有的心理现象。言语则是语言活动的一次次个例,是个人特定的发音、用词与造句习惯的集合,且一般不大稳定。换言之,言语是实例,语言是在多个实例上总结得出的普遍规律。

斯,超越存在与非存在,超越本质,超越真实与非真实。它是这样的还原,还原到意义,还原到涉及责任(或更确切地说是替代)的'为他者的这一个',还原到人的场所与非场所,还原到人的乌托邦"(同上)。简而言之,便是要号召从所说回归言说。对这一回归进程的必要性,列维纳斯以不同的比喻反复进行阐释。例如,他以航海行程比喻道,必须坚持"不断解除所说,从所说走向言说的运动。意义从中展现,展现并侵蚀。在这段航程中,负责装载它的同时亦负责淹没它,或是形成倾覆的威胁"(OB,181)。唯有如此才能应对语言传达意义的同时带来的危机,因此"从所说中存在于实体的模糊性,我们需要回到言说。它象征着先于存在、先于确认,在模糊性的这一边"(OB,45)。

以之反观巴恩斯的创作,通过展现记忆的认知谬误与记忆者叙事的不可靠性,巴恩斯作品的记忆书写展现的正是这样一个言说对记忆所说进行消解与还原的过程。与之相对的是,如果通过建构甚至虚构的方式执意于意义的追寻、执着于呈现完整的记忆总体,便是让所得局限于所说的语言中。在诸多传统成长小说必然涉及的个体成长经历回顾中,可以看到的便是这样一个所说行使霸权的过程。这些小说的记忆书写中事件之间往往因果关系分明,极少产生前后冲突的逻辑矛盾。主人公也总在种种经历后形成较稳定的人生观与价值观,不断完善自身以实现某种终极意义,并在此过程中完成个体的成长。而这样一个不断完善记忆所说世界的总体化运动,恰是巴恩斯的记忆书写所颠覆的对象。无论是巴恩斯对片段记忆与片段记忆之间关联的打破,还是他对记忆者不可靠叙事与认知谬误的凸显,均构成了解构记忆书写中所说的自足世界的解构性伦理言说。

言说何以实现?具体至言说的结构,列维纳斯屡次指出完成言说这一伦理行为的第一步就是自我的裸露,"言说是交流,然而更是先于交流的一个前提,是袒露"(如OB,8;32—33)。在一切他者面前,主体需临近他者、靠近他者,形成交流,通过"对自己危险的揭露与真诚打破内向性,放弃所有的遮掩,向创伤裸露其脆弱性"(OB,48),以这种方式完成向他者袒露、向其言说、对其回应的首要任务。继裸露之后,言说是对他者的回应(respond),这也是向他者负起伦理责任(responsibility)的方式。回应与责任在拉丁语系中为同源词,两者词形的相近也说明了它们的本质意义相同。这种建立在裸露与回应基础上的关系被列维纳斯反复称为原初关系(如 *TI*,48,66),其中一方指向同者、主体或自我,另一方指向具有绝对意义的他者,而关系的实质是对他者的伦理责任。之所以言说比所说重要,是因为它的"重要性不在于它的信息内容,而在于它面向对话者"这一姿态本身(*EI*,42)。

然而必须说明的是,所说和言说之间的关系并非仅有冲突。列维纳斯确实贬斥前者、倡导后者,然而他同时也肯定了两者之间的相互依存与转换。所说是言说出发的场所,因为发现他者在所说中留下的痕迹是自我唯一可以借以趋近他者的方式。从共时的角度考察,言说与所说之间断然没有相融的可能。然而如果从静态的共时视角转变为动态的历时视角,这一问题就不复存在了。如列维纳斯所言,"这种言说,在对他人的责任的形式中,必定是……在一种历时性中"(*OB*,47)。如列维纳斯研究学者鲁维文(John Liewelyn)总结,"矛盾只是因为它们被放在同一时间内。这种矛盾可以用把它们放在不同时间而解决,但言说和所说既不在同时,也不在不同时。它们在不同的时间维度中"(153)。在列维纳斯本人的哲学书写中,他的文字由于共时问题的难以解决不得不显得佶屈聱牙。而在巴恩斯的文学创作中,这一问题通过对记忆的动态化书写加以化解,以文学的方式为历时角度呈现言说提供途径。

在托尼与巴恩斯本人的记忆叙事中,始终可以发现维罗妮卡、艾德里安、巴恩斯父母等他者的在场。首先,这些他者的在场使得托尼与巴恩斯本人总觉得难以保持沉默,引发了两人身为主体必须对他者回应的责任。在此回应责任的召唤下,托尼与巴恩斯分别启动各自消解自己相关记忆的所说、裸露自我进而临近他者的运动。以《终结的感觉》中托尼对艾德里安与维罗妮卡的记忆叙事为例,从中可以完整地看到托尼通过反复的记忆编码与再编码渐渐走出所说的世界,不以掌控为目的的不断趋近他者的过程。

在小说第一部分的最初记忆言说中,托尼在与周遭诸人的关系中明显地采取了自我封闭的防御姿态。无论是他对自己的看法还是人们对他的评价都表明了这一点。他多次以自我保护的生存本能解释性格中的内向与被动(45,70);他在与律师以及与妻女等周遭各人的相处中总是小心翼翼地避免亲密(75),形容自己为"从固执己见中寻找慰藉的男人"(97)。针对他的心理状态,维罗妮卡认为他只相信自己愿意相信的事情(41),评价他"只不过是把自己所没有的东西理想化罢了"(27)。托尼的前妻玛格丽特也持有类似看法。她讽刺如果托尼能正视过去的事,那就反倒不是他了(85)。于是在托尼这一阶段具有自我封闭特征的记忆叙事中,维罗妮卡被呈现为咄咄逼人、锱铢必较的前女友,而艾德里安则被定位为朋友圈里最智慧的人。即便在托尼发现艾德里安自杀后,他仍固执地相信艾德里安优点众多且高人一等,在他眼中仍然"优雅而不排外","他拥有洞见内心并审查自我的能力;他拥有正确的道德观并将其付诸实践的能力;他拥有自杀时所需的全身心的勇气"(96)。

然而小说进展到第二部分后,随着福特太太遗嘱的到来托尼启动了对记忆的重新编码。最初,托尼发现福特太太在遗嘱里竟然将艾德里安日记转赠予他,并且这本日记被维罗妮卡扣下。这一事件激活了托尼对少年时期三人相处诸多细节的回忆:"她(福特太太)的丈夫对我屈尊俯就,她的儿子把我盯得紧紧的,她的女儿操控利用我。那段交往确实让我痛苦不堪"(70)。遗嘱的出现加之得知维罗妮卡试图扣留遗嘱的事实激发了托尼的好奇心,也让他从心理到行动迈出转身朝向维罗妮卡、福特太太与艾德里安这些记忆中他者的第一步。此后,托尼从哀求到骚扰软硬兼施地尝试与维罗妮卡取得联系,并从她那里拿到艾德里安的日记。整个过程中他感触道:"我凝望过去,我精心等待,想诱使自己的记忆走入另一不同的轨道"(70)。同时他也尝试从另一个角度解读自己与维罗妮卡之间的关系,开始构想与此前不同于过往的定义维罗妮卡的方式:"我向来把自己与维罗妮卡交往的那段时光看作是一次彻头彻尾的失败之举——她对我不屑,我深感羞辱——所以把这段时光彻底从我人生的记录中抹去"(76)。对日记内容的期待也让他类似地开始重新审视回忆中与艾德里安相关的片段记忆,也下意识地感到艾德里安的日记会改变他对往事的看法。他做好接受不同事实的准备,"那日记就是证据;它是——它可能是——确凿证据啊。它可能打破记忆单调的重复。它可能会开启一些新的东西——虽说我还不知道那东西会是什么"(84—85)。

也许因为不堪其扰,也许因为她被托尼的坚持所打动,维罗妮卡终于回应了托尼的请求。她首先给托尼寄去一页艾德里安日记影印件,其中内容主要是艾德里安对"责任"问题的一些思考。这页日记在"因而,比如,假使托尼……"处戛然而止,吊足了托尼的胃口。托尼可想而知地更加好奇,他加大了接触维罗妮卡的力度向她提出见面请求。不久,维罗妮卡终于同意与托尼短暂会面。这次会面中两人一见面维罗妮卡显得急躁不耐,匆忙地丢给托尼一份文件后就头也不回地迅速离开。这封文件正是托尼当年得知艾德里安与维罗妮卡恋爱后寄给他们的那封"诅咒信",它的冲击促成了托尼整个少年时代回忆的翻盘。它的出现让托尼三十年后在震撼之余以全新目光开始回头审视年少时的自己,他"想到自己先前的形象:易怒,善妒,邪恶"(107),也真正意识到自己并非从前认定的那般无辜。自此开始他才在记忆叙事中真正开启对少年时期三人相处细节回忆的解构之旅,"生平第一次,我开始对人生——我的全部人生——心怀悔恨:一种介于自我怜悯和自我憎恨之间的感觉。我失去了年轻时代的朋友们。失去了妻子的爱。放弃了曾经的抱负。我一心希望生活不要过多烦扰我,并且最终如愿——可这是多么可怜"(109)。

意识到自己当年犯下的错误后,托尼选择向维罗妮卡正式道歉,希望通过这一姿态得到维罗妮卡的原谅。此时年过六十的他想要在生命终结前"留下那最后的记忆,而且使之成为一段美好的记忆。你想要留个好印象……不要想着我的坏,而要记着我的好啊。告诉大家你喜欢我,你爱我,我不是一个坏蛋"(117)。出于赎罪的心态,他再度要求与维罗妮卡见面并得到首肯。会面时托尼真诚地向维罗妮卡问候了她的家人。也许是受到托尼释放善意的感染,维罗妮卡的态度终于有所缓和,与托尼聊了些自己与父母的生活。她后来的人生过得不大顺遂,她的故事在托尼看来"是一个寻常、伤感——而又太过熟悉——的故事,讲得也很朴实"(122),令他在原本的愧疚上滋生了对维罗妮卡的深深同情。在这两种情感的双重作用发酵下,托尼觉得自己似乎对维罗妮卡旧情重燃。他甚至开始承认维罗妮卡对他"很有吸引力"(102),感受到自己可能还爱着她(111)。此时距两人多年之后的首次碰面并未相隔太久,然而他彼时见到的打扮"老气"、穿着"俗不可耐"而"寒酸"、头发"蓬乱不堪"(100)的维罗妮卡此时一下子就变得"看起来没有那么白发苍苍、衰老憔悴嘛"(126)。他打算对维罗妮卡重新发起追求,以当年两人的旧情发邮件试探,问她:"你觉得当初我爱上你了吗?"维罗妮卡对他的试探斩钉截铁地予以拒绝。而就在维罗妮卡明确拒绝后,此时的托尼仍能自作多情地自我安慰道"她的回复很正常,甚至有点鼓舞人心"(116)。

托尼有关破镜重圆的美梦很快就被打破。当维罗妮卡再度不堪其扰地同意与托尼见面后,上次会面时的些许善意消失无踪。她怒气冲冲地带领托尼看望了艾德里安的智障儿子小艾德里安。不明艾德里安与福特太太偷情真相的托尼先是推测小艾德里安为维罗妮卡与艾德里安之子,这一事实再度给他带来了震撼。他感慨道:"千万别指望你可以这样顺顺利利、舒舒服服、慢慢腾腾地衰亡——生活可比这复杂多了。因为,脑海里会不时地浮现出零零星星的回忆,甚至那些熟悉的记忆也被拆分得支离破碎。"(122)的确在托尼的脑海里,有关维罗妮卡的埋藏于记忆深处的"零零星星的回忆"逐渐浮现。他想起了维罗妮卡父亲并非像他记得的那般鄙视他,相反还曾友好地邀请他喝酒;想起了福特太太对煎破鸡蛋并非毫不在意,而是显得担忧;想起了维罗妮卡送他上楼入睡,并在睡前温柔地安抚他的紧张情绪;还想起了维罗妮卡与他在宿舍里翩翩起舞的美妙场景,她"轻盈起舞"、"身姿曼妙"(124);想起了他俩当年是多么迷恋对方,以及自己在两人关系中的懦弱与胆小(128);想起了两人手牵手坐在敏斯特沃斯河边观看赛文潮的美妙经历(130)。当托尼想起这些事实时,他发现自己对"四十年没见的女朋友念念不忘,兴奋难当"(129)。他认为之所以如此,是因为

> 我那封恶心透顶的信让我深深悔恨。维罗妮卡对她父母去世的描
> 述——是的,甚至是她父亲的去世——深深地触动了我,远非我能想

象。我内心对他们——还有她——滋生了新的同情。后来,不久之后,我开始忆起遗忘了的往事。我不知道对此是否有科学的解释——新情感状态重新打通堵塞的神经通道。(131)

这一过程让他深感茅塞顿开,当"这些新的记忆突然向我袭来时——那一瞬间仿佛时光回转,那一时刻仿佛江川倒流"(133—134)。意识到维罗妮卡生活不易后,托尼在同情之余愈加羞愧,只得放下了与她复合的心思,"在虚荣心作祟下——即使我没有用比这更强烈的措辞——我曾自认为能让维罗妮卡再次喜欢我,自以为这么做很重要"(142)。

在托尼对维罗妮卡充满了同情愧疚的同时,他开始重新审视艾德里安的形象。他质疑艾德里安自杀的动机正当性,批评他将照料智障儿子的重担留给维罗妮卡,认为艾德里安"把自己女朋友肚子搞大,却不敢面对后果,用当时的话说就是选择了'走捷径'……我得给艾德里安重新定位了"(153)。在此基础上他进一步自我反思,"我所有的自我谴责,从来都不过是说说而已,没有带给我什么实际的痛苦"(155)。认识到这一点后,他再度根据更新后的理解真诚给维罗妮卡发了一封道歉邮件。令他挫败的是,维罗妮卡对这封道歉邮件回复道,"你还是什么都没有明白"。托尼对此回复百思不得其解,再次去看望了艾德里安的智障儿子。这次探访让他发现了自己的错误。他终于从护工那里听说原来小艾德里安并不是维罗妮卡与艾德里安之子,且出人意料由维罗妮卡的母亲福特太太与艾德里安所生。这就意味着艾德里安当年在与维罗妮卡交往之后,又与福特太太发生了不伦之恋。面对这一事实的托尼只得感慨"我知道自己现在什么也改变不了,什么也补救不了了"(163)。他也意识到自己此前对真相的猜测一错再错,并受这些错误猜测影响对维罗妮卡与艾德里安这两个曾经生命中的重要他者的态度一变再变。

回顾托尼与维罗妮卡三十年后的交往经历,他对往事真相的发掘就好像布拉斯韦特寻找福楼拜鹦鹉的过程,不断趋近却不可最终掌控真相。托尼在整个言说过程中自接到福特太太的遗嘱开始起,渐渐地走出了自己所说世界的封闭,意识到自己性格的不足,"我们以为自己很有担当,其实我们十分懦弱。我们所谓的务实,充其量不过是逃避,绝非直面"(102)。意识到不足的另一面是他开始渐渐反复言说自己从前的记忆,对之尝试重构,以更加积极的姿态面对记忆中的维罗妮卡与艾德里安。他感慨道:

> 我在脑海中一遍遍循环播放那些我还记得的画面:熟悉的旧景以及最近的新貌。我检视所有的场景,扳着手指反复把玩,看看它们现在是否有了不同的意味。……我尽量做到实事求是。我与维罗妮卡的关系,这多年以来我一贯保持的印象,即是我当时所需要的。那颗年轻的心遭到了背叛,那副年轻的身体被肆意玩弄,那个初出茅庐的青年被屈尊对待。(133)

在托尼的努力下,"新情感状态重新打通堵塞的神经通道。我所能说的就是它确然发生了,而且令我惊讶不已"(131)。他发现他在两人的交往中并非一直如自己单方面回忆的那样受到维罗妮卡屈尊以待。维罗妮卡也极有可能在两人的关系中做出了大量的牺牲与付出。因此两人交往时真正受到更大伤害的可能是维罗妮卡。在意识到自己不足的同时,托尼向自己、维罗妮卡以及他的叙事对象越来越做出袒露自我去言说。

通过对维罗妮卡的言说,托尼渐渐学会不以掌控及同化他者为目的地尊重他者的超越与他异性。托尼反复对维罗妮卡评价为那种"神秘的女人"(84、85、102);维罗妮卡也反复告诉他,"你就是不明白"(110;138、157)。他一再试图了解她,但是也不断地理解错误。于是最终,他放弃了对她的进一步询问与理解,彻底接受了她的他异性。如列维纳斯所言,存在者对他者的追求"不源自需求之缺乏,也不源自美好失落之回忆"(TI,62)。他者始终处于超越存在者的高位,"他者尽管与同者关联,但仍维持其对同者的超越"(TI,39)。他者是自我必须言说的对象,然而这种言说并不以掌握他者为最终目的。在《终结的感觉》中,托尼直至小说终了仍未真正把握与维罗妮卡的相关真相。尽管他看似明白了更多往日事件真相,但事实上维罗妮卡与艾德里安仍为他留下了诸多谜团。例如维罗妮卡始终称托尼还是不明白，究竟意指为何，是托尼不了解艾德里安、福特太太与小艾德里安之间的关系？还是指托尼不了解自己在三人关系中应负的责任？这些问题均尚有解读空间。至于艾德里安在维罗妮卡给托尼的日记页尾写着"如果托尼……"亦始终无解。究竟是希望托尼可以怎样？是否托尼在艾德里安的自杀悲剧中负有责任也难以轻下定论。艾德里安究竟是否因为畏惧丑闻后果而自杀呢？维罗妮卡在带领托尼去看小艾德里安时，为何会对托尼生气呢？却又究竟为何在托尼的第二次见面时又显得和颜悦色？艾德里安日记中对几人关系的描述究竟是什么意思①？在小说结尾时，托尼面对这些谜团决定不再追求掌控有关维罗妮卡与艾德里安的记忆细节真相，他此时放弃了自己的"求知"欲望，接受真相就是难解与未知，接受了"生命就像一条浩大而动荡不安的河流"（163），放弃全知全能的自我中心主义。

类似走出自我的言说也出现在《无所畏惧》中巴恩斯对母亲的记忆叙事中。他同样在对有关母亲段段片段记忆反复重构的同时，渐渐地重塑了她在自己心目中的形象。在巴恩斯的最初回忆中，母亲是家庭生活的绝对权力中心，常给家人带来巨大压迫感。他称自己对母亲的感情是"如果一定非说我喜欢她，那也只能说是厌烦的喜欢"（irritatedly fond of）（13）。在巴恩斯的记忆叙事中曾多次提到母亲对他的评价。第一次提及时他对母亲的话转引道，"我两个儿子写的书啊，一个我读得了但读不懂，另一个我读得懂但读不了"（69）。在这句评价中，前者指的是巴恩斯的哥哥乔纳森②，后者就是指巴恩斯。母亲提出巴恩斯写的书她读得懂，是因为巴恩斯的小说语言行文相较于乔纳森的哲学专著不会太过生涩难懂。但是母亲表示不想去读，这种态度本身就构成了对巴恩斯作品的否定。在转述完母亲评价后，巴恩

---

① 在艾德里安的日记中，他写出了以下公式：$b=s-v^{x}/+a^{1}$ 以及 $a^{2}+v+a^{1}\times s=b$，根据托尼猜测，b 指婴儿（baby），a^{1} 指艾德里安，a^{2} 指托尼的全名安东尼，v 指维罗妮卡，s 指福特夫人萨拉。（94）

② 相较于巴恩斯，乔纳森的职业为哲学教授，专业领域为古希腊哲学。他所著作品多因专业原因显得艰深难懂，故而母亲愿意去读，但是却读不懂。

斯紧接着评论道,"这是母亲对我俩表达赞许的方式"(同上)。结合他此前对母亲的评价,这句话中的"表达赞许"显然是对母亲的反讽与指责。巴恩斯第二次提及母亲"读得懂但读不了"的评价时提供了新的细节,指出母亲这段评价是在承认巴恩斯的书有点儿意思的基础上提出的,她受不了的原因在于其中有污言秽语。因此,她在朋友们面前只展示巴恩斯作品的封面,决不让她们翻开书细读里面的内容。在这第二次叙述中,尽管巴恩斯看似意识到了母亲对他作品的拒绝情有可原,但他又评价"我们两人写的书都不是她想要的"(158),对母亲的怨气仍是跃然纸上。在他的两次描述中,母亲显得性格强势而又不近情理,拒绝认可巴恩斯所取得的成就。

然而,当巴恩斯不久之后在行文中第三次言及母亲对他小说的评价时,他提供了颠覆性细节。他提到在父亲过世后母亲守寡期间,他曾以父母婚姻为原型写过一部短篇小说,自称可能是以稍显夸张的方式为长期以来受到母亲欺压的父亲做了些平反(160)。巴恩斯所提的这部短篇小说名为《水果笼子》("The Fruit Cage"),收录于短篇小说集《柠檬桌子》中。其中的小说主人公称自己的母亲惯于对家里人指手画脚,被父亲称为"政府领导"或"权威人物"(205)。在这部实际出版了的作品中,巴恩斯为父母安排的情节是母亲的强势最终直接导致父亲出轨,而父亲另娶后生活幸福。小说中的儿子说道,"听起来,好像我更偏爱父亲一些。事实上,我无疑将母亲描述成一个精明严厉、缺乏幽默感的人。好吧,说到精明严厉,母亲确实如此。在有些方面,也确实缺乏幽默感"(208)。身为儿子,巴恩斯通过小说如此明显地表达对母亲的负面情绪,还将这些评价写成文字公之于众。这确实让母亲读来深感难堪,也就自然会不愿让朋友细读,于是只能"读得懂但却读不了"了。由此看来,巴恩斯与母亲间紧张的母子关系显然并非只是由母亲性格问题单方面造成,恐怕巴恩斯本人也负有极大责任。在有关这一片段记忆的反复言说中,巴恩斯逐渐意识到了自己对母亲的伤害。于是在类似对与母亲相关片段记忆的重构与解构中,巴恩斯渐渐地走出自己个人记忆的封闭,面对读者毫不留情地坦诚了自己犯下的道德错误。当他尝试从母亲这一他者的角度看待问题时,他便是承担起了面对母亲的言说责任。

列维纳斯称,主体只有承担趋近他者义务时才具备了真正意义的主体性。在此情境下,言说指向的主体观既反对主体的人文主义式坚持,又反对后结构主义式对主体与责任的瓦解。如列维纳斯所称,主体性的构成必须"通过接近在言语中展示主体的暴露与疏离"(disposing and desituating),这种暴露与疏离"同时却又保留了它的不可替代的独特性"(*OB*,47—48),这便是主体身份的意义。美国戏作家贝娄(Saul Bellow)曾借小说人物记忆大师提出著名论断"生命在于记忆"(memory is life)(2)。马尔克斯在《百年孤独》中更是形容了一种可怕的失眠症,它使人"失去记忆","最后会认不出人,甚至失去自我意识,变成一个没有过去的白痴"(32—33)。巴恩斯也持有类似观点,"你所记得的事情定义了你,当你无法记得,你的生命就停止了,即便你尚未死去"(*NF*,138),他曾通过小说中失忆者的经历阐明这一观点。在短篇小说"食欲"中,他就描绘了一个年轻时"总是举止得体"、"堪称见多识广的绅士"(*LT*,184)的牙医如何变得"没有羞耻"(188),成为"淘气的七十五岁老头"(196)。换言之,对巴恩斯而言,记忆之所以重要不在于记忆现象本身,而在于记忆对于记忆人的意义。巴恩斯反复强调,"记忆就是身份,我告诉自己,记忆就身份"(*NF*,139),因此他才力图描绘出"相信真相的人的本质,他们坚持信念的方式,以及不同叙事版本间过渡区域的质地"(*NF*,234)。这就是将记忆视为一种认知建构行为,是记忆人在不同版本的叙事之间,在不同记忆储存与提取方式之间进行选择,包括了他们对诸多片段记忆的筛选、建构与重构。巴恩斯揭示建构过程中的认知谬误与记忆者的不可靠叙事,同时也肯定了记忆者对自身认知谬误与不可靠叙事的意识,肯定了这种言说的方式。

总结巴恩斯笔下片段记忆书写中的言说,可以看到其中包括两个相逆进程。巴恩斯首先通过揭示认知谬误呈现记忆人叙事的不可靠性,从而达到打破个体回忆总体的碎片化目的,将言说从所说的控制中解放出来。其次,记忆的反复再编码与建构过程构成了言说。在言说中记忆人得以不断趋近记忆中的他者,履行朝向他者的责任。结合心理学、叙事学以及其他人文科学的跨学科研究视角可以发现,巴恩斯的片段记忆书写以文学的语言勾勒出了认知科学领域研究所总结的记忆模型,强调了记忆的主观建构本质。如夏克特所称,"艺术家们能够相当有效地把记忆的某些个人的和体验的方面表达出来,而这些方面用语言是难以表达的。虽然科学是研究记忆机制的最有效的方法,但艺术却最能表现记忆在日常生活中的影响"(2010,12)。在巴恩斯本人的表述中,他称自己相信记忆者对往事的记忆片段中饱含"想象的真实"。这一提法中"想象"暗示主体对记忆的主观建构,似乎真实是想象而非真正的真实。通过挖掘记忆者回忆中的那些"想象的真实",巴恩斯将个体的完整回忆还原为碎片式的片段记忆原貌。然而"想象的真实"还可被理解为"想象"自身就包括"真实"的维度,这便是巴恩斯在不断解构记忆所说内容的同时,也以裸露自我的方式面向他者不断言说,从而履行朝向他者的积极伦理姿态。

结　语

　　本研究选取巴恩斯早期、中期与近期创作生涯的六部代表作品进行细读，着重考察其中的碎片化书写现象。在巴恩斯的笔下，碎片化书写既是叙事的形式特征，亦是叙事的内容特性。在巴恩斯围绕历史、英国性与记忆这三个主题所做的碎片化书写中，他颠覆与建构了这些主题叙事的总体性，从而表达他对后现代情境下西方社会人类生存境况的理解。当西方社会进入后现代时期之后，经过战争与解构思潮的冲击和洗礼，碎片与总体之间破镜难圆的境况已基本成为共识。面对这一状况，欣然接受者有之，彷徨失措者有之。而巴恩斯的应对方式则带有复杂的悖论色彩。他一方面细致描绘了碎片化运动解构一切之后总体不复存在的破碎局面，另一方面也借由笔下的人物积极寻求面向他者的伦理式超越与突破之道。

　　本研究对巴恩斯作品碎片化书写解构与伦理维度的分析从三个角度展开，分别细析了蕴含于文本中的三种碎片化书写的方式。尽管论述这三个角度的侧重点各有不同，但是这些叙事手段、解构的对象与伦理维度之间实际上不可截然分割，它们之间互有关联且往往是一个概念的三位一体。拼贴、清单与片段书写均不只出现于巴恩斯某一阶段的作品中。拼贴是对碎片加以组织的方式，清单是碎片勉强黏合之后形成的总体，而片段则是聚焦于碎片的本身。因此，以《福楼拜的鹦鹉》中的"动物寓言故事"集为例，其叙事手法既可被视为对不同元素的拼贴，也可被视为一张清单，与小说其他部分的叙事之间出现了明显的割裂，又可单独被视为片段书写。在解构的三个主题对象中，历史是多个国家民族历史的叠加，是更为广泛的空间范围内的记忆;国族是部分空间区域的历史,也是身处于该区域的具名的集体记忆叠加;而记忆则可以被视为个体化了的历史。至于他者之脸、欲望与言说这三个对列维纳斯他者伦理的理解维度,则分别代表了他者的出场方式、他者对自我所带来的不可抗拒的伦理责任以及自我向他者履责的具体方式。

巴恩斯称小说是真实的谎言,他是深受现代主义影响的后现代主义作家,他对世界持有乐观的悲观态度,他还是一个拥有不变关注的变色龙作家。在围绕巴恩斯及其作品的多组表层悖论之后,是解构与伦理这对深层的本质性关系。对巴恩斯碎片化书写的分析,力图揭示的就是这样一个解构与伦理并行不悖的情形。在小说理论家哈琴看来,悖论(paradox)恰是理解后现代情境的关键,是她所倡导的后现代诗学主导式结构。对悖论结构的认可令人们得以拒绝"不是/就是"(either/or)的二元对立思维模式,转而拥抱"皆是"(both/and)与"均非"(neither/nor)的多元化阐释可能。面对相对立的概念与理解,后现代情境可以允许同时接受,或同时否定,未见得必须非此即彼。在哈琴看来,后现代就是"一个自相矛盾的现象,它使用也滥用,建构后而颠覆它自身所质疑的概念,这发生在任何领域,包括建筑、文学、绘画、雕塑、电影、视频、舞蹈、电视、音乐、哲学、美学理论、心理分析、语言学或历史研究等"(3)。伦理与解构这两个看似相悖的概念以"皆是"与"均非"的方式并存。看似违背逻辑,实则合乎情理,这样并行不悖的结构充斥于后现代理论话语。后现代多种理论在解构之余总难免有所建构,于是形成了诸多悖论般的文字游戏,例如"利奥塔著名的阐述后现代不再相信元叙事的元叙事理论中的悖谬或讽刺",以及"福柯早期反总体认知论的总体性论述"(20)。不仅是哈琴,耶鲁学派的解构主义干将米勒也对类似的悖论并存结构①有所论述,它是对后现代情境多元化特征与流动性的一种描绘方式。

---

① 米勒在观察小说中同质重复与异质重复现象时论证到,这两种形式的重复在小说中可能同时出现,他评价道,"尽管一种形式瓦解另一种形式,但不能取此舍彼,从这一角度看,一个文本和另一个文本间的差异在于两种重复现象的缠结交叉有着种种不同的形式"(1982,19)。这种情形就如同哈琴所分析的,不是"不是/就是"(either/or)的问题,而是"既不/又不"(neither/nor)和"既/又"(both/and)被勉强扭合在一起。

　　将解构与伦理这对巴恩斯作品中本质关系视为基础,就不难理解与他相关的几组显性悖论。针对真实与谎言这对悖论,巴恩斯提出他认为小说创作是说出真实的谎言,这一谎言相较于现实可以说出更多的真相。小说本就是虚构的文本形式,其本质便是谎言。巴恩斯以虚构的方式戏仿了存在于现实之中的历史、民族性以及个体叙事,通过戏仿形成的超文本揭示了戏仿源文本中的人为建构乃至虚构成分。在传统观念中,历史、民族性以及记忆对真实再现的能力毋庸置疑,而巴恩斯的解构将这些客观真相与主观真相之间的界限抹去,祛除了这些主题中真相本质存在的迷思。以历史与小说的分界为例,传统认为历史书写理当忠实再现历史事件,而小说则虚构真相。在《福楼拜的鹦鹉》与《10½章世界史》中,巴恩斯的真实的谎言所道出的就是历史与小说并无真实与虚构的分别,两者都是编造的产物。

　　针对多变与不变这组悖论,巴恩斯的作品乍看之下叙事形式繁多、风格不定、主题多变,评论家赋予他的"变色龙"称号并非谬谈。他时而以极端的实验精神摒弃小说的统一叙事者(如《福楼拜的鹦鹉》),时而以现实主义手法呈现一个相对传统的历史小说(如《亚瑟与乔治》),时而将历史中的被边缘化的故事充分前景化(如《10½章世界史》),时而构想与虚构一个未来的主题公园国家(如《英格兰,英格兰》)。除了巴恩斯自身年岁渐长关注焦点有所转移外,在他的作品中还不难发现所处时代思想文化环境变化的影响。他作品多变的主题吸收的是 20 世纪 80 年代对历史的新式历史主义观,90年代起越来越被广泛讨论的英国性危机,以及跨入新世纪后个体生命叙事的盛行。所有这些因素相叠加促成了巴恩斯作品的多元化表征。然而多变之余,巴恩斯所探索与表达的深层哲思从未产生变化。巴恩斯始终致力于解构那些建构主体身份的固化要素,如历史书写、英国性书写与记忆书写中的解构均是服务于这一目的。"历史之于社会,正如记忆之于个人",两者同样能够帮助主体建立认同感,就这点而言它就是记忆。巴恩斯的不变在于他不断尝试从各个角度描绘出同样的后现代意义崩塌,并始终坚持一面描绘碎片遍地的境况,一面积极在多种解构中寻求超越性绝对他者,践行朝向他者的姿态。如他对自己的创作动机所坦诚的那样,他的创作源于他的"痒处",而这些痒处从未发生改变(见 Pateman,8)。

有关巴恩斯的第三个悖论是后现代主义小说家与现代主义小说家的定位问题。如果仅从时间上看,巴恩斯毫无疑问属于后现代时期的作家。然而"后现代"这一名词从字面上就具备了与"现代"之间藕断丝连的关系。从字面上也可看出,"后"(post)表示了时间的先后关系。诚然,在巴恩斯的创作生涯开始之前西方文化已经跨入后现代时期。然而判断他的作品是否具有后现代性特征则取决于对"后现代性"这一概念的理解。"后"这个前缀所表达的就是一种既反对现代主义的种种信念,但又不得不仰仗现代主义进行自我定义的矛盾。迄今为止,学界在后现代性与现代性之间应当如何区分这一问题上仍然争论不休,尤其"后"是否意味了割裂,构成了这一问题两大派别的争论焦点所在。认为后现代是一种断裂的观点如詹姆逊与利奥塔等人,他们普遍认为两个时代具有本质迥异的时代精神。而另一派则以哈贝马斯为代表,认为后现代主义本质上仍是对现代主义的一种延续。它可能对现代主义发起了挑战与质疑,但难以真正地与现代主义分割开来。具体至巴恩斯的作品,它们是后现代主义的,因为作者着眼的是后现代当下的境况,但也是现代主义的,因为他不满足于批判与游戏的后现代式解构,而是不断地寻求超越。他的超越之路以伦理的方式展开,这就使得他的关注焦点又重新回到人际关系之中。在列维纳斯他者伦理思想的观照下可以发现,巴恩斯将对现实的反思视域又从海德格尔的"存在"回归到"存在者"一端。然而这种对存在者的回归实际超越前现代主义时期以"存在者"为中心的本体论思想,因为他者的超越性存在使得人们再难以满足于以同一性与总体性为特征的单一存在者世界。也许这也就是小说家欧茨(Joyce Oates)将巴恩斯称为"属于前—后—现代类别的一个本质上的人文主义"的原因(see Moseley,124)。

最后,巴恩斯称自己为乐观的悲观主义者,这一评价中悲观显然是基调性的态度。巴恩斯在写作生涯初期就曾反复提及人类生活的虚无与向死而生状态让他深感焦虑。他的悲观就在于面对当下,他发现难以逃避后现代意义消解后的相对主义虚空。但在这一基调上,他笔下主人公的伦理超越姿态则是他的乐观之所在,构成了他面向未来、面向高度的希望依托。无论是《福楼拜的鹦鹉》中的布拉斯韦特、《10½章世界史》"插曲"章中的叙事者、《英格兰,英格兰》中的玛莎、《亚瑟与乔治》中的亚瑟、《无所畏惧》中的他本人,还是《终结的感觉》中的托尼,均不同程度承载了他本人身上的乐观的悲观主义者特质。可以说,解构的认知导致他的悲观主义者定性,对伦理的履责形成了他的乐观希冀。

还需说明的是,在巴恩斯的碎片化书写中解构与伦理的悖论式并存传达了巴恩斯对后现代境况的应对之策。作为传统哲学分支的伦理学往往致力于维系具有同一与总体特征的社会组织和意识形态,因此它与解构总显得大相径庭。本研究对伦理的使用是将其视为列维纳斯意义中的形而上学伦理。如此一来,这种于抽象层面描述自我与他者普遍关系的伦理就具备了打破总体,寻求总体之外他者的意蕴,也就可能与解构并行不悖。目前在西方理论界渐渐出现了"解构伦理"的提法。这一说法将解构与伦理视为同时运作的两个过程,只关注了解构之中的伦理,而并未为解构之后的伦理留下阐释空间,因此并不适合直接将"解构伦理"用于理解巴恩斯的作品。如果仔细考察巴恩斯的所有作品,可以发现在所有这些小说中,都可以看到他在解构与伦理这两个要素之间做出的小心翼翼的权衡。他最为受到肯定的成名作《福楼拜的鹦鹉》以及曼布克奖获奖之作《终结的感觉》均较好地做到了将伦理融合于解构之中。必须说明的是,巴恩斯的小说并非全部达成解构与伦理的并存状态。事实上,在《福楼拜的鹦鹉》《10½章世界史》《无所畏惧》与《终结的感觉》中,解构与伦理均得到了有机结合。这几部作品中的叙事者均既是解构的实施主体,亦在解构之时同时实现了超越性的朝向他者的责任。而在巴恩斯中期的两部作品《英格兰,英格兰》与《亚瑟与乔治》中,主体的解构行为与伦理履责行为之间稍稍出现了断层,解构与伦理这两个要素并行却并未彻底相融。《英格兰,英格兰》中虚构的仿真拟像世界与玛莎本人的渴求之间并无明显连接,而《亚瑟与乔治》中的柯南·道尔的侦探行径与他的超验通灵术追求间似乎也是遵循了不同的行为逻辑。这两人在公共领域和私人领域均仿佛判若两人。也许正是因此,巴恩斯这两部小说的人物塑造均受到了质疑。

　　本研究选取巴恩斯的代表性作品通过对巴恩斯小说碎片化书写进行考察,揭露他小说中解构与伦理并存的悖论式本质结构,最终解释对围绕作家与作品诸多悖论特质的成因,在承接现有研究的基础上进一步推动巴恩斯作品研究的深入。具体而言,本书的研究意义和创新之处主要体现在以下几个方面。首先,碎片化书写作为巴恩斯作品在形式与内容上的显著特征,在现有的研究中并未得到足够关注,更未受到系统研究。对巴恩斯作品碎片化书写的总结与分析证明,这一特征可以成为深入了解巴恩斯作品的又一切入点。其次,以往的巴恩斯研究往往对他的解构倾向多有论述,而巴恩斯解构倾向之余积极伦理面向的提出则多层面地呈现出一个当代作家在面对后现代情境种种消极因素之后的积极人文关怀。再次,将列维纳斯的他者伦理哲学思想与后现代解构主义文化理论结合,可形成跨学科研究视角,构成对全新阐释视角的尝试。

　　在后续的巴恩斯研究中,尚有一些议题值得延伸探讨。其中,较有意义的包括巴恩斯作品的时间性问题以及解构伦理视角的运用与推广。在巴恩斯对所有主题的碎片化书写中,均可以发现"过去的在场"以横亘性姿态出现。巴恩斯在对过去、现在与未来三个向度时间的处理中,往往是立于当下放眼眺望,却发现前无本质真相、后无明确目的,只有伦理式追求构成了一片可能但并不确实的可能方向。在巴恩斯最新作品《穿红大氅的男子》与《伊丽莎白·芬奇》中,时间问题更是得到了充分的前景化。据笔者初步观察,巴恩斯的时间哲学观游移于黑格尔式的线性进步时间、希罗多德式的混沌循环时间与詹姆逊的扁平点状时间①之间,但具体文本实践仍有待系统性研究。除时间性问题外,解构与伦理的悖论作为一种阐释视角还可能以更

---

　　① 詹姆逊曾评价道,在后现代时期,空间性的拓展与横亘构成了对时间性的实质性挤压,使时间沦为扁平态。有鉴于此,后现代文化学者福山(Francis Fukuyama)所提的著名历史终结论断(end of history),也可被视为时间扁平化效应的体现。

广泛的方式被运用于更多作品的解读之中。如巴恩斯作品的碎片化书写所
展现的那样，解构与伦理可以以解构即伦理的方式存在，也可以以解构之余
追求伦理的方式存在。在伦理转向大行其道的当下，不少作家均在探索伦
理在解释后现代解构废墟时的潜力，解构伦理可以也应当成为一个值得完
善的理论视角。

参考文献

巴恩斯作品

Barnes，Julian. *Metroland*. 1980；London：Robin Clark，1981.

——.*Before She Met Me*. 1982；London：Picador，1986.

——.*Flaubert's Parrot*. 1984；London：Picador，1985.

——.*Staring at the Sun*. 1986；New York：Harper & Row，1988.

——. *A History of the World in 10½ Chapters*. London：Jonathan Cape，1989.

——.*Cross Channel*. 1995；London：Picador，1996.

——.*Talking it Over*. 1991；London：Picador，1992.

——.*The Porcupine*. 1992；London：Picador，1993.

——.*Letters from London：1990-1995*. London：Picador，1995.

——.*England，England*. London：Jonathan Cape，1998.

——.*Love，etc*. London：Jonathan Cape，2000.

——.*Something to Declare*. London：Picador，2002.

——. "Introduction" to Alphonse Daudet, *In the Land of Pain*. Translated and annotated by Julian Barnes. 2004；London：

Picador，2005.

——.*Pedant in the Kitchen*. 2003；London：Atlantic，2004.

——.*The Lemon Table*. 2004；London：Picador，2005.

——.*Arthur & George*. London：Jonathan Cape，2005.

——.*Nothing to Be Frightened of*. London：Jonathan Cape，2008.

——.*The Sense of an Ending*. London：Jonathan Cape，2011.

——.*Pulse*. London：Jonathan Cape，2011.

——.*Through the Window*. London：Jonathan Cape，2012.

——.*Levels of Life*. London：Jonathan Cape，2013.

——. *Keeping an Eye Open*：*Essays on Art*. London：Jonathan Cape，2015.

——.*The Noise of Time*. London：Jonathan Cape，2016.

——.*The Only Story*. London：Jonathan Cape，2018.

——.*The Man in the Red Coat*. London：Jonathan Cape，2019.

——.*Elizabeth Finch*. London：Jonathan Cape，2022.

巴恩斯作品中译本

朱利安·巴恩斯：《$10\frac{1}{2}$卷人的历史》，林本椿、宋东升译，南京：译林出版社，2002 年。

——.《亚瑟与乔治》，蒯乐昊、张蕾芳译，北京：人民文学出版社，2007 年。

——.《福楼拜的鹦鹉》，石雅芳译，南京：译林出版社，2010 年。

——.《终结的感觉》，郭国良译，南京：译林出版社，2012 年。

——.《柠檬桌子》，郭国良译，南京：译林出版社，2012 年。

——.《$10\frac{1}{2}$章世界史》，林本椿、宋东升译，南京：译林出版社，2010 年。

——.《英格兰，英格兰》，马红旗译，南京：译林出版社，2015 年。

——.《脉搏》，郭国良译，南京：译林出版社，2015 年。

——.《凝视太阳》,丁林鹏译,北京:外语教学与研究出版社,2018 年。

——.《她过去的爱情》,郭国良译,上海:文汇出版社,2018 年。

——.《时间的噪音》,严蓓雯译,南京:译林出版社,2018 年。

——.《另眼看艺术》,陈星译,南京:译林出版社,2018 年。

——.《爱,或是其他》,郭国良译,南京:译林出版社,2018 年。

——.《生命的层级》,郭国良译,南京:译林出版社,2019 年。

——.《没什么好怕的》,郭国良译,南京:译林出版社,2019 年。

——.《尚待商榷的爱情》,陆汉臻译,上海:文汇出版社,2020 年。

——.《伦敦郊区》,轶群、安妮译,北京:外语教学与研究出版社,2020 年。

——.《透过窗户》,郭国良译,南京:译林出版社,2021 年。

其他引用文献

Amalaveenus, Allwyn. F. "Religious Faith Destroyed by Advancements in Science: Representation of the Sciences in Julian Barnes' Fiction." *Journal of Language and Linguistic Studies*, 17 (3), 1813-1818, 2022.

Auden, W. H. "The Guilty Vicarage." in *The Dyer's Hand and Other Essays*. London: Faber, 1948.

Bartlett, Frederic C. *Remembering: A Study in Experimental and Social Psychology*. Cambridge: Cambridge University Press, 1932.

Baudrillard, Jean. *Simulacra and Simulation*. trans. S. F. Glaser and Ann Arbor. MI: University of MichiganPress, 1994 [1981].

Belknap. Robert E. *The List: The Uses and Pleasures of Cataloguing*. New Haven and London: Yale University Press, 1996.

Bellow, Saul. *The Bellarosa Connection*. Charlotte, NC: Baker & Taylor, 1989.

Benjamin, Walter. *The Origin of German Tragic Drama*. trans. John Osborne. London & New York: Verso, 1998 [1925].

——. *The Arcades Project* (third edition). trans. Howard Eiland et al. New York: Belknap Press, 2002 [1940].

Bentley, Nick. "Re-writing Englishness: Imagining the Nation in Julian Barnes's *England*, *England* and Zadie Smith's *White Teeth*." *Textual Practice*, 21 (3), 2007.

Berlatsky, Eric. "'Madame Bovary, c'est moi!': Julian Barnes's Flaubert's Parrot and Sexual 'Perversion'." *Twentieth-Century Literature*, 55 (2), 2009.

Betjeman, John. *Coming Home*, BBC Home Service, 25 February 1943.

Booth, Wayne. *The Rhetoric of Fiction*. Chicago: University of Chicago Press, 1961.

Bradbury, Malcolm. *The Modern British Novel*. London: Penguin, 1994.

Bradford, Richard. "Julian Barnes's *England*, *England* and Englishness." *Julian Barnes—Contemporary Critical Perspectives*. ed. Groes, Sebastian and Peter Childs. London: Continuum, 2011.

Buxton, Jackie. "Julian Barnes's Theses on History (in 10½ Chapters)." *Contemporary Literature*, 41 (1), 2000.

Candel, Daniel. "Julian Barnes's *A History of Science in 10 ½ Chapters*." *English Studies*, vol. 3, 2001.

Caruth, Cathy. *Unclaimed Experience: Trauma, Narrative, History*. Baltimore: University of California Press, 2004.

Chatman, Seymour. *Story and Discourse: Narrative Structure and Film*. Ithaca and London: Cornell University Press, 1978.

Childs, Peter. "Beneath a Bombers' Moon: Barnes and Belief." *American, British and Canadian Studies*, vol. 2, 2009.

——. *Julian Barnes*（*Contemporary British Novelists*）. Manchester：Manchester University Press，2011.

Cohen，Richard A. ed. *Face to Face with Levinas*. New York：State University of New York Press，1986.

Colls，Robert and Philip Dodd，eds.，*Englishness，Politics and Culture 1880-1920*. London：Croom Helm，1986.

Cox，Emma. "'Abstain，and Hide Your Life'：The Hidden Narrator of Flaubert's Parrot."*Critique：Studies in Contemporary Fiction*，46（1），2010.

Critchley，Simon.*The Ethics of Deconstruction：Derrida and Levinas*. Edinburgh：Edinburgh University Press，1992.

——.ed. *The Cambridge Companion to Levinas*. Cambridge：Cambridge University Press，2002.

Cullum，Charles. "'Parrots，Oh My！'：Lacanian Paranoia and Obsession in Three Postmodern Novels Kutztown." *Critique*，52（1），2010.

Davis，Colin. *Levinas：An Introduction*. Notre Dame，Indiana：University of Notre Dame Press，1996.

De Beauvoir，Simone de.*The Second Sex*. trans. H. M. Parshley，New York：Vintage Books，1953［1952］.

Deleuze，Gilles and Felix Guattari.*A Thousand Plateaus：Capitalism and Schizophrenia*. trans. Brian Massumi. Minneapolis：University of Minnesota Press，1987.

Derrida，Jacques. "Violence and Metaphysics." *Writing and Difference：An Essay on the Thought of Emmanuel Levinas*.trans. Alan Bass. London：Routledge，1978.

Eco，Umberto. *The Infinity of Lists*. trans. Alastair McEwen. New York：Rizzoli，2009.

Featherstone，Simon.*Englishness：Twentieth-Century Popular Culture and the Forming of English Identity*. Edinburgh: Edinburgh University Press, 2009.

Fenton, James. "A Novelist with an Experiment: Discuss." *The Times*, 61953. 4th October 1984.

Finney, Brian. *English Fiction Since 1984—Narrating a Nation*. New York: Palgrave Macmillan, 2006.

Foucault, Michel. *The Order of Things: An Archaeology of the Human Sciences*. New York: Pantheon Books, 1970 [1966].

Freud, Sigmund. *Screen Memories*. London: The Hogarth Press. 1899.

Fowles, John. "On Being English, but Not British." *Texas Quarterly*, Ⅶ (3), 1964.

Genette, Gérard. *Palimpsestes: La Littérature au Second Degré*. Paris: Éditions duSeuil, 1982.

——. *Narrative Discourse*. trans. Jane E. Lewin. Ithaca: Cornell University Press, 1988.

Goode, Mike. "Knowing Seizures: Julian Barnes, Jean-Paul Sartre, and the Erotics of the Postmodern Condition." *Textual Practice*, 19 (1), 2005.

Groes, Sebastian and Peter Childs, ed. *Julian Barnes (Contemporary Critical Perspectives)*. London: Continuum, 2011.

Guignery, Vanessa. *Fiction of Julian Barnes: A Reader's Guide to Essential Criticism*. Hampshire: Palgrave Macmillan, 2006.

——, ed. *Worlds within Words: Twenty-first Century Visions on the Work of Julian Barnes. Special Issue*. American, British and Canadian Studies. Sibiu: Lucian Blaga University Press, 2009.

Guignery, Vanessa and Ryan Roberts. *Conversations with Julian Barnes*. Jackson: University Press of Mississippi, 2009.

Head, Dominique. *The Cambridge Introduction to Modern British*

Fiction，*1950 - 2000*. Cambridge：Cambridge University Press，2002.

Hodgson,John A. ed. *Arthur Conan Doyle. Sherlock Holmes：The Major Storieswith Contemporary Critical Essays*. Boston and New York：Bedford Books，1994.

Holmes，Frederick M. *Julian Barnes（New British Fiction）*. Hampshire：Palgrave Macmillan，2008.

——."Divided Narratives，Unreliable Narrators，and *The Sense of an Ending*：Julian Barnes，Frank Kermode，and Ford Madox Ford." *Papers on Language and Literature*，51（1），2015.

Holquist，Michael. "Whodunit and Other Questions：Metaphysical Detective Stories in Post War Fiction." *New Literary History*，3（1），1971.

Hutcheon，Linda. *A Poetics of Postmodernism：History，Theory and Fiction*. New York and London：Routledge，1988.

Hulbert,Ann. "The Meaning of Meaning." *New Republic*，11 May，1987.

Johnston，Georgia. "Textualizing Ellen：The Patriarchal 'I' of *FP*."*Philological Papers*，vol. 46，2000.

Kermode，Frank. "Novel and Narrative." *Theories of the Novel：New Essays*. ed. John Halperin. New York：Oxford University Press，1974.

Kumar，Krishan.*The Making of English National Identity*. Cambridge：Cambridge University Press，2003.

Langford，Paul.*Englishness Identified：Manners and Character 1650 - 1850*. Oxford：Oxford University Press，2000.

Lawson，Mark. "A Short History of Julian Barnes."*Independent Magazine*，13th July 1991.

Levinas，Emmanuel. *Existence and Existents*. trans. Alphonso Lingis. The Hague：Martinus Nijhoff，1978［1947］.

——.*Time and the Other*. trans. Richard A. Cohen. Pittsburgh：Duquesne-

University Press, 1988 [1947].

- —. *Totality and Infinity*. trans. Alphonso Lingis. The Hague: Martinus Nijhoff Publishers, 1979 [1961].

——. *Otherwise than Being: or, Beyond Essence*. trans. Richard. A. Cohen. Pittsburg: Duquensne University Press, 1985 [1971].

——. *Ethics and Infinity, Conversations with Philippe Nemo*. trans. Richard A. Cohen, Pittsburgh: DuquesneUniversity Press, 1985 [1982].

Liewelyn, John. *Emmanuel Levinas: The Genealogy of Ethics*. London: Routledge, 1995.

Luckhurst, Roger. *The Trauma Question*. London: Routledge, 2008.

Lyotard, Jean-Francois. *The Postmodern Condition: A Report on Knowledge*. trans. Geoff Bennington and Brain Massumi. Minneapolis: University of Minnesota Press, 1979.

Matthews, Eric. *Twentieth-Century French Philosophy*. Oxford: Oxford University Press, 1996.

Midgley, Mary. *Animals and Why They Matter: A Journey Around the Species Barrier*. University of Georgia Press, 1983.

Miller, J. Hillis. *The Ethics of Reading: Kant, de Man, Eliot, Trollope, James, and Benjamin*. New York: Columbia University Press, 1987.

Miracky, James J. "Replicating a Dinosaur: Authenticity Run Amok in the 'Theme Parking' of Michael Crichton's *Jurassic Park* and Julian Barnes's *England, England*." *Critique*, 45 (2), 2010.

Montrose, Loius in Vesser, H. Abram, ed. *The New Historicism*. New York: Routledge, 1989.

Moseley, Merritt. *Understanding Julian Barnes*. Columbia: University of South Carolina Press, 1997.

Newton, Adam Zachary. *Narrative Ethics*. Cambridge, Massachusetts: Harvard University Press, 1997.

Nixon, Robert. "Brief Encounters." *Village Voice Literary Supplement*, 80. 7th November 1989.

Oates, Joyce Carol. "But Noah Was Not a NiceMan." *New York Times Book Review*, 1st October 1989.

Orwell, George. "The Lion and the Unicorn." *The Orwell Reader: Fiction, Essays and Reportage*. San Diego, New York and London: Harcourt Brace, 1984.

Pateman, Matthew. *Julian Barnes—Writers and Their Work*. Devon: Northcote House Publishers Ltd, 2002.

Paul, Robert S. *Sherlock Holmes: Detective Fiction, Popular Theology, and Society*. Carbondale: Southern Illinois University Press, 1991.

Paxman, Jeremy. *The English: A Portrait of a People*. London: Michael Joseph, 1998.

Phelan, James. *Living to Tell about It*. Ithaca and London: Cornell University Press, 2005.

——. "Estranging Unreliability, Bonding Unreliability, and the Ethics of Lolita." *Narrative*, 2007, 15 (2).

Piccolo, Samuel. "Petites Histories, Meta-perspective: Meaning and Narrative in Julian Barnes." *Papers on Language and Literature*, 2021, 57 (3).

Regan, Tom. *The Case for Animal Rights*. Berkeley and Los Angeles, California: University of California Press, 1983.

Richardson, Brian. "Denarration in Fiction: Erasing the Story in Beckett and Others." *Narrative*, vol. 9, 2001.

Rubinson, Gregory J. "History's Genres: Julian Barnes's 'A History of the World in 10 ½ Chapters'." *Modern Language Studies*, 30

(2)，2000.

Rushdie, Salman. *Imaginary Homelands: Essays and Criticism, 1981-1991*. London: Granta Books, 1991.

——. *The Satanic Verses*. Delaware: The Consortium,1992.

Scott, James B. "Parrot as Paradigms: Infinite Deferral of Meaning in FP." *ARIEL*, 21 (3), 1990.

Seldon, Anthony. *Major: A Political Life*. London: Weidenfeld & Nicolson, 1997.

Sesto,Bruce. *Language, History, and Metanarrative in the Fiction of Julian Barnes*. New York: Peter Lang, 2001.

Sexton, David. "Still Parroting on about God." *Sunday Telegraph*, 1463. 11^(th) June 1989.

Singh, M. S. and Xavier Pradheep. "The Interplay between Eros and Thanatos in Julian Barnes' *The Sense of an Ending*." *History Research Journal*, 5(4), 2019.

Smith, Adam."Julian Barnes."*Publisher Weekly*, 236, 3 November 1989.

Stout, Mira."Chameleon Novelist."*New York Times Magazine*, 22 November 1992.

Stowe, William W. *The Poetics of Murder: Detective Fiction and Literary Theory*. New York: Harcourt Brace Jovanovich, 1983.

Stuart, Alexander. "A Talk with Julian Barnes." *Los Angeles Times Book Review*,15^(th) October 1989.

Swope, Richard. "Approaching the Threshold(s) in Postmodern Detective Fiction: Hawthorn's 'Wakefield' and Other Missing Persons." *Critique*, 39 (3), 1998.

Taylor, D. J. "A Newfangled and Funny Romp." *Spectator*, 262. 24^(th) June 1989.

Taylor, Paul. *Respect for Nature: A Theory of Environmental Ethics*

(*Studies in Moral，Political，and Legal Philosophy*). Princeton：Princeton University Press，2011.

Theunissen，Michael. *The Other*：*Studies in the Social Ontology of Husserl，Heidegger，Sartre，and Buber*. trans Christopher MaCann. Cambridge，Massachusetts：MIT University Press，1984.

Thompson，Harry，F. "Histories and Difference：Foucault and the Late Twentieth-Century British Novel." Diss. University of South Dakota，2000.

Todorov，Tzvetan. *The Poetics of Prose*. trans. R. Howard. Oxford：Basil Blackwell，1977.

Tulving，Endel. "Episodic and Semantic Memory." *Organization of Memory*. New York：Academic Press，1972.

——. *Elements of Episodic Memory*. Oxford：Oxford University Press，1983.

Wilson，Keith. "'Why aren't the books enough?'：Authorial Pursuit in Julian Barnes's *Flaubert's Parrot* and *A History of the World in 10 ½ Chapters*." *Critique*，47(4)，2006.

阿瑟·柯南道尔：《福尔摩斯探案全集（上、中、下）》，胡中迅等译，北京：朝华出版社，2004 年。

埃里克·霍布斯鲍姆：《民族与民族主义》，李金梅译，上海：上海人民出版社，2006 年。

巴门尼德：《巴门尼德著作残篇》，李静滢译，桂林：广西师范大学出版社，2011 年。

巴塔耶：《黑格尔，死亡与献祭》，见汪民安编《色情、耗费与普遍经济——乔治·巴塔耶文献》，长春：吉林人民出版社，2003 年。

柏拉图：《柏拉图全集》，王晓朝译，北京：人民出版社，2003 年。

鲍德里亚·[布希亚]:《物体系》,林志明译,上海:上海人民出版社,2001年。

——:《象征交换与死亡》(1976),车槿山译,南京:译林出版社,2006年。

——:《消费社会》,刘成富、全志钢译,南京:南京大学出版社,2000年。

本尼迪克特·安德森:《想象的共同体:民族主义的起源与散布》,吴叡人译,
　　上海:上海人民出版社,2011年。

本雅明:《单行道》(1928),王涌译,南京:译林出版社,2012年。

彼得·辛格:《动物解放》,祖诉宪译,青岛:青岛出版社,2003年。

波德莱尔:《现代生活的画家》,郭宏安译,杭州:浙江文艺出版社,2007年。

博尔赫斯:《探讨别集》,王永年、黄锦炎译,上海:上海译文出版社,2015年。

程良友:《论拼贴式后现代主义的创作核心》,《安阳师范学院学报》,2007年
　　第3期。

戴维·弗里斯比:《现代性的碎片——齐美尔、克拉考尔和本雅明作品中的
　　现代性理论》,卢晖临、周怡、李林艳译,北京:商务印书馆,2013年。

丹尼尔·夏克特:——《记忆的七宗罪》,李安龙译,北京:中国社会科学出版
　　社,2003年。

丹尼尔·夏克特:《找寻逝去的自我——大脑、心灵和往事的记忆》,高申春
　　译,长春:吉林人民出版社,2010年。

弗·迪伦马特:《法官和他的刽子手》,张佩芬、高剑秋译,北京:群众出版社,
　　1997年。

弗兰克·克默德:《结尾的意义》,刘建华译,沈阳:辽宁教育出版社,
　　2000年。

弗洛伊德:《精神分析引论》,高觉敷译,北京:商务印书馆,1984年。

福柯:《疯癫与文明》(1960),刘北成、杨远婴译,北京:生活·读书·新知三
　　联书店,2003年。

富士谷笃子主编:《女性学入门》,张萍译,北京:中国妇女出版社,1986年。

高岚主编:《荣格全集(第5卷)》,长春:长春出版社,2014年。

葛剑雄、周筱赟:《历史学是什么》,北京:北京大学出版社,2007年。

海登·怀特:《后现代历史叙事学》,陈永国、张万娟译,北京:中国社会科学

出版社,2003 年。

何朝辉:《"对已知的颠覆":朱利安·巴恩斯小说中的后现代历史书写》,厦门大学博士学位论文,2013 年。

何江胜:《后现代主义文学中的语言游戏》,《当代外国文学》,2005 年第4 期。

荷马:《荷马史诗·伊利亚特》,罗念生、王焕生译,北京:人民文学出版社,1994 年。

胡全生:《拼贴画在后现代主义小说中的运用》,《外国文学评论》,1998 年第4 期。

黄莉莉:《朱利安·巴恩斯的历史书写研究》,武汉:武汉大学出版社,2020 年。

肯尼斯·O.摩根主编:《牛津英国通史》,王觉非译,北京:商务印书馆,1993 年。

李婧璇:《论朱利安·巴恩斯〈英格兰,英格兰〉中的历史记忆展演》,《河南社会科学》,2018 年第 10 期。

李颖:《论〈10½章世界历史〉对现代文明的反思》,《当代外国文学》,2012 年第 1 期。

——:《论朱利安·巴恩斯小说的身份主题》,南京:南京大学出版社,2020 年。

刘成科:《虚妄与觉醒——巴恩斯小说〈终结的感觉〉中的自我解构》,《学术界》,2014 年第 1 期。

刘江:《自传不可靠叙事:类别模式与文本标识》,《外国文学》,2012 年第1 期。

刘文荣:《当代英国小说史》,上海:文汇出版社,2010 年。

卢卡奇:《历史与阶级意识——关于马克思主义辩证法的研究》,杜章智、任立、燕宏远译,北京:商务印书馆,2011 年。

卢梭:《爱弥儿》,李平沤译,北京:人民教育出版社,2005 年。

罗小云:《震荡的余波——巴恩斯小说〈十卷半世界史〉中的权力话语》,《外语研究》,2007 年第 3 期。

罗嫒:《历史反思与身份追寻——论〈英格兰,英格兰〉的主题意蕴》,《当代外国文学》,2010 年第 1 期。

——:《追寻真实——解读朱利安·巴恩斯的〈福楼拜的鹦鹉〉》,《当代外国文学》,2006 年第 3 期。

洛克:《人类理解论(上册)》,关文运译,北京:商务印书馆,1983 年。

马尔克斯:《百年孤独》,黄锦炎、沈国正、陈泉译,上海:上海译文出版社,1989 年。

玛格丽特·沃特斯:《女权主义简史》(牛津通识读本),朱刚、麻晓蓉译,北京:外语教学与研究出版社,2013 年。

毛卫强:《生存危机中的自我与他者:朱利安·巴恩斯小说研究》,苏州:苏州大学出版社,2015 年。

——:《小说范式与道德批判:评朱利安·巴恩斯的〈结局的意义〉》,《外国文学研究》,2012 年第 2 期。

米勒:《小说与重复:七部英国小说》,王宏图译,天津:天津人民出版社,2008 年。

齐美尔:《货币哲学》,许泽民译,贵阳:贵州人民出版社,2009 年。

钱乘旦、陈晓律:《在传统与变革之间——英国文化模式溯源》,杭州:浙江人民出版社,1991 年。

瞿世镜、任一鸣:《当代英国小说史》,上海:上海译文出版社,2008 年。

阮炜:《巴恩斯和他的〈福楼拜的鹦鹉〉》,《外国文学评论》,1997 年第 2 期。

萨特:《存在与虚无》,陈宣良等译,北京:生活·读书·新知三联书店,2007 年。

申丹:《叙事、文本与潜文本——重读英美经典短篇小说》,北京:北京大学出版社,2009 年。

盛宁:《危险的让·鲍德里亚》,《读书》,1996 年第 10 期。

唐·巴塞尔姆:《白雪公主》,周荣胜、王柏华译,哈尔滨:哈尔滨出版社,1994 年。

汪民安：《后现代性的哲学话语》，杭州：浙江人民出版社，2001 年。

王守仁、何宁：《20 世纪英国文学史》，北京：北京大学出版社，2006 年。

王先霈、王友平主编：《文学批评术语词典》，上海：上海文艺出版社，
　　1999 年。

王一平：《〈英格兰，英格兰〉的另类主题——论怀特岛"英格兰"的民族国家
　　建构》，《外国文学评论》，2014 年第 2 期。

——：《朱利安·巴恩斯小说的当代"英国性"建构与书写模式》，《国外文
　　学》，2015 年第 1 期。

许德金：《自传叙事学》，《外国文学》，2004 年第 3 期。

亚里士多德：《诗学》，郝久新译，南昌：江西教育出版社，2014 年。

杨金才、王育平：《诘问历史，探寻真实——从〈10½章人的历史〉看后现代主
　　义小说中真实性的隐遁》，《深圳大学学报（人文社会科学版）》，2006 年
　　第 1 期。

杨通进：《环境伦理：全球话语，中国视野》，重庆：重庆出版社，2007 年。

詹姆逊：《后现代主义与文化理论》，唐小兵译，北京：北京大学出版社，
　　1997 年。

张和龙：《鹦鹉、梅杜萨之筏与画像师的画——朱利安·巴恩斯的后现代小
　　说艺术》，《外国文学》，2009 年第 4 期。

张莉：《哀悼的意义——评巴恩斯新作〈生命的层级〉》，《当代外国文学》，
　　2014 年第 1 期。

张莉、郭英剑：《无所畏惧？"无"所畏惧！——评巴恩斯新作〈没有什么好怕
　　的〉》，《外国文学动态》，2010 年第 2 期。

——：《直面死亡，消解虚无——解读〈没有什么好怕的〉中的死亡观》，《当代
　　外国文学》，2010 年第 3 期。

张连桥：《"恍然大悟"：论小说〈终结的感觉〉中的伦理反思》，《当代外国文
　　学》，2015 年第 3 期。

赵胜杰：《〈福楼拜的鹦鹉〉的自反叙事策略》，《当代外国文学》，2018 年第
　　3 期。

——:《〈尚待商榷的爱情〉的"怪异"三角恋叙事》,《当代外国文学》,2022 年第 2 期。

——:《朱利安·巴恩斯新历史小说叙事艺术》,北京:中国社会科学出版社,2021 年。

中共中央马克思恩格斯列宁斯大林著作编译局编译:《列宁全集》(中文版第二版)(第 37 卷),北京:人民出版社,1978 年。

后 记

　　本书主体内容主要基于笔者博士期间的研究成果。整段研究历程仿如一场与作家朱利安·巴恩斯及解构伦理学者伊曼纽埃尔·列维纳斯的漫长对话。对作家巴恩斯的兴趣与关注始于十多年前。他的"变色龙"特质初读之下实在令人眼花缭乱。然而细读之下,随着文字潺潺流淌,逐渐萦绕于心的却是某种始终如一的诉求。这一诉求是他创作基底的真实、真切与真诚,而这份对"真"的执着驱动他调用种种诗学技巧,在字里行间传递着质疑、焦虑与倾诉。这一诉求引领我走向列维纳斯的解构伦理,看到了针对相同诉求的非诗性哲学语言解读。尽管哲学家列维纳斯成长于 20 世纪初,与战后英国小说家巴恩斯之间并无实质交集,且两人分属于作家与哲学家,习惯言说路径不同,但他们对生命境况的理解是相通的——他们有着同样的焦虑与摆脱这种焦虑的迫切。于是本研究在和他们的对话中构思与写作,观察两者间的共振共鸣,并随之感悟与洞见。

　　英国女作家弗吉尼亚·伍尔夫曾为女性从事智性创作罗列了两个必要条件:五百镑一年的收入以及一间属于自己的房间。伍尔夫的时空虽已远去,但她的观察却适用于今。笔者的这段研究之旅之所以得以远离闹市、仓廪无忧,需要感谢我的先生、我的单位南京航空航天大学外国语学院,以及我的母校南京大学外国语学院以及亲友们的无私支持。尤其深深感激敬爱的导师王守仁教授。从初入校时无知无畏到今日稍有积累,幸得老师的悉心关照始终护航。他扎实的学问功底以及精准的学术眼光,逐渐领我走上了学术之途、跨入学问之门。感谢老师的谆谆教诲,一点一滴地教会我要广读理论、要勤练文笔,也要保持对学术界的关注。感谢老师的宽厚,包容青年人无知无畏所带来的种种鲁莽,时常不厌其烦地小到标点、大至结构地多处把关。跟随王老师学习,收获的是学术之道,亦是做人之道。

海德格尔曾经提出存在"绽放的时间性"(ekstatic),大致指客观的时间匀速流淌可以在主观世界快慢由心。这五年中有太多这样的主观世界绽出时刻,这其中包括阅读巴恩斯作品文字顿生领悟的时刻,包括查阅相关理论文献产生洞见的时刻,包括与同道挚友交流的时刻,更包括发觉导师夜深之时仍在仔细修改论文的感动时刻。这一段巴恩斯、列维纳斯与导师同仁们互为交流的研究历程美妙无比,期待未来的更多绽放。

图书在版编目(CIP)数据

朱利安·巴恩斯的解构伦理研究 / 陈博著. —南京：
南京大学出版社，2022.11
　ISBN 978 - 7 - 305 - 26257 - 9

　Ⅰ.①朱…　Ⅱ.①陈…　Ⅲ.①朱利安·巴恩斯—小说
研究　Ⅳ.①I561.074

　中国版本图书馆 CIP 数据核字(2022)第 213385 号

出版发行　南京大学出版社
社　　　址　南京市汉口路 22 号　　　　邮　编 210093
出 版 人　金鑫荣

书　　　名　ZHULI'AN　　BAENSI DE JIEGOU LUNLI YANJIU
　　　　　　朱利安·巴恩斯的解构伦理研究
著　　　者　陈　博
责任编辑　荣卫红　　　　　　　　　编辑热线　025 - 83685720

照　　　排　南京紫藤制版印务中心
印　　　刷　徐州绪权印刷有限公司
开　　　本　718 mm×1000 mm　1/16　印张 12　字数 178 千
版　　　次　2022 年 11 月第 1 版　2022 年 11 月第 1 次印刷
ISBN 978 - 7 - 305 - 26257 - 9
定　　　价　56.00 元

网　　　址:http://www.njupco.com
官方微博:http://weibo.com/njupco
官方微信:njupress
销售咨询热线:(025)83594756